ZHONGGUO XIAOSHUO
100 QIANG

中国小说100强（1978—2022）

少年张冲六章

杨争光 著

北京联合出版公司
Beijing United Publishing Co.,Ltd.

图书在版编目（CIP）数据

少年张冲六章 / 杨争光著. -- 北京 : 北京联合出版公司, 2023.9
（中国小说100强）
ISBN 978-7-5596-7071-7

Ⅰ.①少… Ⅱ.①杨… Ⅲ.①长篇小说－中国－当代 Ⅳ.①I247.5

中国国家版本馆CIP数据核字（2023）第118015号

少年张冲六章

作　　者：杨争光
出 品 人：赵红仕
出版监制：张晓冬　范晓潮
责任编辑：王　巍
特约编辑：和庚方　郭　漫
封面设计：武　一

北京联合出版公司出版
（北京市西城区德外大街83号楼9层　100088）
北京兴星伟业印刷有限公司印刷　新华书店经销
字数154千字　650毫米×920毫米　1/16　20.5印张
2023年9月第1版　2023年9月第1次印刷
ISBN 978-7-5596-7071-7
定价：58.00元

版权所有，侵权必究
未经书面许可，不得以任何方式转载、复制、翻印本书部分或全部内容。
本书若有质量问题，请与本公司图书销售中心联系调换。
电话：010-65868687

中国小说100强（1978—2022）丛书

编委会

丛书总策划

  张　明　著名出版人
  张　英　资深媒体人

编委主任

  吴义勤　中国作协副主席
     中国小说学会会长

编　委

  吴义勤　中国作协副主席、中国小说学会会长
  宗仁发　《作家》杂志主编
  谢有顺　中山大学教授、中国小说学会副会长
  顾建平　《小说选刊》副主编
  张　英　资深媒体人
  文　欢　作家、出版人

总　序

"中国小说100强"（1978—2022）是资深出版人张明先生和腾讯读书知名记者张英先生共同策划发起的一套大型文学丛书。他们邀请我和宗仁发、谢有顺、顾建平、文欢一起组成编委会，并特邀徐晨亮参与，经过认真研讨和多轮投票最终评定了100人的入选小说家目录。由于编委们大多都是长期在中国文学现场与中国文学一路同行的一线编辑、出版家、评论家和文学记者，可以说都是最专业的文学读者，因此，本套书对专业性的追求是理所当然的，编委们的个人趣味、审美爱好虽有不同，但对作家和文学本身的尊重、对小说艺术的尊重、对文学史和阅读史的尊重，决定了丛书编选的原则、方向和基本逻辑。

从文学史的角度来说，1978年以后开启的新时期文学是中国当代文学的黄金时代，不仅涌现了一批至今享誉世界的优秀作家，而且创造了许多脍炙人口的文学经典，并某种程度上改写了20世纪中国文学史的版图。而在中国新时期文学的经典家族中，小说和小说家无疑是艺术成就最高、影响力最大的部分。"中国小说100强"（1978—2022）就是试图将这个时期的具有经典性的小说家和中国小说的经典之作完整、系统地筛选和呈现出来，并以此构成对新时期文学史的某种回顾与重读、观察与评判。呈现在读者面前的这套丛书是对1978—2022年间中国当代小说发展历程的一次全面、系统的整体性回顾与检阅，是中国当代文学经典化的重要成果，从特定的角度集中展示了中国新时期文学在小说创作方面的巨大成就。需要说明的是，与1978—2022年新时期文学繁荣兴盛的局面相比，100位作家和100本书还远远不能涵盖中国当代小说的全貌，很多堪称经典的小说也许因为各种原因并未能进入。莫言、苏童、余华等作家本来都在编委投票评定的名单里，但因为他们已与某些出版社签下了专有出版合同，不允许其他出版社另出小说集，因而只能因不可抗原因而割爱，遗珠之憾实难避免，而且文学的审美本身也是多元的，我们的判断、评价、选择也许与有些读者的认知和判断是冲突的，但我们绝无把自己的标准强加于别人的意思。我们呈现的只是我们观察中国这个时期当代小说的一个角度、一种标准，我们坚持文学性、学术性、专业性、民间性，注重作家个体的生活体验、叙事能力和艺术功力，我们突破代际局限，老、中、青小说家都平等对待，王蒙、冯骥才、梁晓声、铁凝、阿来等名家名作蔚为大观，徐则臣、阿乙、弋舟、鲁敏、林森等新人新作也是目不暇接，我们特别关注文学的新生力量，尤其是近10年作品多次获国家大奖、市场人气爆棚的新生代小说家，我们禀持包容、开放、多元的审美立场，无论是专注用现实题材传达个人迥异驳杂人生经验、用心用情书写和表现时代精神的现实主义作家，还是执着于艺术探索和个体风格的实验性作家，在丛书里都是一视同仁。我们坚信我们是忠实于自己的艺术理想、艺术原则和艺术良心的，但我们并不认为自己的角度和标准是唯一的，我们期待并尊重各种各样的观察角度和文学判断。

  当然，编选和出版"中国小说100强"（1978—2022）这套大型丛书，除了上述对文学史、小说史成就的整体呈现这一追求之外，我们还有更深远、更宏大的学术目标，那就是全力推进中国当代文学"经典化"的历程和"全民阅读·书香中国"建设。

从1949年发端的中国当代文学已经有了70多年的发展历程，但对这70多年文学的评价一直存在巨大的分歧，"极端的否定"与"极端的肯定"常常让我们看不到当代文学的真相。有人认为中国当代文学达到了前所未有的高度和水平。王蒙先生在法兰克福书展上就说：中国当代文学现在是有史以来最繁荣的时期。余秋雨、刘再复甚至认为中国当代文学的成就远远超过了现代文学。也有人极端否定中国当代文学，认为中国当代文学都是垃圾。他们认为现代文学要远远超过当代文学，中国当代文学连与现代文学比较的资格都没有。比如说，相对于鲁（迅）、郭（沫若）、茅（盾）、巴（金）、老（舍）、曹（禺）这样大师级的人物，中国当代作家都是渺小的侏儒，根本不能相提并论，两者比较就是对大师的亵渎。应该说，与对中国当代文学的肯定之声相比，对当代文学的否定和轻视显然更成气候、更为普遍也更有市场。尽管否定者各自的角度和出发点不同，但中国当代作家、作品与中外文学大师、文学经典之间不可比拟的巨大距离却是唱衰中国当代文学者的主要论据。这种判断通常沿着两个逻辑展开：一是对中外文学大师精神价值、道德价值和人格价值的夸大与拔高，对文学大师的不证自明的宗教化、神性化的崇拜。二是对文学经典的神秘化、神圣化、绝对化、空洞化的理解与阐释。在此，我们看到了一个非常有趣的悖论：当谈论经典作家和文学大师时我们总是仰视而崇拜，他们的局限我们要么视而不见要么宽容原谅，但当我们谈论身边作家和身边作品时，我们总是专注于其弱点和局限，反而对其优点视而不见。问题还不在于这种姿态本身的厚此薄彼与伦理偏见，而是这种姿态背后所蕴含的"当代虚无主义"。这种"虚无主义"的最大后果就是对当代作家作品"经典化"的阻滞，对当代文学经典化历程的阻隔与拖延。一方面，我们视当下作家作品为"无物",拒绝对其进行"经典化"的工作,另一方面又以早就完全"经典化"了的大师和经典来作为贬低当下泥沙俱下的文学现实的依据。这种不在同一个层面上的比较,不仅毫无意义,而且只能使得文学评价上的不公正以及各种偏激的怪论愈演愈烈。

其实,说中国当代文学如何不堪或如何优秀都没有说服力。关键是要进行"经典化"的工作,只有"经典化"的工作完成了才有可能比较客观地对当代的作家作品形成文学史的判断。对当代的"经典化"不是对过往经典、大师的否定,也不是对当代文学唱赞歌,而是要建立一个既立足文学史又与时俱进并与当代文学发展同步的认识评价体系和筛选体系。当然,我们也要承认,"经典化"问题是一个非常复杂的问题,并不是凭热情和冲动一下子就能完成的,但我们至少应该完成认识论上的"转变"并真正启动这样一个"过程"。

现在媒体上流行一些对于中国当代文学经典化冷嘲热讽的稀奇古怪的言论,其核心一是否定中国当代文学有经典、有大师,其二是否定批评界、学术界有关"经典化"的主张,认为在一个无经典的时代,"经典"是怎么"化"也"化"不出来的,"经典化"是一个实实在在的"伪命题"。其实,对于文学,每个人有不同的判断、不同的理解这很正常,每一种观点也都值得尊重。但是,在"经典"和"经典化"这个问题上,我却不能不说,上述观点存在对"经典"和"经典化"的双重误解,因而具有严重的误导性和危害性。

首先,就"经典"而言,否定中国当代文学早就不是什么新鲜事,对当代文学的虚无主义态度在很多人那里早已根深蒂固。我不想争论这背后的是与非,也不想分析这种观点背后的社会基础与人性基础。我只想指出,这种观点单从学理层面上看就已陷入了三个巨大误区:

第一个误区,是对经典的神圣化和神秘化的误区。很多人把经典想象为一个绝对的、神圣的、遥远的文学存在,觉得文学经典就是一个绝对的、乌托邦化的、十全十美的、所有人都喜欢的东西。这其实是为了阻隔当代文学和"经典"这个词发生关系。因为经典既然是绝对的、神圣的、乌托邦的、十全十美的,那我们今天哪一部作品会有这样的特性呢?如果回顾一下人类文学史,有这样特性的作品好像也没有。事实上,没有一部作品可以十全十美,也没有一部作品能让所有人喜欢。在这个问题上,我们应该明确的是,"经典"不是十全十美、无可挑剔的代名词,在人类文学史上似乎并不存在毫无缺点并能被任何人所认同的"经典"。因此,对每一个时代来说,"经典"并不是指那些高不可攀的神圣的、神秘的存在,只不过是那些比较优秀、能被比较多的人喜爱的作品而已。从这个意义上说,当今中国文坛谈论"经典"时那种神圣化、莫测高深的乌托邦姿态,不过是遮蔽和否定当代文学的一种不自觉的方式,他们假定了一种遥远、神秘、绝对、完美的"经典形象",并以对此一本正经的信仰、崇拜和无限拔高,建立了一整套关于中国当代文学的伦理话语体系与道德话语体系,从而充满正义感地宣判着中国当代文学的死刑。

第二个误区,是经典会自动呈现的误区。很多人会说,是金子总是会发光的。但对文学来说,文学经典的产生有着特殊性,即,它不是一个"标签",它一定是在阅读的意义上才会产生意义和价值的,也只有在阅读的意义上才能够实现价值,没有被阅读的作品没有被发现的作品就没有价值,就不会发光。而且经典的价值本身也不是固定不变的。如果一个作品的价值一开始就是固定不变的,那这个作品的价值就一定是有限的。经典一定会在不同的时代面对不同的读者呈现出完全不同的价值。这也是所谓文学永恒性的来源。也就是说,文学的永恒性不是指它的某一个意义、某一个价值的永恒,而是指它具有意义、价值的永恒再生性,它可以不断地延伸价值,可以不断地被创造、不断地被发现,这才是经典价值的根本。所以说,经典不但不会自动呈现,而且一定要在读者的阅读或者阐释、评价中才会呈现其价值。

第三个误区，是经典命名权的误区。很多人把经典的命名视为一种特殊权力。这有两个层面的问题：一，是现代人还是后代人具有命名权；二，是权威还是普通人具有命名权。说一个时代的作品是经典，是当代人说了算还是后代人说了算？从理论上来说当然是后代人说了算。我们宁愿把一切交给时间。但是，时间本身是不可信的，它不是客观的，是意识形态化的。某种意义上，时间确会消除文学的很多污染包括意识形态的污染，时间会让我们更清楚地看清模糊的、被掩盖的真相，但是时间同时也会使文学的现场感和鲜活性受到磨损与侵蚀，甚至时间本身也难逃意识形态的污染。此外，如果把一切交给时间，还有一个前提，那就是对后代的读者要有足够的信任，要相信他们能够完成对我们这个时代文学的经典化使命。但我们对后代的读者，其实是没有信心的。我们今天已经陷入了严重的阅读危机，我们怎么能寄希望后代人有更大的阅读热情呢？幻想后代的人用考古的方式对我们这个时代的文学进行经典命名，这现实吗？我不相信后人对我们身处时代"考古"式的阐释会比我们亲历的"经验"更可靠，也不相信，后人对我们身处时代文学的理解会比我们亲历者更准确。我觉得，一部被后代命名为"经典"的作品，在它所处的时代也一定会是被认可为"经典"的作品，我不相信，在当代默默无闻的作品在后代会被"考古"挖掘为"经典"。也许有人会举张爱玲、钱钟书、沈从文的例子，但我要说的是，他们的文学价值早在他们生活的时代就已被认可了，只不过很长时间由于意识形态的原因我们的文学史不谈及他们罢了。此外，在经典命名的问题上，我们还要回答的是当代作家究竟为谁写作的问题。当代作家是为同代人写作还是为后代人写作？幻想同代人不阅读、不接受的作品后代人会接受，这本身就是非常乌托邦的。更何况，当代作家所表现的经验以及对世界的认识，是当代人更能理解还是后代人更能理解？当然是当代人更能理解当代作家所表达的生活和经验，更能够产生共鸣。因此，从这个角度来说，当代人对一个时代经典的命名显然比后代人更重要。第二个层面，就是普通人、普通读者和权威的关系。理论上，我们都相信文学权威对一个时代文学经典命名的重要性，权威当然更有价值。但我们又不能够迷信文学权威。如果把一个时代文学经典的命名权仅仅交给几个权威，那也是非常危险的。这个危险表现在什么地方呢？就是几个人的错误会放大为整个时代的错误，几个人的偏见会放大为整个时代的偏见。我们有很多这样的文学史教训。在这个问题上，我们既要相信权威又不能迷信权威，我们要追求文学经典评价的民主化、民主性。对一个时代文学的判断应该是全体阅读者共同参与的民主化的过程，各种文学声音都应该能够有效地发出。这个时代的文学阅读，最理想的状态应该是一种互补性的阅读。为什么叫"互补性的阅读"？因为一个批评家再敬业，再劳动模范，一个人也读不过来所有的作品。举个例子：现在我们一年有5000部以上的长篇小说，一个批评家如果很敬业，每天在家读二十四小时，他能读多少部？一天读一部，一年也只能读三百部。但他一个人读不完，不等于我们整个时代的读者都读不完。这就需要互补性阅读。所有的读者互补性地读完所有作品。在所有作品都被阅读过的情况下，所有的声音都能发出来的情况下，各种声音的碰撞、妥协、对话，就会形成对这个时代文学比较客观、科学的判断。因此，文学的经典不是由某一个"权威"命名的，而是由一个时代所有的阅读者共同命名的，可以说，每一个阅读者都是一个命名者，他都有对经典进行命名的使命、责任和"权力"。而作为一个文学研究者或一个文学出版者，参与当代文学的进程，参与当代文学经典的筛选、淘洗和确立过程，更是一种义不容辞的责任和使命。说到底，"经典"是主观的，"经典"的确立是一个持续不断的"过程"，"经典"的价值是逐步呈现的，对于一部经典作品来说，它的当代认可、当代评价是不可或缺的。尽管这种认可和评价也许有偏颇，但是没有这种认可和评价，它就无法从浩如烟海的文本世界中突围而出，它就会永久地被埋没。从这个意义上说，在当代任何一部能够被阅读、谈论的文本都是幸运的，这是它变成"经典"的必要洗礼和必然路径。

总之，我们所提倡的"经典化"不是要简单地呈现一种结果，不是要简单地对一个时代的文学作品排座次，不是要武断地指出某部作品是"经典"，某部作品不是"经典"，不是要颁发一个"谁是经典"的荣誉证书，而是要进入一个发现文学价值、感受文学价值、呈现文学价值的过程。所谓"经典化"的"化"实际上就是文学价值影响人的精神生活的过程，就是通过文学阅读发现和呈现文学价值的过程。可以说，文学的经典化过程，既是一个历史化的过程，更是一个当代化的过程。文学的经典化时时刻刻都在进行着，它需要当代人的积极参与和实践。因此，哪怕你是一个对当代文学的虚无主义者，你可以不承认当代文学有经典，但只要你还承认有文学，你还需要和相信文学，还承认当代文学对人的精神生活具有影响力，你就不应该否定当代文学经典化的重要性。没有这个"经典化"，当代文学就不会进入和影响当代人的生活，就失去了存在的意义。每一个人，哪怕你是权威，你也不能以自己的好恶剥夺他人阅读文学和享受文学的权利。

从这个意义上说，当代文学的经典化当然是一个真命题而不是一个伪命题。在一个资讯泛滥的时代，给读者以经典的指引是文学界、出版界共同的责任，而这也是我们编辑出版这套书的意义所在。

最后，感谢张明和张英先生为本套书付出的辛劳，感谢北京立丰天文化传播有限公司、北京金圣典文化有限公司的资金支持，感谢全体编委和北京联合出版公司各位编辑，感谢所有对本套丛书的出版给予大力支持的作家和他们的家人。

是为序。

吴义勤

2022年冬于北京

目 录
Contents

开　头____1

第一章　他爸他妈____2

第二章　两个老师____72

第三章　几个同学____139

第四章　姨夫一家____163

第五章　课文____184

第六章　他____259

作者备忘____287

一个"问题少年"成长土壤的结构分析
　　——关于长篇小说《少年张冲六章》的对话____292

开　头

　　我想说说少年张冲。我一直想说说他的事情。我怕我说不好。每一次想说点什么的时候我都怕我说不好。但我还是想说说他。

　　他们说我喜欢胡拉被子乱扯毡。我说也许吧也许，被子是人盖的毡就在人的屁股底下为什么不能拉一下扯一下？

　　他们说你提起刀往肉上砍嘛你开门见山。我说一块肉砍一刀是不行的得砍许多刀先砍哪一刀呢？我说不是所有的门一开就能见着山也许山恰好在窗户的那一边，何况开门也不一定非要见山。见水不行么？见一棵树不行么？见人呢？见鬼呢？

　　事实上，张冲家在村子里，开门开窗户都见不了山。

　　我先不开门。我先说门里边的。

　　门里边就是张冲他爸他妈——

第一章　他爸他妈

"他不是我尿日下的"

张冲他爸张红旗是从清早起来以后开始走步的。他面无表情一声不吭，从屋子到院子从院子到屋子出来进去进去出来就这么来回走，像得了走步症一样，不吃不喝，走过了早饭时间，走过了午饭时间，依然没有停下来的迹象，还在走。

张冲他妈文兰一直跟着他。张红旗走了多长时间，她就跟了多长时间。

她到底还是跟不动了。

这不奇怪。这就像疯子发疯的时候，比常人更有力气一样。何况，文兰并不比张红旗更有力气。就算文兰很有力气，就算文兰和张红旗一样也忘掉了饥渴，她要跟着一门心思走步的张红旗走步，到底还是跟不动的。

她站住了。

她鼓着力气喊了一声："我腿困了！"

张红旗没听见一样，还在走。

走步和散步是不一样的，尤其是张红旗这样的走步，脚上带着风，一步不停，快而不乱，一样的节奏，一样的脚力。如果只在原地，不来回走，就该叫踩踏：

腾。腾。腾。腾……头上满是渗出来的汗珠子。

文兰又喊了一声："头上那么多汗难道你不难受？"

腾。腾。腾。腾……

"你不难受我看着难受！"

腾。腾。腾。腾……

"难道你不放电影去了！"

腾。腾。腾。腾……张红旗绕着那块槌布石头转圈子踩踏着。院子正中有一块四方四正的青色槌布石头，断成了两截，呈V字形折在四个砖头摞成的腿子之间。

文兰不跟他了。她觉得跟着他绕着槌布石头腾腾腾腾转圈子太可笑。还有，凭她的经验，张红旗的走步要走到尾声了。

她没有想错。张红旗只绕了三圈，然后就走到了院子的东墙跟前，停住了，长吸了一口气，然后就大叫了三声：哎！哎！哎！短促而有力。然后，又用他的头朝墙上连撞了三下：咣！咣！咣！同样短促而有力。

文兰这才知道，她只想对了一半。张红旗的走步确实停止了，但张红旗停止走步以后的哎哎哎和紧接着的咣咣咣却是她没想到的。更想不到张红旗的三声哎是后边那三声咣的前奏。

她立刻直了眼，同时张大的嘴里像蹦豌豆一样喷蹦出一串声音：

"哟哟哟哟……"

只听声音不看表情身形，会以为她在叫床。文兰叫床叫到了高潮的时候，也会发出这样的声音，但眼睛是挤闭着的，身子在张红旗的身子底下，头朝一边偏拉着，拉皮筋一样，边叫边拉：哟哟哟哟……

张红旗用一只手扶着墙，伸出另一只手，朝文兰撮了一下手指头，制止了文兰的惊叫。文兰收住了声，嘴还是张着的，眼睛也张着，看着张红旗。她想过去扶他，看张红旗没有让她过去的意思，就没动。事后想来，张红旗是对的，要扶一个使劲撞过墙的人，墙比人要稳要牢靠得多。

"晕了？"

让墙扶着他的张红旗没点头也没摇头。

"疼不？"

张红旗让墙扶着他，一动不动。他在等待。文兰不再问了，和张红旗一起等着，等张红旗的晕和疼从他的头里边慢慢往下沉淀，消散。

就这么，张冲他爸张红旗和张冲他妈文兰，一个让墙扶着，一个在院子中间站着，等着，很安静。太阳像路过的，一边往西走一边看着他们，不知道发生了什么，有心没心地有点狐疑有点遗憾地走远了。

这就到了傍晚。

张红旗的晕疼终于过去了。不再晕疼的张红旗把自己从墙上推开，大踏着脚步进了屋，蹬掉脚上的鞋，跳上炕抢开被子，把他的身子和头一起捂了进去。

文兰化了一茶缸蜂蜜水，端着，坐在炕沿上，隔一会儿摇一下被子里的张红旗：

"起来嘛起来喝几口蜂蜜水你一天没吃没喝了我手都端困了嗯啊。"

文兰不只是让他起来喝蜂蜜水。双庙村死了人，明天一大早入土，张红旗今晚要去给人家放电影。

"起来快起来应人事不误人事天快黑了误了人家的事咱就不诚信了嘛嗯啊。"

文兰没说吃饭,因为请电影的不但出钱也管饭。

"嗯啊嗯啊快嘛蜂蜜水凉了对胃不好嘛嗯啊。"

张红旗是突然从被子里坐起来的,不但吓了文兰一跳,也撞着了文兰端着的蜂蜜水茶缸。茶缸像受惊的麻雀一样从文兰的手里飞了出去。

"哟哟哟哟!"文兰翘着身子跳了一下。

"咣当。"茶缸撞在了墙上,滚到了屋门边的地上了。

"你听着!"张红旗终于出声了。

文兰把眼睛从茶缸转到了张红旗的脸上,手捂着胸口,想让蹦跳的心跳得平稳一些。没法平稳,因为她看见张红旗不但脸色很吓人,还用手指头指着她的鼻尖:

"他不是我尿日下的!"

这就是张红旗出声以后说给文兰的话。

然后,张红旗像敲鼓一样点着手指头一字一顿地又说了一遍:

"他!不!是!我!尿!日!下!的!"

文兰立刻懵了,眼睛不聚焦了。她恍恍惚惚看见张红旗掀掉被子,跳下炕,分别找到他的两只鞋,把脚塞进去,出屋去了,好像在发动他的三轮摩托车。

文兰很快就从恍惚中醒过神来:"为啥?"

她冲到屋门外,看见大门已经打开,张红旗骑在三摩上,正点火摇手把。

"为啥不是?哎?"

文兰满脸涨红,又一次向张红旗发出愤怒的质问。

又加了一句:"你得给我说清楚为啥不是!"

张红旗没有理会,也不屑理会。他和他的三轮摩托带着那台16毫米电影放映机从大门里呼啸而去。

文兰追出大门,大声叫着张红旗的名字:

"张红旗你也给我听着,他是你屎日下的!"

她不知道张红旗听见没有,总之,直到看不见了,张红旗也没回一下头。

这时候的张文兰已不只是愤怒了,因为张红旗的话以及说话的态度不仅歪曲事实,也使她受到了羞辱。两种情绪交杂在一起,都很强烈并相互作用着,可以简称为羞愤。

储蓄及储蓄的威力

张红旗从走步叫喊撞墙到指着文兰的鼻子说"他不是我屎日下的",并非装疯作怪,而是情绪储蓄的一次爆发。他有储蓄的习惯。他的储蓄是多种多样的。他多样的储蓄得益于童年的经历。

那时候,谁能往自己的胃里多装进一些吃物,哪怕是一碗稀汤,哪怕是半截胡萝卜,或者几片菜叶子,谁的腿脚就能比别的人多坚持一会儿,即使要昏倒,也是最后一个。

这就是上世纪全中国人民饿肚子的那几年,饿死过几千万人,史称"三年困难时期",也叫"三年自然灾害"。那时候的张红旗虽然只有几岁,但记忆是清晰的,是过来人。

不是所有的过来人都能从特殊的经历中得到特别的启示,把往胃里多装吃物和储蓄连在一起，并养成储蓄的习惯。张红旗他爸张贵民就没有。他也往自己的胃里储蓄过吃物，并因此获益，但他的获益只是即时性的，没有对将来产生影响。产生影响的是他的儿子张红旗。

既然储蓄可以使人获益，为什么不能养成储蓄的习惯呢？

张红旗养成了，并发扬光大了：储蓄食物，储蓄钱财，储蓄情绪，储蓄精力。他不知从哪儿得了一样知识，认为男人的精力和精有关，性与命有关：精力精力，有精才有力；性命性命，没了性也就没了命，活着也是白活。就因为得了这样的知识，"精"也在他的储蓄之列。他经常把养精蓄锐改说成蓄精养锐。

事实上，张红旗的每一种储蓄都在他人生历程的节坎上显现过威力。

以钱财来说，没有钱财的储蓄，他就不可能盖房娶媳妇，不可能在改革开放以后成为村上第一个买奶牛的人，不可能拥有一台16毫米电影放映机，使他成为方圆十几个村庄人人皆知的"放电影的张红旗"，不可能在更晚一些的后来在他家旁边另盖一间屋，让它成为村里的小卖部。

甚至，比他小八岁的文兰也不会嫁给他的。

张红旗三十岁才结婚。这么晚结婚，在他和他的家人，都是不太光彩的。怪谁呢？都怪他自己！这是他爸张贵民的说法。"他名声大嘛。他驴日的从小就有名声了嘛。"每一次提亲失败，他爸都会这么说。也有村人点头。可见，村人是认同他爸的说法的。

他自己呢？他会摸着后脑勺给村人和他爸笑。他说就是就是咱小时候没把形象工程做好。他爸说你看你脸皮多厚你还笑。他说那我也不能哭啊要是能哭来一个媳妇我就从早到晚天天哭。又说，我不是在重做形象嘛。

张红旗的少年时代是在举世瞩目的"文化大革命"中度过的。有人说"文化大革命"也是青少年的狂欢。也有人把那一段时光称为"阳光灿烂的日子"。也上学，但主要是狂欢。直到中学毕业，张红旗都是村里的娃娃头，经常领着村里的孩子剜草拾雁粪，和外村的孩子们开火。远距离开火的武器是弹弓砖块石块瓦片，近距离用镰刀和小铁铲，扭在一起了就用腿脚和拳头。在一次近距离开火的时候，张红旗把他剜草的老笨镰撇了过去，镰刀砍进了一个孩子的脚后跟，小孩因此成了跛脚。在另一次近距离开火的时候，他情急之下使用了远距离开火的武器，撇过去一块石头，让一个小孩成了终生只能用一只眼睛看世界的人。就凭着这一镰一石，张红旗有了名声。

名声也是一种储蓄，可称之为声誉储蓄。当然，那时候的张红旗还没有后来的储蓄意识，但没有意识的储蓄不会因为没意识而失去它的作用。张红旗从20岁开始提亲，历经10年，每一次引来的都是对方的一串惊呼：啊啊是南仁村的张红旗啊，啊……然后是摇头，一边摇头一边支吾，然后就没有了后续。直到30岁的时候，他才遇上了文兰。

文兰她爷死了，请张红旗放电影。张红旗记得很清楚，那天晚上他带去的是一部老电影，叫《柳堡的故事》。放完电影吃饭，是文兰招呼的。文兰穿着白孝衫，头上顶着一方孝巾，前边坠着几个小棉球，用张红旗后来的话说，就是可好看可好看，但眼睛哭肿了。她把饭菜放上桌子，转身要走的时候，张红旗突然冒了一句：

"别哭啊你。"

文兰站住了，扭头看着他。他就不失时机地又说了好几句。

他说："你爷都活过80岁了，是喜丧啊。"

他说:"喜丧当然也要哭但不能你这么个哭把好好的一对猫眼眼哭成了肿眼泡儿。"

他说:"当然好看的眼睛哭肿了也还是好看的我只是说你哭的时候要想着你爷是喜丧。"

他又用刚放过的电影比例子,说:"你看电影上那个姑娘,心上人要去打仗了,人家还踩着风车唱歌呢。这就叫乐观向上。"

"你可真有意思。"

文兰离开的时候也说了这么一句。

就因为文兰的这一句话,张红旗上心了。

这时的他也有了上心的资本,奶牛呀,放映机呀,三轮摩托呀,都是。

然后,上了心的张红旗就展开了全方位的努力,到底把水萝卜一样的文兰娶到了他家的炕上。

然后就是新婚之夜。

据对门的二嫂菊艳说,第二天大清早,她看见新娘文兰头发蓬乱衣服不整是扶着墙从新房里一步一步挪出来的。她哟哟哟哟惊叫着跑过去问文兰:咋了你咋了白天还好好的一晚上就咋了嘛!她上下打量着文兰,这才发现文兰不光是衣服和头发不对劲,腿脚也不对劲,软得像面条一样,扶着墙不敢松手,一松手就会溜下去。

"咋整的红旗咋整的嘛。"

二嫂胡乱扭着头想看见红旗,没看见,就又看文兰了。

"咋整的?"

二嫂一脸的关切。

文兰的回答像微风一样轻:

"他说他有三十年的储蓄,我以为是钱……"

文兰给了二嫂一个笑。

二嫂愣了一会儿，突然明白了。她啊哈哈哈啊哈哈哈笑着叫着拍屁股打腿一直笑跳到了街上，还在拍着打着叫着笑着，足足笑了半个时辰，把她自己和整条村街都笑圆了：

"啊哈哈哈你个张红旗……啊哈哈哈好你个张红旗……"

菊艳二嫂的这一番说辞很快在村上传布开来。这是一种享受，因为说者和听者都在说听时加带了自己的经验和想象。有人想让这种享受升级，就拉着二嫂找红旗和文兰对质。二嫂就会把她的说词重说一遍，说完后还会加一句：文兰你敢说我是胡编的啊哈哈哈。

文兰好像在极力否认：咦，二嫂！咦，二嫂！

脸红到脖子和耳朵了，伸手要捏拿二嫂。二嫂一下一下往后闪着：你敢说你头发不乱啊哈哈哈……你敢说你没扶墙啊哈哈哈……

张红旗不承认也不否认，摸着后脑勺在笑：嘀，嘀嘀，嘀嘀。

文兰可以否认二嫂说词的真实性，却不能否认张红旗储蓄的威力。她不再扶墙了。她很快就感受到了只有女人才能感受到的那种难以言说的快乐。她很会享受：哦，啊，噢噢，哟哟哟哟……

她叫床的声音比唱戏还要复杂，比唱戏更具表现力，分不清是花音还是苦音，让满身汗水的张红旗心里忽儿忽儿的，像贪吃的孩子，越吃越香越想吃，抱着碗不愿松手。

"我就爱听你这声！"

"哦哦……"

"你可真是个水萝卜！"

"噢……"

"我真想咬你我要咬了啊——"

"哟哟哟哟……"

文兰像拉皮筋一样扭脖子了。

结果是女儿梅梅的出生。

然后,张红旗他爸张贵民就搬出去和大儿子住了。

有人问张红旗:"知道老两口为啥要搬走么?"

张红旗说知道。

"为啥?"

"不告诉你。"

又问:"知道你妈是咋说的?"

"咋说的?"

"你妈说她生了几个娃连个声气也没有,你和文兰每天晚上驴踢仗一样又踢腾又喊叫,生了一个,还是个女的!"

张红旗说:"就是就是,我爸说我妈想让文兰生男娃。"

有些话张红旗是在心里说的:"说驴踢仗一样也没错。说踢腾和喊叫与成果的大小和理想的程度不成比例也是事实。我蓄精养锐嘛。我继续嘛。老人听不惯儿媳妇的叫声是可以理解的,人和人不一样,一个时代和另一个时代的人更不一样。"

张红旗这一次的蓄精养锐和他近十年娶不到媳妇的蓄精养锐有某种相似性,但性质完全不同。娶不到媳妇你不想养也得养着。有媳妇了生了一个女儿立即被上了环,上环虽不影响房事,但会影响房事的成果,而张红旗是要成果的。为了将来的成果,就需要蓄精养锐,能不浪费就尽量不浪费。这就是不同。也是被迫的,无奈的,但被迫和无奈的同时又有他自己的主观故意。

不就五年嘛,五年只是十年的一半,我憋着。

文兰是配合的，在享受和成果之间，文兰和张红旗一样，更看重成果。

那就憋着吧，尽量憋着。

这很难。尤其是晚上，尤其是红旗的手不由自主地捂在文兰的奶奶上揉捏的时候。他只揉捏不出声，也不让文兰出声。他说你一出声我就会憋不住的。文兰就不出声，让他揉捏。这么享受么？也享受。好么？也好。但更是一种折磨。文兰实在忍不住了，就会说红旗我想我想了要不你把手拿走你背过身去睡。红旗很不情愿地把手抽回去，背过身，睁着两只眼，给自己也给文兰说：

"难道我不想么？难道我和好有仇么？不想手就不过去了。放着一掐就出水的水萝卜想吃又不能吃硬这么憋着我和好有仇么我？"

这时候，文兰就会拉过红旗的手让红旗继续揉捏，并安慰红旗：

"是水萝卜也不是水萝卜放不坏的五年很快就到了。"

也有憋不住的时候。这种情形大多发生在文兰不自禁出了声而红旗也不提醒她别出声的时候。嗯，哦哦，文兰的声会大起来的，音会拖长的，然后，红旗就会像鹞子翻身一样，像鹰扑兔子一样。

"噢，红旗，噢。你可别怨我啊别后悔啊噢噢……"

这就是文兰，美好的晕眩着的文兰依然有着一定的清醒。

红旗不怨文兰。红旗会骂几句计划生育政策：日他妈谁规定的五年凭啥是五年！

但整体上是好的，是以保证储蓄为前提的。

取环的期限终于到了。张红旗和文兰一天也没有耽搁，立即到乡上的卫生所取掉了那一枚让他们备受折磨痛恨交加的小金属环。张红旗像新婚之夜一样，和文兰踢腾了整整一个晚上。不一样的是，第二天早上起来，腿发软的不再是文兰，而是张红旗自己。

当年就有了成果,就是张冲,长牛牛的。

咋就"不是我的尿日下的"了呢?

从羞愤到"红旗啊红旗"

羞愤的文兰感到她渴得厉害。她折回到屋门口,拾起那只茶缸喝了一口,没喝到,蜂蜜水全洒在地上了。她好像有些不甘心,仰起脖子,张着嘴,举着那只茶缸,竟然空下来几滴。她坐在炕沿上,嘬一下嘴,又嘬一下嘴,好像在品咂那几滴蜂蜜水的滋味。她完全可以给自己重新化一茶缸蜂蜜水的,她没化,因为渴和渴是不一样的。因情绪引起的渴用喝水是解不了渴的,喝多少水也没用,有用的也许正是这么仰脖子张嘴空那么几滴,然后一下一下嘬着,直到不再感到口渴,激烈的情绪也就舒缓下来了。

但文兰的不再激烈,并不完全是因了她长时间的嘬嘴。她在舒缓的同时,也感到了问题的严重性。

她是知道张红旗的,也知道张红旗对张冲的情绪储蓄不是一天两天了,总有一天要爆发的。"我给他攒着呢!"张红旗时不时就会这么说。他这么说的时候就是想到了张冲。

不是所有的储蓄都能使人获益,尤其是情绪,尤其是不好的情绪,攒的越多时间越长,爆发力就越大,越有破坏性。

"别攒啊有点你就发散出来气不是钱攒多了会伤人的。"她说。

张红旗只能是张红旗,他攒着,攒了几年,终于爆发了。他先是腾腾腾腾走步,然后咣咣咣撞墙,然后就下了决心,就"他不是我的屎日下的!"

也就是:他和我没关系!

也就是:我没他这个儿子!

他伤了自己,也伤了文兰,也要伤到张冲。

这就是问题的严重性。

文兰不再感到口渴了,连肚子饿也感觉不到了。她没吃饭。她要想办法让张红旗把他的话收回去,更不能让他的话变成事实。张红旗正在双庙村给死人放电影让活人看热闹。张红旗不知道她心里有多急有多瞀乱。她在炕沿上坐一会儿,灯没开,屋里太黑,就去院子里坐。月亮很亮,照得人像鬼影子,那就回屋,开灯。灯光有些刺眼,那就再去院子。文兰就这么空着肚子来来回回,等张红旗回来。

张红旗回来的时候,她已经坐在炕上了,已经想好了一些说辞。比如,她可以从炕说起。炕虽然换过几次,土泥面换成了水泥面,冬天烧柴火换成了电炉子,但位置没变。张冲就是张红旗和她在炕上制造出来的。为了确保命中率,他们受过五年的煎熬。然后,他的Y就穿透了她的X,在她的身体里坐实了,长成人形了,蹬着肚子要出来了,然后就出来了,一天天长大。先学会叫妈,很快又学会了叫爸。她能想起张冲叫第一声爸的时候张红旗的样子,也想起了那天晚上张红旗给她说的话。还有院子里的那块碡布石头,张冲学走路就是从那块四方四正的碡布石头上开始的。他们用一条布带提扶着他,让他在石头上挪步,等等等等,是你张红旗一口就能说没了的么?

她听见他在停放三摩,在收拾放映机,然后进屋了。两只鞋先后从脚上脱落,啪叽啪叽,掉到了地上。屁股在炕沿上扭了一下,两条腿带着两只脚进被窝了,要脱衣服了。

她拦住了他。

她说:"你先别脱我有事要说。"

正解着纽扣的手指头停住了。他扭头看着她,好像有些诧异。

他说啥事你把你弄得这么严肃?

"张冲的事。"

他的脸立刻沉了下来。

"你走步走了多长时间我就跟了多长时间,你放电影放了多长时间我就等了多长时间到现在还没吃饭呢!"

他说那你吃去要知道你没吃我从双庙村给你带些吃的。

"你别这么怪怪的声气我不吃我要说张冲的事。"

他说我没说的了他不是我屎日下的一句话说到底了。又要解纽扣了。

文兰捏住了他的手:"不行!"

他说你不能让我穿着衣服睡吧?

"说完了再脱。"

他说我一连放了两个电影刚把心情调整好又让你给搞坏了。

"我顾不得你心情的好坏了我的心情比你还坏。你要知道你那句话对我对张冲也包括你自己有多严重!我都不敢往下想了……"

他打断了她。他说就因为严重我才这么说的不严重我就不下这个决心了。他说我走步我撞墙就是为了下这个决心……

文兰突然扭身抱住了他。她说红旗你不能这么绝情啊不能这么说更不能这么做啊!

两股眼泪水跟着声从文兰的眼眶里滑了出来。她把她的头埋在张红旗的怀里,哭了,哭得很伤心。

"呜呜呜……"

张红旗不动也不吭声,任她抱着他哭。

后来，文兰的哭声小了，再后来就不哭了。她松开了张红旗，坐直了身子，用袖子擦了脸上的眼泪水。

她说："你不说你就听我说。"

她说："你爱听不爱听反正我要说。"

她就开始说了。

她说红旗啊红旗，那一段时间你每天晚上都像猪拱菜园子一样。你说你一定要弄出一个儿子来给你们张家死了的活着的先人们有个交代，也让你自己活得踏实。你总说我是水萝卜其实我更像面团，由你揉由你捏由你随便，怎么我都心随意愿。你给我讲 X 和 Y，你说你问过医生了要弄出一个儿子就得是 X 和 Y。我问你怎么弄才能让 X 和 Y 碰在一起？你说你不知道医生也不知道。看着你一脸怊惶的样子，我就说会的会的你随便由你。你怎么弄的你忘了？你说你弄就在炕上弄，你忘了炕不会忘的。

她说红旗啊红旗，张冲满月那天你抱着他上街，半条街的人都围过来了，张冲不哭不闹谁逗给谁笑。菊艳二嫂把张冲从你怀里抱到她的怀里说爱死人了爱死人了张红旗你可真能弄！你喜滋滋地张着嘴给二嫂傻笑你忘了？你忘了我没忘。

她说红旗啊红旗，张冲一天天长大，小手胖乎乎的小胳膊像莲藕节节一样人见人爱，谁都想抱过去咬一口，这个一口那个一口次数多了张冲都习惯了，见人要抱他就会喜眉笑脸地把小手小胳膊伸过去。二嫂咋说的？二嫂咬一口还嫌不够，二嫂说张红旗是你尿好还是你媳妇会生咋就生了这么乖的一个娃爱死人了，然后就再咬一口。你说当然是尿好，这话难道你忘了？二嫂撇着嘴说咦咦你真是个厚脸皮这么说你就不怕文兰生气？你知道我不会生气，你知道喜欢抱张冲亲张冲的小脸蛋咬张冲的小手小胳膊我心里多滋润多美气。

她说红旗啊红旗，张冲叫你第一声爸的那天晚上你给我咋说的？张冲吃过奶睡着了，你说你听着他叫爸你浑身像酥了一样。你说你给菊艳二嫂只说对了一半你要把我当菩萨一样侍奉。你非要吃一口奶然后就得寸进尺拦都拦不住。

她说红旗啊红旗，张冲上小学一年级在生字本上写满一页字的时候你是咋说的？你美滋滋抽着纸烟看着那一页字说你心里像喝了蜂蜜水一样。我就是从那天开始给你化蜂蜜水的。

她说红旗啊红旗，张冲得人爱的时候就是你屎日下的不得人爱了就不是了？不是你的是谁的你给我指出个人来。我空着肚子没心思吃饭就是要等你回来问你这话。你这么说张冲就是野种了我也成了乱搞男女关系的人了这名声我们娘俩都背不起。

她说红旗啊红旗……

她就是这么说的，说了很多。

不认不是办法

文兰感到她的话没起作用。张红旗半截身子在被窝里，半截靠着墙，半闭着眼。她说了那么多，张红旗一直都是这个样子，再这么说下去，张红旗就会睡着的。她不想让她睡着。

所以，文兰不说了。

张红旗睁了一下眼：咋没声了？

文兰：我说了这么多你好像一点也不动心。

张红旗：这话你倒没说错，我确实没动心。

又半闭着眼了。

文兰：这么说我前边说那么多都说错了？

张红旗：没错没错，一句也没错。就连你说我没动心这一句也没错。

文兰：我不知道咋说才能让你动心。我要会唱就好了。我把我想说的编成唱词唱出来，也许你会动心的。

张红旗：那你就唱着试试。

文兰：不会唱么，会唱就唱了。

张红旗：那就继续说。我听你说的还很有章法能写文章编电影电视剧了。

文兰：别讽刺啊你。

张红旗：没讽刺。你确实很能说也很会说，过去咋就没发现你还有这一手功夫，一口气说这么长时间连一口水也不喝。

文兰：我不说了。

张红旗：继续继续。

文兰：不说了。

张红旗：真不说了？

文兰：不说了。

张红旗：那就脱衣服睡。

文兰又一次抓住了张红旗的手："不行！"

文兰目光很倔强。

张红旗也睁大了眼：你想咋？

文兰：不想咋，想让你说话！

张红旗：我没话，要说还是那一句。

文兰：我不要听那一句。我想让你说点别的。我实在想不通，张冲到底把你咋了？他把你咋了你要这么对待他？

张红旗：他没把我咋。他把他自己咋了。他把他自己咋了也就等于把我咋了！也等于把你咋了！他是他自己的，也是我的你的，你愿意要他这么个坏种么？

"不就是不爱念书嘛，不爱念书的娃多了，不光张冲一个。"

文兰的手松开了，放在屁股底下了，声音也小了许多。

"放屁！"

张红旗的声音却提高了：你要让我说么？你都知道还要我说么？

文兰：说么，说说也好，说说也许就没气了。

张红旗呼了一口气，又吸了一口：好吧，那就说。我问你，不爱念书的娃都抽烟么？都染黄头发么？都戴大耳环么？男娃啊，他日他妈戴一对大耳环！给你说你不信，你从他衣服口袋里搜出来了，不是么？我日他妈花钱找关系把他弄到县城上中学是为了方便他抽烟么？他把县城当成烟馆当成娱乐城了。有人给我说他在网吧里叼着纸烟抱着女孩子打游戏呢！你信不？你不信我信。从头发大耳环就能想来人家不是胡编的。你知道我昨天为啥急慌慌去县城？老师打电话叫去的！

文兰立刻紧张了：为啥为啥，出事了？

张红旗：老师让我动员他留级！

文兰：为啥？

张红旗：你问他去我懒得说我恶心说。

文兰：噢噢，我知道你为啥要走步要撞墙了。

张红旗把头扭到一边，瞪着眼睛。

文兰：我知道你很难过很熬煎。

张红旗继续眨朦着眼，嘴半张着。

文兰：难过熬煎不是办法，你发散啊。

张红旗扭过脸来：咋发散？

文兰：说啊，骂啊，打啊，我又没嫌。

张红旗：从小说到大，起作用了么？扇过踏过绳吊过起作用了么？打死他我还得坐牢，你愿意让我坐牢你活守寡？

文兰：别往死里打嘛。

张红旗：打残了我还得养活他。日他妈生下来是个残废我也就认了。日他妈现在我也认了。我走步我撞墙我认了，以后就不走不撞了。

文兰：你说的认了就是不认他了是不是？

张红旗不说了，快速地脱着衣服。这一次，文兰没有拦挡。

文兰：不认不是办法啊。

张红旗进了被窝：关灯。

文兰关了灯。文兰没有脱衣服。她在黑暗中坐着。

夜静得像死了一样。

月光在院子里。

他把他划给了玉皇大帝

文兰去了一趟上旦村。她站在村口，让人捎话叫梅梅出来。梅梅半年前嫁给了上旦村的一个养猪专业户。文兰说梅梅你爸不认张冲了。文兰说了张红旗走步撞墙的事。文兰说你爸的脾气你是知道的他还没这么作践过自己这回是真下决心了你说咋办？梅梅说我也不知道。文兰说不行不行得让张冲回来和你爸沟通沟通。梅梅说就怕沟通。文兰说沟通沟不通也得沟。

梅梅去县城找到张冲，问张冲是不是要让他留级。张冲说没有的事老师凭什么让我留级？梅梅说老师让咱爸动员你留级你不知道？张冲说是不是？梅梅就把她妈文兰说给她的事倒核桃枣一样全倒给了张冲，包括她爸张红旗走步撞墙的事。张冲笑了。梅梅说你还笑啊咱妈要急出病来了你还笑！张冲不笑了。张冲说姐你说说你。梅梅说我没啥说的我是为你的事来的。我好着呢。张冲说你女婿要对你不好你就给我说。梅梅说好着呢养了二百头猪就是累一点要挣钱就得累一点你好好念书嘛将来找轻省一点的事。张冲说你就操心你家的猪吧养猪就怕猪瘟我啥时候找本防猪瘟的书看了给你说。梅梅说你就操心念书吧全家人都操心你念书呢我也操心。张冲说姐！姐！梅梅说噢噢不说了你回家问问爸到底咋回事爸说他不认你。张冲说我今天不想回我星期天回去。梅梅给了张冲二十块钱。梅梅说买点好吃的别上网吧啊！

星期天吃过早饭，张红旗给文兰说他要去王乐镇集市上把那头奶牛卖了去。文兰说奶牛是去年刚倒的茬再一年就能自己配犊产奶了为啥要卖？张红旗说人辛苦总要为个什么不为什么为什么要辛苦自己？文兰说养奶牛辛苦的是我你放你的电影我辛苦我不嫌我愿意。张红旗说我不愿意让你辛苦了也不想让自己辛苦了说不定哪天我连电影也不放了我那几亩地带个小卖部够你我吃喝了。他还是要卖奶牛。文兰拦着牛棚不让他进去。他们一个要拉牛一个不让拉就这么僵持着。文兰突然说你听你听张冲回来了。他们就听见了摩托声，又听见了两声喇叭，紧接着就看见一辆摩托从大门外开进来，绕着那块断裂的青色槌布石头划了一个圈儿，潇洒利落地停在了院子里。骑摩托的文昭一只脚点着地，叫了一声姨和姨夫，车头一拐，又按了两声喇叭，架着摩托旋了出去，留下了表哥张冲。

张冲一只手插在裤兜里，另一只手在头发上划了一下，也插进了裤兜，站成近似稍息的那种姿势。他的裤子上有许多裤兜，有明有暗，分布在前后左右。脚上的皮鞋是新擦过的。敞开的便装西服下是一件圆领T恤，有外文字母和图案。皮带好像没有系紧，大参扣在肚子那里随意倾斜着。最抢眼的当然是头发，蛋黄色，不长不短，不硬不软，该顺溜的都很顺溜，该散开的都合适地散着开着，在阳光下很具表现力。这就是张冲。

文兰说快快娃回来了。张红旗说要快你快你的去我没法看他要看就得闭眼。其实他已经看见张冲了。他说你看他那个尿样！尿样尿样现在的年轻娃都这样。她顾不上张红旗了。她三步两步就到了张冲跟前。

文兰说回来了。

张冲说嗯。

文兰说吃饭了没？

张冲说嗯。

文兰说吃的啥饭？

张冲说随便吃的。

文兰说到底吃的啥饭嘛？

张冲说忘了。

文兰说你看这娃刚吃的就忘了。

张冲提高声音叫了一声妈。

张冲说妈你烦不烦我爸呢！

文兰说在牛棚呢。

文兰扭头叫了几声红旗，又转向张冲，眼睛看着张冲的手，说：手！

张冲抽出了一只手。文兰说还有。张冲把另一只也抽了出来。

张红旗边往过走边说：你让人家插着嘛抽出来干啥。

文兰看见张冲的手似乎真要插回去，就咳嗽了一声，给张冲使着眼色。张冲的手没插回去。

张红旗蹴在一边，抽出一根纸烟，要点了，又给文兰说了一句：问你娃要不要来一根。

张冲把头扭到一边去了。

文兰说你看你看你！

"噢噢。"张红旗点着了烟。

文兰让张红旗说话，张红旗好像没听见，一口一口抽着纸烟。文兰说好吧你不说我替你说。她怕她说的不准，每说一句都要看一眼张红旗。下边就是文兰代替张红旗和张冲说的话：

文兰：你估计你能考上高中不？

张冲：估计不来。

文兰：信心，总该有吧？

张冲：我本来就不想考。

文兰：啊？是不是为啥？

张冲：现在又改主意了。

文兰：噢，那又为啥？

张冲：你就直说吧老师找家长了是不是李勤勤？

文兰：李勤勤王勤勤总之是老师打电话叫你爸去的，让你爸动员你留级。

张冲：肯定是李勤勤。

文兰：我想问你，你改主意了老师没改主意你咋办？

张冲：我会让她改主意的。就是李勤勤。

文兰：这不是老师的事是学校的事。

张冲：是学校的就让学校改主意。

文兰：你改主意了是好事我和你爸都高兴可你咋让学校改主意？

张冲：这是我的事你别操心。

文兰：你是不是要惹事？

张冲：我没想惹事，要惹事也是他们逼的。

张红旗忽一下站了起来，指着张冲：你！

张冲把头扭向他爸：我知道你咋看我都不顺眼有啥就对着我你要折腾自己别人也没办法你别折腾我妈和我妈过不去。

张红旗的手指头发抖了。

文兰摇着张冲的肩膀：张冲！张冲！

张冲趔了几下，不让他妈摇他。

张红旗的手指头不发抖了。张红旗让文兰放开张冲。张红旗说你放开他我来说。文兰放开了张冲。

张红旗往前走了几步，走到离张冲三米远的地方站住了，用不再发抖的手指头指着张冲，说：

"你听好，从今天开始，你爱惹什么事惹什么事我不管，你别给人说你是我屄日下的，咱两个互不相干！"

张冲的应对不但超出了他爸张红旗和他妈文兰的想象，也会超出许多人的想象的。他是这么说的：

"我从来没给人这么说过。我就没提过你。我没爸没妈是玉皇大帝日下的！"

这就是张冲给他爸张红旗说的话。

他把他划给了玉皇大帝。

他转身走了。

那一年他十五岁，正上初中三年级。

张红旗和文兰像遭了电击一样，突地一下挺直了身子，然后，又像被点了穴，直直地站在院子里一动不动，站了好长时间。

然后，文兰一屁股坐下去，哇一声哭了。

然后，张红旗一步一步走到牛棚里，拉着那头奶牛去了王乐镇。

然后就是后来的事。

上天入地之后

文兰以为天要塌了，事实上天没塌，天和往常一样，白天走太阳晚上走月亮，还挂着星星。文兰以为她会不吃不喝没法活了。事实上她不但吃了喝了还叫床了。就在那天晚上。张冲说"我没爸没妈我是玉皇大帝日下的"那天晚上。

张红旗说好了这下好了牛卖了钱存银行了无事一身轻我想叫你叫床。文兰说好吧好吧。她坐在炕上，看着窗子外边的天。她说红旗你看天。张红旗在炕的另一头。张红旗说天没啥看的每天一个尿样我不想看天我想听你叫床。文兰说你看着看着会感到害怕的。张红旗说我不会害怕看天咋会害怕天会吃人么？文兰说你看不出天到底有多高有多深你别急嘛听我说嘛。张红旗拉她的胳膊了，她拧了一下身子，眼睛依然在窗外的天上。她说你永远想不来天是咋回事白天走太阳晚上走月亮还挂着那么多星星。她说墙上挂东西是因为墙上有钉子墙是实的，天是空的啊什么也没有啊咋能挂星星呢？咋就不掉下来呢？张红旗说你也是念过书的人天是空气空气空气天就是空的要不咋叫空气！

张红旗说我的心思不在天上我的心思在你身上我已经脱了你赶紧吧！张红旗说你不脱我就撕扯呀！他真要撕扯了。文兰说你别撕扯嘛你没事我也就没事了就是心里有些空。张红旗说衣服一脱就不空了。张红旗又要撕扯。文兰说你别让我自己脱。她到底把目光从窗子外边的天上收了回来。她说两厢情愿的事你这么撕扯就是强奸了。张红旗说好好好你自己脱。

没等文兰把衣服完全脱光，张红旗就把她扳倒了。

文兰噢了一声。她觉得张红旗有些猛了，想说他一句，又没说。

"好么？"张红旗说。

"好么。"文兰看着张红旗的脸。

"真的？"

"真的。"

"我看你心思还在天上呢。"

"没有。"

"没有咋没个声气？"

"一会儿就有了嘛你让我自然点嘛。"

"噢噢"，运动着的张红旗完全踏实地投入了。

文兰也投入了，有声了，直到哟哟哟哟拉皮筋一样扭脖子，感到她飞到天上了。张红旗也"噢噢，噢"出声了，感到他要钻到地心里去了。

这就是那天晚上他们做的事。

他们很长时间没有这么酣畅的炕上运动了。

文兰说咋回事我咋能这样呢我都以为我没法活了我。

张红旗说是啊是啊我也奇怪有些想不起来了。

奇怪也罢想不来也罢，总之，那天晚上他们上天入地了。张红旗说去他妈的不想了世上想不来的事情多着呢，都能想通就不是人是神仙了，能上天就上天能入地就入地。

后来，他们又上天入地了许多回。

过去的张红旗这么上天入地之后，会像吃饱的狗熊一样，很快睡着的，现在的张红旗虽然也像吃饱的狗熊，却不睡了。他会坐起来点一根烟，一边抽着一边发呆。文兰说睡么睡么。他说噢么我以为你还在天上呢。文兰说早回到地上了睡么。他说我不想睡我在想玉皇大帝。文兰说你别啊他一句话你别这么一个劲往心里去啊。他说我才不往心里去呢他没说阎王没说妖魔鬼怪说的是玉皇大帝我凭啥往心里去？他不说玉皇大帝另换个什么我还不高兴呢！文兰说你还是往心里去了嘛听口气就知道。

"狗才往心里去呢！"

张红旗说他在想有人问张冲你爸是不是南仁村的张红旗，张冲说我没爸没妈我是玉皇大帝日下的，问他话的人会咋想？要么想这娃有才，要么想这娃有病。

文兰说张冲不会这么说的张冲没病。

"那就是我有病了。"

张红旗提高了声音，他说我从你身上一下来满脑子都是玉皇大帝了不是有病是啥？

文兰说你看你看说你往心里去了你不承认，你说你满脑子是玉皇大帝其实你满脑子是张冲。文兰说是张冲就张冲这些天我满脑子也是他。

"我没有！"

张红旗又提高了声音，他说我和他没关系了他也把他划给了玉皇大帝了我脑子里日他妈为啥要装他!

文兰这就有些紧张了。不是因为张红旗提高了声音。张红旗一连几个晚上都这么抽烟都这么说，文兰就有些紧张了。张红旗不但往心里去了，也吃上劲了。他和张冲过不去，也和自己过不去了。他在刻迫自己。他这么刻迫自己迟早会出事的。

文兰不敢往下想了。

文兰说红旗你别这样你这样会吓着我的。

张红旗说我咋样了我变成狼了么?

文兰说红旗人说话是开心的钥匙你能听我说几句话么?

张红旗说能么说么但我不认为话是钥匙我心上也没锁。

文兰说你实在想不开你就想想不是冤家不聚头这句话。

张红旗说我没想不开我开着呢。就算不开也和你说的不是冤家不聚头挂不上钩。

文兰说是冤家才聚头呢真的你听我说嘛。

张红旗说是冤家还聚头啊?聚个尿!

文兰说有缘才有怨有爱有恩才有恨有情才有仇这就是冤家。我和你，你和张冲，天下的亲人都是这样的冤家你明白了没有?

张红旗说我不明白。结了怨缘就尽了，恩呀爱呀就一钱不值了，有了仇有了恨情也就死了，这才是冤家。你和我是冤家还能睡一个炕么?

文兰被戗住了。她觉得她的话里有很深的道理，让张红旗一戗就不知道该咋说了。她说红旗你别戗我嘛我一肚子的话一肚子蝴蝶飞不出来我急得想哭!

张红旗说你知道我想咋吗?我掉到井里了。我想上来上不来想把自己碰死在井里，或者自己把自己怎么弄死算尿了。

文兰说为啥嘛为啥嘛就是一句话的事嘛，我觉得你和张冲说话就像你现在和我说话一样，也许你是对的你是为他好但你被戗住了你说是不是？

文兰的话似乎起了作用。张红旗不吭声了，一口一口抽着纸烟。

文兰说这几年你和张冲老说不在一起，一说就戗一戗就没好话了就难听了，你就生气就自己刻迫自己你想想是不是？

父与子的交谈

张红旗说张冲张冲你就不能给咱好好念书给咱考大学么？

张冲没有正面回答。张冲念了一段顺口溜：

"南来的，北往的，澳门台湾香港的；东望的，西看的，巴基斯坦约旦的；火车路上拾炭的，全世界啥人都有。"

然后问他爸张红旗："这话是你说的吧？"

张红旗："我说过么？"

张冲："说过。当时我姐在旁边，她可以作证。"

张红旗："就算我说过，说的是别人的话。"

张冲："别人也是人，人说的话。"

张红旗："你啥意思？"

张冲："既然啥人都有，为啥非要都去考大学？"

张红旗："你妈的屄！"

张冲："有坐轿也有抬轿的，这话也是你说的。"

张红旗："你妈的屄！我想让你坐轿！"

张冲："我不想坐也不想抬，我自个儿用腿走。"

张红旗："你妈的屄！"

张冲："你真乏味！"

张红旗："你妈的屄去！"

张冲："你骂人也很乏味，老重复。"

张冲转身走了。

张红旗在地上抓起一块砖头，要追上去。文兰拉住了他。文兰说行了行了你也是，他妈屄在这儿呢看把你气得你能追上他啊？张红旗朝着文兰："啥屄嘛掰出这么个混蛋！坏种！"

张冲："在你的眼里我从来就没做过一样正事。"

张红旗："就是。你是学生你唯一的正事就是念书。书念好了，一好百好，念不好书咋好也不好。你把书念好了？"

张冲："其实我在班上并不是最差的，中等偏下。"

张红旗："那就努力偏上嘛。"

张冲："像我这样的学生要在北京的话，上大学是没问题的，说不定还能上好大学。"

张红旗："那为啥？"

张冲："录取分数低啊。"

张红旗："那为啥？"

张冲："不为啥，就因为是北京。"

张红旗："北京不在中国了？北京人比其他地方的中国人尿得高？"

张冲："所以嘛，以后别老给我说考大学考大学。"

张红旗："哎哎哎两码事啊。你给我下套子啊。北京人让人家北京人去，你念书和北京人是两码事。"

张冲："我中等偏下啊。"

张红旗："不是说了吗？努力嘛，从偏下往偏上努力嘛。"

张冲："有些事情是努力不来的。"

张红旗："没有努力不来的，只要有恒心，铁棒磨成针。"

张冲："这是哄小孩的话，我是大人了。你虽然这么说其实你也不信。"

张红旗："我信。"

张冲："算了我不说了，再说你就会骂人。"

张红旗："你说，我不骂。我今天骂了吗？"

张冲："那好，你让我说我就说。你能努力把我变成北京人么？"

张红旗："这得你自己努力啊。你考大学考到北京，然后在北京工作，不就是北京人了？"

张冲："我说的意思是，你为啥不把我生在北京？"

张红旗："我咋能把你生在北京呢？我连北京是啥模样也没见过我咋把你生在北京？我只在电视上见过它。难道你让我把你擩到电视里去？电视上有北京了，我把你擩进去？擩不进去啊。要把你生在北京我得是北京人啊可我不是。我是南仁村的只能把你生在南仁村。"

张冲："你为啥不是北京人？"

张红旗："因为你爷不是。"

张冲："我爷为啥不是？"

张红旗："你问你爷去。"

张冲："你连这么个问题都说不清你就别老给我说考大学考大学。你把我生在北京你不说我也能上大学。北京就是像我这样偏下的学生也能上大学的地方。你老问我这为啥那为啥，我问了你一个你就没辙了。你为啥不把我生在北京呢？好了好了不说了你脸色已经不对了。"

张红旗："你妈的屄不对了！你不努力念书你让我努力！你不好好

念书你拿北京说事！你妈的屄去去去——"

张红旗："不上大学也别学坏啊！"
张冲："你说话要负责任我哪儿坏了？"
张红旗："你抽烟交女朋友打架和老师作对数都数不过来。"
张冲："数不过来你慢慢数。你数的那些没一样有说服力。你认为抽烟坏你为啥抽烟？男生交男朋友也要交女朋友，只交男朋友就有问题了。和老师作对也要具体分析，你只说我和老师作对咋不说老师和我作对？作对是双方的，不能只怪一方。一说作对就把好给老师把坏给我是不公平的。"
张红旗："凭你这些话就能证明你是个坏种！"
张冲："我坏不坏你到亲戚家打听去，他们都说我好。"
张红旗："我打听过了。他们确实说你好了，他们说娃是好娃，就是不爱念书。这就是他们说你的好话，你听出味道了没？"
张冲："听出来了。他们和你一样，七十二个心眼七十一个都塞实了，只留下一个心眼：考大学，念书考大学。"
张红旗："难道错了吗？都是好心。好心不一定有好脸色。"
张冲："我反感你们说这样的话。反感你们的脸色！"
张红旗："你反感是因为你念不好书！"
张冲："呸！"
张红旗："你呸谁？"
张冲："我往地上呸也不行？"
张红旗："你再呸一下。"
张冲："不呸了。"
张红旗："那你说。"

张冲:"不说了。"

张红旗:"说么,我看你越来越能说了。"

张冲:"我不说了。我算看透了。你,我妈,亲戚,还有老师,都把自己当成有好心没有好脸色的好人。我宁愿看好脸色!我不相信好心一上脸就会变色。见学习好的娃就眉开眼笑,好像见了皇上一样,见学习不好的就摇头,就啥都不是了。你们都是这样的人!我在你们的眼里啥也不是!"

张红旗:"你说的没错,我们就是这样的人。我是,你妈是,天下的父母都是。你呢?你啥也不是,就是个混蛋!"

张冲:"你也太自相矛盾了,前边说啥也不是后边又说混蛋。"

张红旗:"你妈的屄去我想踏你驴日的一脚。"

张冲:"好像你没踏过一样,唉嘿!"

……

"井"里的张红旗

文兰看见张红旗夹着纸烟的手在发抖。文兰说红旗你别啊我知道你心里难受我不想让你难受。我给你说那些话就是不想让你难受。

张红旗说:"我实在想不来我和他说的哪一句话错了?除了我骂他的话我哪一句错了?"

文兰说:"没错么,我也想不来没错么?"

张红旗说:"我不爱他么?我的儿子我不爱他么?他咋就不能好好和我说一句话呢?他每一句话都往我心上戳。我没法和他说话了。我说东,他说西,我说南,他说北,我说你不是我屎日下的,他说我没爹没妈是玉皇大帝日下的,没法说了。所以,你也别费心了,别跟我提他。你就让我这么抽烟让我这么在井里待着。"

他摁灭了烟,又说了一句:

"冤家,确实是冤家啊!"

他长叹了一口气,躺进被窝,闭上了眼睛。

文兰看着他,她感到他很可怜。

他不再说他想听文兰叫床的声音了。

有一分钱花一分钱的人,是只顾当下不顾将来的人,也就是只活自己的人。只活自己只顾当下不顾将来的人还能叫作人么?不叫作人叫什么呢?因为他不是老虎豹子,也不是毛毛虫,还得叫作人,不是人的人。世上有许多种不是人的人,只顾当下只活自己不顾将来的人是其中的一种。

张红旗不是这样的人。全中国大多数的人也不是。他们不但顾当下活自己,也顾着将来,甚至把将来看得比当下重要,甚至把当下的活着看作是为将来的活。将来是什么?将来就是以后的日子,将来就是为儿女。自己把自己以后的日子过完了,死了,埋在土里了,儿女还活着。每年清明节,儿女们会上坟烧纸的。他们活好了,埋在土里的也就好,他们活不好,埋在土里的就不好。所以,顾当下也顾将来的人也是顾着过去的,活自己也顾着自己的先人。还有亲戚,还有朋友,还有邻居,还有认识和不认识的人,他们都有眼睛,会看的。自己觉着好,别人看着好,埋在土里的先人们当然也好。这才能叫作人。

所以,少壮不努力,老大徒伤悲。

也可以是,少壮不节俭,老大徒伤悲。

也可以是，少壮不储蓄，老大徒伤悲。

还有，雁过留声，人过留名。

最终就是：儿女不争气，不如没活过。甚至比没活过还糟。

张红旗就是这样的人。正像他全方位的储蓄一样，也全方位地顾着当下，顾着将来，顾着亲人亲戚朋友邻居和认识不认识的人的眼睛，也顾着死人。是人就应该这么活。

这么活是有风险的。做什么没有风险呢？钱存在银行也有风险。钱存在银行能保值能生钱，也会化为乌有，因为银行也会倒闭。这么全方位顾着的风险就是有可能把自己活到井里去，想出来出不来，就想把自己弄死在井里算屁了，就当自己没活过。可是，当自己没活过和真没活过是不一样的。真没活过是不用"当"的，活过就"当"不成了。咋办呢？就只有难受，掉进井里爬不出来想把自己弄死也解决不了问题的那种难受。

真把自己弄死就不会难受了，至少自己不再难受。自杀的人就这样解决问题。但张红旗不是想把自己弄死就真弄死的那种人。张红旗是想把自己弄死又没想真死只能难受的那种人。

文兰也是这样的人。就因为文兰也是这样的人，文兰也就像她全盘接受着张红旗全方位的储蓄一样，也全盘接受着张红旗全方位的"顾着"。

现在，张红旗把自己掉进井里了，在井里难受着，连想听她叫床的话也不说了。

文兰也难受着。文兰的难受和张红旗的难受一样也不一样。

她想把她的难受说给张红旗。她想她把她的难受说给张红旗的话，张红旗也许会好受一些。

她想说红旗啊红旗，我知道你掉井里了你很难受，我也有一半在井里呢和你一样难受，我还得留一半在井上边，因为我不想让你在井里这么待着我想把你拉上来。

她想说红旗啊红旗，一半在井里一半在井上边并不比全在井里好受，甚至比全在井里更难受。因为我不但要顾着你还要顾着张冲。因为你把自己掉进井里就是因为张冲。

她甚至还想说红旗啊红旗你就让我叫床嘛就像前些日子一样，你好受一会儿你缓口气儿哪怕再掉到井里去呢也好嘛……

亲爱的时光

文兰相信张红旗是爱张冲的。她相信张红旗说"他不是我屎日下的"也是爱张冲。

就算现在不爱了，曾经是爱的。曾经的爱也是爱。

就算现在不爱了，现在的不爱也是爱。

菊艳二嫂抱着人见人爱的小张冲说爱死人了这娃爱死人了咬张冲胖乎乎的嫩嫩胳膊咬得狠了些，张红旗是咋样的？张红旗抚着张冲小胳膊上的牙印子，"哟哟你看，你看"，张红旗就是这么"哟"的，这么说的，好像要用舌头把张冲小胳膊上的牙印子舔没了去一样。文兰看着张红旗，说，你看你，目光和声音都带着甜味。张红旗说我咋了？文兰说二傻子一样。张红旗说我心疼么。文兰说心疼还笑？张红旗说我高兴么。张红旗就是这样的。张红旗歪着脖子给她笑，张冲的小胳膊就在张红旗的大手心里，白得啊嫩得啊像莲藕节节一样。

张冲背着书包上小学的那天，张红旗是啥样子？张红旗真成了红旗一样，见风就抖就飘，没风也抖也飘。他抖着飘着，哼着歌，花了一天的时间，摆弄着院子里的那块槌布石头，和泥呀，搬砖头呀，找人帮忙挪呀抬呀，等张冲放学回来的时候，那块四方四正的青色槌布石头已经是四方四正的石桌了。张红旗把张冲亲爱地拉到石桌跟前，他说儿子你看这是你爸花了一整天的工夫专门给你弄的。他说儿子你可以把它叫石桌叫书桌，也可以把它叫起跑线叫火箭基地。张冲说划一条线大家一起跑才叫起跑线你没划线。张红旗说你爸说的是人生你理解成赛跑了。张冲一脸迷茫问人生是什么？张红旗说人生嘛人生嘛这人生一句两句是说不清楚的咱不说人生了说火箭。张冲不茫然了。张冲说你吹牛它不是火箭基地。张红旗啊哈哈哈啊哈哈哈笑弯了腰。张红旗说是的是的它不是火箭基地但火箭上天就是从书桌上开始的你爸想让你成龙变虎像火箭一样上天。张冲说人不是火箭人能造火箭坐火箭上天。张红旗说对对对造火箭也罢坐火箭也罢你爸就想让你和龙和虎和火箭挂上钩，所以才把你妈你奶奶你老奶奶你老老奶奶几辈人槌布的石头支成了念书的书桌你就好好给咱念书啊哈哈哈……

张红旗像大风里的红旗了，笑得啪啦啦啦啪啦啦啦的。

就在这块过去是青色的槌布石头现在是青色的石桌跟前，满怀着亲爱的张红旗亲爱地挨着张冲，给张冲说过许多话。本来可以面对面说的，但张红旗更愿意挨着说。

他和张冲说过他小学一年级的语文课。

张红旗：我小学一年级的第一课是毛主席万岁，五个字。

张冲：第二课呢？

张红旗：中国共产党万岁，也是五个字。

张冲：七个啊。

张红旗：五个生字嘛儿子。

张冲：第三课呢？

张红旗：中华人民共和国万岁。四个。

张冲：第四课呢？

张红旗：不万岁了，改敬礼了。

张冲：为啥？

张红旗：不能老万岁啊儿子。该万岁的都万岁了嘛，所以就改成了敬礼：国旗，五星红旗，我们爱你向你敬礼。这就是你爸小学一年级的课，几十年了，我还记着呢，在心里扎根了。

张红旗不说第五课第六课了。

张红旗：小时候记的东西会在心里扎根的，一辈子都忘不了。所以，你要趁小抓紧记，多记，一天记了五个字，一年按三百天算，就是千五，两年记的字就够一辈子用了。

张冲：你记了多少？

张红旗：没数过。

张冲：你数嘛我想听。

张红旗：没法数啊儿子。你爸说的只是个算法其实你爸没记多少字。我们那时候和你们这时候不一样啊儿子。

张冲：为啥？

张红旗：不为啥。就因为我们是那时候你们是这时候。

然后就说他的那时候了。

张红旗：那时候没人把念书当回事，因为国家不把念书当回事，说知识越多越反动，哈哈。毛主席念了一肚子书他说知识越多越反动让知识分子写检查让没知识的人抓革命后来又促生产，所以我们那时候念书没负担，一下课就滚铁环，放学回家就捣鸟窝，下雪天就用筛子扣麻雀，把麻雀包在泥里用火烤，烤熟了我们一伙娃就分着吃，香死人了。那时候缺粮缺油没肉吃，就觉着麻雀肉能香死人。星期天弄啥呢？就去地里拔草拾雁粪，坐在西兰公路边上数过往的汽车，想那些汽车是从哪来的要到哪去，想得很兴奋，脑袋疼。碰见外村的娃娃伙呢？

这就说到开火了。

张红旗：我说开火吧！我们两个村的娃娃伙就开火了。和你姨父也开过呢！

张冲：和亲戚也开？

张红旗：那时候咋能知道他是你姨父呢？只知道他是符驮村的王树国。你姨父的弹弓很准。多亏是土弹子，要是石子的话，你爸的额颅就开洞了，就留下疤了。没有吧？你看没有吧？我豁出去了，提着老笨镰盯着你姨父死撵，撵上了，吓得你姨父尿了一裤子，咋整他的你问你姨父去。

他没说他用老笨镰给世界上制造了一个跛脚，也没说用石块制造了一个一只眼。他觉得把这些说给张冲不好。

张红旗：你爸从小学到高中都是这么念书的。上高中的时候还学工学农。那时候咱这地方没工厂，学不了工，就学农，去生产队收豌豆收麦子。现在想起来觉得可笑，本身就是农民，还去学农，你说可笑不可笑？还有更可笑的呢！我们去生产队联系学农，队长叫麻老五，我们说我们找老麻麻队长，村上人说嗨嗨不敢不敢这么叫。队长一来，我们才知道他是个麻子不姓麻。学完农回学校我们笑了一路，你说可笑不可笑？好玩不好玩？

张冲当然觉得好笑好玩，给他爸点头。

张红旗：那时候我们也觉得好笑好玩，但我现在说这些你就不能觉着好笑好玩了。你得有另外的感觉。

张冲：为啥？

这时候，兴奋又亲爱的谈话就到了它的结论部分。

张红旗：就因为那时候把念书当成玩耍了，把自己玩进去耍进去了，就没成龙变凤嘛，成鸡成虫了嘛，只能种地了嘛。现在啥人看电影？都看电视呢！你爸放电影是娱乐死人呢。

张红旗收起了脸上的兴奋，但亲爱还在。

张红旗：这就是你爸把你妈你奶奶你老奶奶老老奶奶槌布的石头支成书桌的原因啊儿子。你现在不明白将来就会明白只要你好好念书就会明白许多人到死都弄不明白的东西你就会成龙变凤的儿子。

他亲爱地摸着张冲的头。

他还领着张冲去过陈大家。

陈大的儿子陈光升是南仁村第一个考上大学的人。陈大因此成了南仁村那几年的热门话题。后来考上大学的人多了，但陈大依然是南仁村人的话题，因为陈大的儿子大学毕业后又考上了研究生，工作没几年又坐上了小汽车，是第一个把小汽车开进南仁村的南仁村人。每次回乡省亲，陈大的儿子陈光升都会坐着一辆黑色发亮的小汽车。嗬嗬，哈哈，陈大的脚趾头要从鞋里蹭出来一样。尽管陈大脸上的表情是谦和的，不张扬的，但南仁村的人都能想象出陈大的脚趾头在鞋窝里的样子。"陈大的得意不在脸上，在脚趾上呢！"南仁村的人都这么说。

张红旗听说陈大的儿子最近要回家省亲，立刻就有了领张冲去一趟陈大家的想法。陈大儿子回来的那天晚上，他给张冲说儿子我明天领你去见个人给你点收获。又给文兰说明天早饭早吃。文兰说咱早吃人家不早吃你去了人家正吃早饭好么？张红旗说噢噢我只顾想着早去没想到这一层那就正常早饭。

张红旗领着他儿子也就是兴夏中心小学一年级学生张冲走到陈大家门口了。他先让张冲看了几眼停放在门外的黑色小轿车，然后就坐在了陈大家宽敞豁亮的过庭里，抽着陈大的儿子陈光升递过来的纸烟，让陈大的儿子陈光升给张冲说几句鼓励的话。陈大的儿子陈光升嘀嘀嘀嘀笑着什么也没说。张红旗觉得陈大的儿子陈光升这么嘀嘀嘀笑着什么也没说也就够了。然后，陈大和他儿子陈光升把张红旗和张冲送出了大门。张红旗说我看小轿车好像换了和去年的那辆不一样么。陈大的儿子陈光升说换了比去年那辆好些。陈大说换得再好也不能拉土拉粪么换个尿嘛还好些好些。

张红旗知道陈大会这么说的，因为陈光升第一次坐着小轿车回来的时候陈大就是这么说的。村人说陈大啊小轿车啊你风光啊陈大。陈大说风光个槌子，开那么个玩意不能拉土拉粪么风光个尿。陈大的话让南仁村的人感受既深刻又很复杂，至今还记着，一提起陈大，首先想到的就是这句话。

张红旗和张冲坐回到他家前院的石桌跟前了。他扔掉了手里没吸完的那根纸烟。张冲有些不明白。张红旗说陈光升的烟虽然高档但我抽不惯我抽我自己的。他从口袋里掏出烟盒，抽出一根点着了，一连抽了几口，然后把脸转向儿子张冲。

张红旗：有收获么？

张冲一脸茫然，眼睛扑闪扑闪地看着他爸张红旗，不知该点头还是摇头。

张红旗：陈大的儿子陈光升嘀嘀嘀嘀笑着啥也没说其实把啥都说了。

张冲听不懂他爸的话。

张红旗：陈大说小轿车的话虽然只有一句但意思很丰富。

张冲还是听不懂。

张红旗：陈大的儿子陈光升考了三年坐烂了一块炕席才考上的。你不用坐炕席。你在学校有课桌在家有石桌你给咱一门心思好好念将来你一次成功。你爸你妈当牛做马保证你一次成功。这话你听懂了吧儿子？

张冲听懂了，点了几下头。

张红旗：使点劲嘛头劲能看出心劲啊儿子！

张冲使劲点了几下头。

张冲他爸张红旗像喝了一口蜂蜜水一样，要从口腔一直漫延到肚脐眼以下去了。

那天晚上，神清气爽的张红旗大大延长了文兰叫床的时间。文兰说哦哦行了噢红旗。张红旗说叫么叫么我不停就是想听你多叫么噢噢……

停止延长

文兰记得的，就在那两三年里，张红旗时不时就会让她延长叫床的时间。她知道张红旗的劲头有很大一部分来自张冲和那块槌布石头支成的石桌。

张冲在石桌跟前坐着哩。

张冲在石桌上看书哩。

张冲在石桌上写作业哩。

张冲手托着下巴颏儿看天哩,想问题哩……

就凭这,张冲他爸张红旗就是神清气爽的张红旗。他的身体里胀满了心气和心劲。他说胀在身体里的心气心劲比卧在枪膛里的子弹还要厉害,不扣扳机也要往外冲,由不得嘛,那就扣扳机嘛,不扣要憋死不成?

文兰说噢噢我也满是心气心劲你就胀吧扣吧我热身子陪着呢!

张红旗没想到,文兰也没想到,他们怎么也想不到,事情正在他们不知情的情况下朝着他们不情愿的方向发展。

是梅梅透露的消息。

梅梅敲他们的门了。

那时候已近夜半,梅梅敲着他们的屋门说,你们光顾你们自己呢你们看张冲去。

一身汗水的张红旗嗯啊呀唔着问梅梅咋啦张冲咋啦?

梅梅说你们看去。

梅梅走了。梅梅好像有情绪一样。

张红旗丢开文兰的热身子看着窗外。文兰说这儿看不到前院张冲在前院哩。文兰穿上衣服,三脚两步就到前院了。她看见张冲的胳膊肘支在石桌上,手托着下巴颏儿,一动不动地看着天上的月亮。他好像没听见他妈已经到了他跟前一样,好像没听见他妈喘气的声音一样。

文兰不喘气了:"哎呀儿子这时候了你咋还在这儿坐着想啥呢你?"

张冲没反应。

文兰蹴在张冲跟前了,轻声细语了:"儿子你咋啦?"

张冲没反应。

文兰拉了一下张冲的衣角:"回屋嘛儿子,嗯?"

张冲还是没反应。

文兰说:"张冲啊你不能这么坐到天亮吧想问题也不能这么想啊儿子。"

张红旗也到跟前了。张冲瞥了他爸一眼,又恢复了看天的姿势。

文兰说:"你看这娃,说啥也不给个声气,你说咋回事?"

张红旗看着张冲,什么也没说,因为他也不知道是咋回事。

文兰说:"这么咋行呢不能这么啊回屋回屋。"

文兰把张冲拉近张冲的屋,看着张冲脱了衣服,进了被窝。她给张冲掖好被角,说:

"儿子啊问题要想但不能这么想快睡。"

文兰给张冲关了灯,拉上门,又去梅梅屋,问梅梅咋回事。

梅梅说:"我也不知道咋回事,他吃过晚饭就坐那儿了,我叫了他几次,他不说话也不动,只往天上看。"

又说了一句:"已经几个晚上了,你们只顾自己睡觉不知道。"

文兰:"啊啊?你咋不早说?"

梅梅说:"这不说了嘛。"

文兰:"噢噢,你没和张冲说过啥?"

梅梅:"过去说过。"

文兰:"说啥了?"

梅梅说:"他问我课文上的题,我知道的就给他说,不知道的就说我不知道。"

文兰:"还有呢?"

梅梅说:"我说你可要好好念啊你一上学咱爸就给你支了石桌子我上学时就没有这个待遇。"

文兰:"哎哎你好像有意见啊,你也可以用嘛。没人不让你用啊。张冲也不是天天用啊。"

梅梅说："我不用，也不想用，用了也没用。"

文兰："为啥？"

梅梅说："我学习成绩本来就一般般我都不想念了。"

这就是梅梅和她妈文兰说的话。梅梅说完这些就不想说了，说她困了要睡了。

张红旗知道文兰问梅梅话了。他问文兰咋回事？

文兰说："张冲咋回事没问出来不知道。梅梅对石桌有看法。"

张红旗："梅梅对石桌有看法，有啥看法？"

文兰说："把槌布石头支成石桌支出事来了。"

张红旗："你把我说糊涂了支个石桌能支出事来？支出啥事了？"

文兰说："梅梅对石桌有情绪，张冲好像也不喜欢石桌。"

张红旗："是不是？不会吧？在石桌上看书写作业想问题咋个不喜欢？"

文兰摇了几下头，给张红旗说了一件事。

她说那天她挤完牛奶从牛棚出来的时候还看见张冲坐在石桌那儿思考问题呢，课本作业本都在石桌上放着呢。她说她交了牛奶一进门，看见张冲没看课本没写作业也不思考问题了，张冲在用力推搬那块槌布石头，要把它推翻一样。她说她当时很惊讶。她说张冲很用心很执着不知道她在惊讶地看着他。张冲使着吃奶的劲，搬一阵推一阵喘一阵气，抹一把头上的汗，又鼓着力气推搬。石头太沉重了，张冲太小太弱了，他推搬得努力，也很可怜。她说她想起张冲五个月大的时候在炕上想爬着拿前边的玩具但张冲不会爬只能伸着小手手胡乱蹬腿，看得人想笑又心疼。她说张冲推搬石头的样子和那时候的情景很像。她说我看他拿那块石头没一点办法很努力也很可怜，不忍心看了，就咳嗽了一声。张冲看了她一眼，又转回头看石桌，然后在石桌上蹬了一脚,坐在小凳子上了,气呼呼的,脸涨红涨红的。她说儿子你咋啦你这是弄啥哩?张冲说我试力气呢。说这话的时候也是气呼呼的满脸涨红。她说这是几个月前的事不是星期天。

张红旗听完后仰着脖子想了一阵,然后说:"噢,噢,就这事?"

文兰说:"噢,就这事。"

张红旗:"他也许真试他的力气哩。"

文兰说:"我看不像。试力气一下就知道了嘛,他搬不动也推不动嘛,可他一次又一次地搬推。"

张红旗:"试力气就得一次一次试。就因为搬不动推不动才一次又一次。"

文兰说:"真搬动了呢?推动了呢?不就翻了?他就不怕翻了?"

张红旗:"那就证明有力气了嘛,再搬回去嘛。"

文兰说:"为啥要蹬一脚呢?"

张红旗:"试脚力嘛。"

文兰说:"为啥气呼呼的?"

张红旗:"没试出力气嘛。"

文兰觉得张红旗的解释没有说服力,又摇了几下头。她说她觉得有问题。

张红旗:"我看没问题。念一阵书写一阵作业想一阵问题搬搬书桌再锻炼一会儿身体德智体全面发展。"

文兰说:"看你你好像成学校的老师了。"

张红旗:"现在提倡一体化了嘛,产供销发展经济一体化,教育学生学校社会家庭一体化,家长不能教课但监督促进总该可以吧?"

文兰说好吧好吧那就监督促进吧。

她嘴上这么说,心里还是有些不踏实。她总觉得会出点什么事。

她时不时就会想起张冲推搬石桌的情景,白天时不时会想,晚上也会想,一想就会心神恍惚,叫床的声音在延长的时候也恍惚了。

张红旗听出来了。张红旗说咋回事你咋回事?

她说:"我说行了行了你一个劲延长。"

张红旗:"你没说延长不好啊。你说行了行了也说你热身子陪着呢啊。你真不想延长就明说啊别这么心神不在地应付我啊!"

张红旗没有了延长的兴趣。

他们停止了炕上的延长。

以后也没有过。

事后想来,那天晚上的停止延长好像他们家的一个"坎"一样。

果真就有了事。先是梅梅的不念书,然后是张冲的出状况。

绳吊

正上初中二年级的梅梅把书包从学校背回来,说她不念书了。她说她犹豫了好长时间她很作难。她说对不起。

文兰没听完就呜呜一声哭了。文兰说为啥嘛好好的为啥嘛啊啊。

张红旗的心里像吃进了一块石头,也问梅梅为啥。

梅梅说我念不动我不愿浪费家里的钱。

"啊啊你说啥?"张红旗瞪圆了眼睛,"浪费?念书花钱叫浪费?"

梅梅说:"我不念了我回来劳动。"

"啊啊劳动?"张红旗的眼睛瞪得更圆了,"就那么几亩地一头奶牛你劳什么动?难道你要跟我放电影?啊?啊?"

梅梅不愿说了,要回她的屋里。张红旗说你找打啊梅梅!说着就伸手了。梅梅站住了,叫了一声"爸!"说:

"我是大姑娘了。"

梅梅确实是大姑娘了她看着她爸张红旗。然后梅梅把搭在前胸的那根长辫子甩到身后,转身进她的屋了。

张红旗放下了他的手。

文兰抹了一把脸上的眼泪水,不哭了。

张红旗低着头。文兰看着他。他们就这么了好长时间。

"好吧。"张红旗说,"不念就不念了。"

张红旗找到了几个理由:第一、梅梅确实有些念不动。第二、不念了是梅梅自己的决定,将来后悔了怪不到父母。第三、现在坏孩子多,梅梅长相好,念书也有安全隐患。

所以,"不念就不念了"。

不念了也好。不念了就给文兰当帮手。除了那头奶牛,张红旗决定拿出大部分储蓄开一间小卖部。

就这么定了。也说给梅梅了。

那天晚上,张红旗把张冲叫到前院,说有重要的话给张冲说。

张红旗蹲到了那块过去的槌布石头现在的石桌上。他说张冲你离我近点,张冲就站近了一点。他说张冲你再近点,张冲就再近了一点。

他给张冲说了梅梅的事。

他歪过头去抽了几口烟。他心情沉重或者焦急或者想什么事情的时候就会这么歪过头去连抽几口烟,甚至一连抽完一根烟的。这一次他没抽完一根,只抽了几口,然后,他转过头来,问张冲:

"你咋想的?"

张冲觉得他爸问的有些突然,不知道该怎么回答。他看了他爸张红旗一眼，两只脚局促地挪了几下，抠手指甲了。

张红旗："知道我为什么要这么郑重其事地给你说你姐的事么？"

张冲又看了他爸一眼，继续抠着手指甲。

张红旗只好自己说了。他说：

"就指望你了，知道不？"

张冲似乎知道了，点了一下头。

张红旗伸了一下脖子，让他的脸离张冲近了许多，又说了一句：

"爸求你了。"

声音低到只有他自己和张冲能听见。

张冲觉得他爸要哭了一样。他又看了他爸一眼，全身都变得局促了。他觉得他爸的眼睛在月光里黑亮黑亮，直勾勾地盯着他。

他又一次点了一下头。

张红旗提高了声音："你得让我看到心劲啊张冲。"

张冲使劲点了一下头。

至此，张红旗才觉得他把梅梅的事处理妥当了，落到实处了。他长舒了一口气。他说好了。

他说好了是给自己说的。

炕上的"不延长"不是事情。

梅梅的不念书是事情，但现在不是事情了。

真正的事情是张冲。

他看着张冲使劲给他点了一下头。这就好了。

张红旗就是这么想的。

他怎么能想到他会把张冲吊到门框上呢？

几个月后，他把张冲吊到了他家的门框上。

张红旗说张冲张冲你放寒假了是不是？张冲说嗯嗯。张冲一边嗯一边往大门外边走。张红旗说哎哎你先别走你让我看看你的成绩单。张冲说在书包里呢你看去。张冲紧走了几步就到了大门外，不见影了。文兰说放假第一天你让娃耍一会儿嘛我去拿。

文兰在张冲的书包里翻腾了很长时间，终于翻出了张冲期末考试的成绩单。文兰说红旗你来看咱一起看书呀本子呀太多了我翻了半晌。

张红旗说我先看。文兰说好吧你先看。文兰把成绩单给了张红旗。

张红旗嘴里叼着半截纸烟眯缝着眼睛看着。

张红旗的眼睛越来越眯了。

文兰说你把烟掐了嘛熏得你能看清不？

张红旗的眼睛全眯上了。

文兰说你看你看让你把烟掐了嘛你不掐。

张红旗的脸色变青了，一只手按在了肚子上。

文兰说你看你看胃难受了晕烟了是不？

张红旗说我没晕烟胃也不难受我肚子疼你看去。他把张冲的成绩单递给文兰，抱着肚子进屋去了。

文兰看一行就哟一声看一行哟一声，一声比一声高，最后是一声长长的"哎哟"。她也像肚子疼一样，一手按着肚子，另一只手拿着那张成绩单，蹲在地上呜呜起来了：

"呜呜，全不及格么呜呜，咋能全不及格嘛呜呜。"

张红旗从屋里跳出来："他日他妈还有一门是零蛋你看见没？"

文兰一下一下点着头："看见了呜呜，是英语呜，呜呜。"

梅梅从小卖部过来了。梅梅从她妈手里拿过那张成绩单看了一遍。梅梅说别这么啊你们别这么啊。她看着她妈又看看她爸。

张红旗："不这么能咋么你说！"

梅梅："别冲着我啊。"

张红旗说好好张冲呢？梅梅说在小卖部他不敢回来怕你们打他。张红旗说好好不打他你叫他回来。

张冲一步一挪地从大门外往进走的时候，文兰还在院子里呜呜着。文兰说张冲啊你咋能不及格嘛咋能有零蛋嘛呜呜。

张冲突然扑过去抱住了他妈文兰的胳膊。张冲说妈啊你让我爸别打我他肯定要打我。文兰呜呜着拨着张冲的手。张冲用眼睛搜寻着他爸张红旗。他看见他爸张红旗从牛棚那边过来了，手里提着一根绳子。

张冲松开了他妈文兰，缓缓站直了身子。

"爸你要打我了。"

张冲的声音有些发紧。

张红旗把绳子扔在那块槌布石头上了。张红旗说梅梅你出去把大门拉上。

张冲看着梅梅，叫了一声："姐"。

梅梅关上了大门，但梅梅没出去。

张冲的眼睛又转到他爸张红旗的脸上了：

"爸你要打我了。"

张红旗说："你过来我先问你几句话。"

张冲往前挪着脚："你要用绳打我了我不过去你别打我行不？"

他终于挪到他爸张红旗跟前了。

张红旗："你把你的成绩单给我解释解释。"

张冲低下了头。

张红旗："你解释一下零蛋。"

张冲："我念不准英语。"

张红旗："有没有能念准的？"

张冲:"大多数都念不准不信你问去。"

张冲好像理直气壮了一些。

张红旗:"大多数都是零蛋?"

张冲不吭声了。

张红旗:"说么。大多数都是零蛋?"

张冲很不情愿,但还是说了:"不是。"

张红旗缓了一口气:"好吧不说这些了。学校的不问你了。我问你坐在这个石桌上好像在做作业在看书在想问题其实你在看天是不是?"

张冲:"开始是想题,想不出来就看天了。"

张红旗:"看天就只看天就不想题了?"

张冲:"开始看天的时候是想题呢,想不出来就想其他的了。"

张红旗:"其他的都是些啥?"

张冲:"有时候啥也没想就看天。"

张红旗:"我问你那些其他的。"

张冲:"想你小时候扣麻雀。"

张红旗:"你妈的屄那是下雪天。"

张冲:"我想的就是下雪天。"

张红旗:"噢噢,还有呢。"

张冲:"想你和我姨夫开火。"

张红旗:"噢噢,还有呢?"

张冲:"也想火箭。"

张红旗:"咋想火箭的?"

张冲:"骑在火箭上到太空里去。然后就想太空是啥样子。"

张红旗:"啥样子?"

张冲:"电视里放的那样子。"

张红旗:"噢噢,你把太空想到电视里去了。"

张冲:"我想不来,我没去过,想来想去就是电视里放的太空。"

张红旗:"电视也罢,太空也罢,你觉得你想这些和你不及格和零蛋有关系没?"

张冲:"有关系。"

张红旗:"你想没想过后果?"

张冲:"想过。"

张红旗:"啥后果?"

张冲:"考试不及格。"

张红旗:"还有呢?"

张冲:"我没想过零蛋。"

张红旗:"但你有零蛋了。还有呢?"

张冲:"你打我。"

张红旗:"噢噢,就是说你早就想过挨打了。"

张冲:"我不想让你打我。"

张红旗:"你把挨打的事情做下了。"

张冲:"我不想让你打我。"

张红旗:"打是一定要打的。"

张冲:"不。"

张红旗:"你现在想一下,怎么打你能让你有点记性。"

张冲:"不嘛。"

张红旗:"想一下。"

张冲:"我要尿裤子了我去厕所。"

张冲两腿夹紧了,抖着。

张红旗:"没关系你尿,就往裤子里尿。尿裤子不影响挨打。"

张冲:"我尿不出来我不尿了。"

张冲的腿夹得更紧了,身子往下缩着,两手捂在裤裆那里,仰头看着他爸张红旗。

张红旗:"你狗日的给我演戏呢。"

张红旗拿起石桌上的绳子。

张冲:"我没有,我真想尿我尿不出来!"

张红旗:"手!"

张冲:"我不!不!"

手到底还是伸过去了。

张红旗把绳子往张冲的手腕上挽缠着。

文兰叫了一声:"红旗!"

梅梅叫了一声:"爸!"

绳子挽缠好了。文兰和梅梅看着,张冲跟着张红旗到了门框跟前。张红旗往门框缝里塞着绳头,塞过去了。张红旗用力拉了一下,张冲就叫了一声,身子往上伸去了。

张红旗没让张冲完全悬空。他在张冲的脚尖刚好能点着地的时候把绳子拴在了门框上。

张红旗走了。他拉开大门出去了。

张冲的身子半吊着,在门框里摇摆着。

梅梅叫了一声:"妈!"

文兰又一次抱着肚子蹲在地上呜呜了。

梅梅跺着脚说:"妈你赶紧啊解绳子啊!"

"我不敢啊呜呜,让你爸回来呜呜……"

文兰抱着肚子跑进屋里呜呜去了。

梅梅问张冲:"疼不?"

张冲呲着牙:"不疼。"

梅梅端来一把椅子,沿上去解着绳子。张冲说姐啊你别,咱爸回来要和你算账。梅梅说算吧。梅梅解开了拴缠在门框上的绳头,张冲的脚跟落地了。梅梅又解开了挽缠在张冲手腕上的绳子。

张冲活动了几下手腕,给梅梅笑了一下,说:"姐,没事。"

梅梅说:"你还笑。"

张冲说:"没吊的时候我吓得要尿裤子了,真吊了就不害怕了,你说怪不?"

梅梅眼里全是泪水了:"你就有点记性吧。"

文兰从屋里出来了。文兰摸着张冲的手腕,说:

"别恨你爸啊呜呜。"

张冲说妈你别哭我知道我爸是为我好。

然后就到了春节。

那一年的春节

在文兰的印象里,那一年的春节很压抑。大年三十晚上的年夜饭几乎是悄儿没声吃完的。他们一家四口没人说话,好像都有话要说,想说又没说,就只有碗筷的声音了,吸溜吸溜咯叽咯叽吞咽和咀嚼食物的声音了,还有张红旗"吱"一盅"吱"一盅喝酒的声音。

后来还是说了几句,是张红旗发压岁钱的时候才有的。

张红旗准备好的压岁钱差点没发出去。张红旗掏出二十块钱给梅梅。梅梅说我不要我没地方花钱给张冲。张红旗又掏二十块钱说一人二十块。张冲说我也不要我没念好书。文兰说哎哎怎么啦这是压岁钱啊。她说没地方花先拿着不花不行么？她说没念好书往好里念不行么怪了我看。她从张红旗手里拿过钱塞给了梅梅和张冲。她说还有新衣服呢，明天都换上新衣服咱新年新气象。她拿出一串爆竹给张冲说："放炮去。"

张冲就在大门外点放了那串爆竹。

噼里啪啦的爆竹声让他们的心情轻松了一些。

临睡前，文兰把一身新衣服放在张冲的枕头边上，又和躺进被窝的张冲说了几句话。她说你爸吊你了你疼在手腕上你爸心里疼呢。她说你手腕早就不疼了可你爸心里还疼着呢你知道不？

张冲说："你让我爸别疼。"

文兰说："我说了不算么谁说了也不算。"

张冲说："我爸不会疼死吧？"

文兰摸了几下张冲的头，说："张冲啊张冲你爸心疼是病也不是病是思想病这下你知道了吧？"

张冲扑闪着眼睛说："是思想病就该头疼？"

文兰说："你这么说也对，心疼头疼一个意思，都是因为你念书你懂了吧？"

张冲说："我听懂了，你说心疼的时候，我就听懂了。"

文兰说："听懂了就好就好好念。"

张冲说："我念好了我爸就不会心疼头疼了？"

文兰说："对么对么，不但不会心疼头疼还会兴高采烈满脸风光呢。"

张冲说："那我就成火箭了我爸就骑着火箭上天了。"

文兰说："你爸说火箭只是个比喻。"

张冲说："我知道是比喻，我也是比喻。"

文兰说："总之你爸和你是拴在一起的，你一生下来就拴在一起了。"

张冲说："你呢？"

文兰说："你想么，能不拴在一起么？解都解不开。"

张冲说："你也心疼头疼？"

文兰说："不说我了，我就不说了你睡吧。"

张冲说："你不说我也知道，你比我爸还疼。"

文兰又摸了一下张冲的头："知道就好，证明你懂事了你睡。"

文兰要走了，张冲又问了一句：

"我念不好我爸会不会头疼死？"

文兰说："你看你看刚说你懂事了又不懂了。你好好念嘛，你不会让你爸头疼一辈子吧。"

张冲说："我会长大的。"

张冲背过身去，要睡了。

文兰说："再长大也是你爸的儿子不能让你爸头疼一辈子嘛。"

张冲说："我知道了。"

张冲睡着了。

大年初一，张冲穿着一身新衣服，在前院的石桌上看了一天书。文兰说红旗你看你看。张红旗说我不看。文兰说看嘛看嘛。张红旗说早看见了。文兰说看见了就好。张红旗说事实证明不能看现象要看本质我等着看下一张成绩单。文兰说你看你说话像杠橼一样直硬，现象好了离本质就近了嘛。

大年初二，张冲又看了一天书。文兰说红旗你看你看。他们把前一天说的话又重复了一遍。

大年初三,王树国和文香夫妇率儿子文昭拜年来了。文兰说张冲今天别看书了和文昭耍去。张冲就和文昭耍去了。文香说梅梅呢咋没见梅梅,文兰说梅梅招呼小卖部呢。文香说噢噢让树国和姐夫说话我和你做饭。

文兰和文香姐妹俩在厨房边做饭边聊天,主题是儿子。文香说文昭不知道念书知道耍么。文兰说前些天你姐夫把张冲收拾了一顿到现在我心情都可不好。文香说树国天天都想收拾文昭不敢么。文昭说我胡跑呀跑到新疆去让你们一辈子找不着。

张红旗和王树国一对挑担坐在热炕上抽着纸烟,说儿子说他们自己最后说到了时代问题,概括起来就是:他们小时候没好好念书把时间快乐了,没学下本事,那是一个坏尿日下的坏时代。现在的孩子念书条件好到天上了却不爱念书要快乐。你说过去没粮吃他们说为啥不吃鱼真傻。你说三年困难时期"瓜菜代"饿得人隔肚皮能看见肠子,他们说瓜和菜是维生素啊你们真能哄人。你说我们把时间全耍了把生命荒废了他们说那多好天天逼我们念书我们没快乐想跳楼。依他们的说法,好像现在的时代是坏尿日下的坏时代。结论是:可不能让张冲和文昭认为过去那个时代好。还有:公平而论,哪个时代都有问题,没有问题的时代还没造出来,咋办?这不是咱能掌握的,咱掌握咱能掌握的事情就行了,掌握着让张冲文昭把书念好。

他们有些乐观了。就在他们说这些话的时候,张冲和文昭两兄弟正蹲在村外的水渠背后一边屙屎一边抽烟呢。

张冲是第一次抽烟。张冲大文昭一岁,比文昭高一个年级,都在中心小学上学,天天见面。张冲知道文昭有时候抽烟,也给过他让他试着抽一口,他没试过,这一次竟把他说动了。文昭说水渠上去水渠上去。他们就到了村外的水渠上。文昭从裤兜里掏出两根纸烟给张冲亮了一下，说，偷我爸的，高档的，咱一人一根。张冲不要。文昭说下去下去水渠上人能看见。他们就到了水渠背后。文昭又递烟给张冲，说，过年呢嘛耍呢嘛。一根一块多钱呢我偷了两根就是想让你要一回嘛要不我就只偷一根了。文昭说抽烟拉屎闻不到臭味不信你试嘛。文昭说着就褪下了裤子，一手提着裤带一手给张冲递着烟。文昭说快嘛专门给你偷的骗你是狗你只抽一口也行。文昭叫了一声哥，好像在求张冲了。张冲看着文昭的脸，又看看文昭手中的那根纸烟。文昭说哥啊咱总得长大的长成男子汉的总要抽烟的。张冲又看文昭的脸了。文昭又叫了一声哥，文昭说你不抽我就把它捏碎去就当我没偷。张冲拿过了那根烟，叼在了嘴上，也褪下了裤子。他们并排蹲在一起了。文昭很兴奋，掏出打火机给张冲点着了那根烟，看着张冲吸了一口。文昭问张冲咋样？张冲感觉了一会儿，说，好像有点晕。文昭说你第一口吸得太猛了你看我。文昭点着了自己的，给张冲示范着。文昭把烟吸进去能从鼻子里放出来。

　　就这么，他们蹲在水渠背后，不为拉屎为抽烟，抽着那两根纸烟。他们听见梅梅喊他们吃饭了。文昭说哥你你张大口呼几口气，要不会闻见的。他们大口呼了一阵气。

　　饭桌上，文昭很兴奋，他说我和我哥去水渠背后拉屎了我哥拉得真多不信你们看去，我哥说他只顾看书憋了两天的屎。文香说文昭你说话注意场合啊正吃饭呢。文昭说噢噢。他说几口饭就看张冲一眼。

　　张冲什么也没说，也不看文昭。

　　接下来的几天，张红旗文兰去了几家亲戚，包括文兰娘家。往年张冲也去，这一年没有。张冲说我不去。文兰看着张红旗，意思是张冲去不去。张红旗说由他。文兰说噢噢不去就不去一去就是一天。

张冲每天都在石桌上看书，也写字，一直到学校收假。

张冲背着书包去学校了。文兰捂着胸口长呼了一口气，说，这年总算过完了。张红旗说啥意思？文兰说看大年三十吃年饭的样子我都不知道这年咋过了，看张冲每天看书的样子，我松快又不松快，现在好了。又说，现在就担心张冲的成绩单了。

绳拴

这一张成绩单不是张冲带回来的，是张红旗亲自去学校拿的。他事先给老师说好了，成绩单一出来他去学校拿。

他拿到了，也看了。他到家一进门就找张冲。

文兰知道不好了，心怦怦跳着，说张冲在茅房里呢。张红旗说叫他出来。文兰说拉屎呢拉完就出来了。张红旗说让他别拉了让他出来。

这一次，张红旗和张冲什么话也没说，连成绩单也没提。他使用的工具还是绳，但没吊。他把张冲拴在牛槽上了。他站在大门外边给碰上的人说："我又买了一头牛你们看去。"

真的进去看的是对门的菊艳二嫂。菊艳二嫂说是不是你日子越过越有成色了。张红旗说你看去嘛看去说不定牛还会给你说话呢。菊艳二嫂说是不是越说你越能了买头牛也能说话。就进去了。

她没看见新买的牛。她说牛呢牛呢？她以为张冲在喂牛。张冲歪过头看她的时候，她才看见张冲脖子上的牛绳。她哦哦着往后退了几步，眼睛瞪成了两枚核桃。然后又放声笑了。她啊哈哈哈啊哈哈哈笑了几声，又止住了。她看见牛槽上的张冲叫了一声张红旗。她说张红旗你太过分了你咋能把娃拴在牛槽上！又给张冲说你爸太过分了太过分了二妈给你解绳。她接绳的时候听见"呸"一声又听见"啪"一声，一口唾沫就打在了她的脸上。她被吓住了。她看着张冲。张冲也看着她，狼一样。她说张冲张冲我是你二妈啊！张冲又给了她一口唾沫。她跳了一下，转身跑了，边跑边叫着：

"红旗红旗你娃真成牛了大口大口吃草料呢你赶紧看去！"

到街上了才想起擦脸上的唾沫，边擦边说：

"赶紧赶紧。"

真有几个人进去了。

菊艳二嫂没说错。张冲把脸埋在牛槽里，正用口吞着槽里的草料。张冲转过身来了，朝着围观的人咀嚼着。他没往下咽，只是鼓着嘴一下一下咀嚼着。鼻子上脸上额颅上都是草料。

菊艳二嫂又跑进来了。她大声野气地叫着说娃啊别咽啊那是牲口料。

张红旗没进去，他蹲在他家的大门外一连抽了半盒烟。

那天晚上是一个特别安静的晚上。文兰没脱衣服，爬在炕上只流泪不出声，已经哭肿得眼睛更肿了。张红旗也没有声音，直愣愣瞪着他的两只眼睛像不出水的干井一样。

张冲在他的屋里躺着。他一连喝了两茶缸的开水，是梅梅端给他的。这一次他没说"姐，没事"，喝完水又躺下了。他一直看着屋顶，一只手压在脖弯里，另一只手在下边，一下一下捏着他的小牛牛，像捏软糖一样。

再去学校的时候，他已经是五年级的学生了。不好的成绩单并没影响升级。九年义务教育普及的法律不允许任何人以学习成绩不好为由让学生留级。

又一年，张冲小学毕业，也有一张成绩单。

张红旗把张冲小学毕业考试的成绩单看了十八分钟。他扔掉早已熄灭的纸烟，给上官英文老师说：我让他去县城上初中。

上官英文老师瞪着眼张着嘴，意思很明白：像张冲这样的学生就是到天上去念书也念不出名堂的。

张红旗说上官老师你好像很惊讶。

上官老师脸红了，立刻说没有没有你误会了。

张红旗给上官老师笑了一下，说："谢谢你的栽培。"

转身走了。

上官老师的脸阴了，他追出去说："你别讽刺啊课是一起上的课本是全国统编教材考试的分数不一样你不怪自己娃倒怪老师了！"

张红旗头也没回："谢谢啊。"

恨恨不平的上官老师回到屋里，看着张红旗扔在地上的半截纸烟，更加恨恨不平。他朝它踢了一脚，想把它踢出去。

"啥人嘛！"他说。

他没踢着。

"真愚昧！"又踢了一脚。

他踢着了，但没踢出去，踢烂了。

朝好处理解

按区划，张冲应该就近在乡下的阳善中学读书，但张红旗决定让张冲去县城。这首先是因为符驮村上官八的一句话：打十几个电话就能和美国总统小布什扯上关系。农村学生进县城的中学不需要美国总统，找到县教育局长给中学校长写张条子就行。交借读费嘛。还有张红旗自己的分析：吊也吊了，拴也拴了，张冲的学习成绩还是上不去，主因固然在张冲不上心学习，但学校的教育质量也很关键。好教师都在县城的学校。张冲并不笨，让好教师教还是能教出来的。

所以，去县城。

张红旗找挑担王树国，让王树国找关系。他说人挪活树挪死我想让张冲去县城上中学。他说县城不是有一所封闭式学校么？就上那所中学，初高中连读。他说你姨家和局长一个村你就给咱费点心。他说花钱就花钱父母不为儿女花钱有多少钱也是一堆废纸擦尻子还划皮肉呢！张红旗的几句话说得王树国很感动。王树国说好好好我也把文昭弄到城里去，典一间房子，许多乡下的娃都找关系进城了咱娃也进。王树国说我完全同意你的观点花钱就往地方上花我给咱跑去。

几天后，王树国跑出了成果。王树国说局长松口了咱拿五千块钱给人家。张红旗皱了一下眉头。王树国说五千块多了点但这不是做生意是办事不能计较多少。张红旗说不多不多。王树国说还有个好机会校长他妈死了你去给放两场电影顺便也就认识了。

放电影的那天晚上，张红旗把局长写的条子交给了校长。校长看完条子说好吧开学时你让娃带着借读费报名费来学校。

张红旗心里踏实了，放完电影回家后给文兰说的第一句话是：日他妈能用钱办到的事是世界上最简单的事。

张红旗决定和张冲进行一次严肃的谈话。

事实上，那一次所谓严肃的谈话从开始到结束都是他一个人在说。

他说，咱把此前的一切全抹掉，重抹桌重上菜。

他说，我是你爸，我挣钱累死累活是做爸的责任。你上县中给咱念书劳心用功是你的责任。主要最终还是给你自己念。

他说，我没念下书我没资格说你，你也烦我，那就听老师的。老师咋教你咋学，老师咋说你咋做。

他说，那是一所封闭式的学校，学生晚上不能出门，你在那儿我放心。

他说，宝剑锋从磨砺出，梅花香自苦寒来。

他说，天道酬勤……

还说了许多许多，听得文兰都要流眼泪了。张红旗说几句，文兰就嗯啊对么一句，夹插在张红旗诚恳又动情的话语之间，强化着谈话的感染力。

张冲听着，没说一句话。

张红旗说："你表个态吧。"

张冲说："把槌布石头砸了去。"

张红旗和文兰都没想到张冲会说出这么一句话来。

张红旗："为啥？"

文兰："是啊，为啥？"

张冲："不为啥。"

张红旗："县城的中学也有星期天也有暑假啊，回家也要做作业啊！"

文兰："是啊是啊。"

张冲回到他的屋里去了，他没表态。

那天晚上，张冲又一次喝了两茶缸白开水，也是梅梅端给他的。他躺在炕上，看着屋顶，一只手压在脖弯里，一只手在下边捏着他的小牛牛，竟把他捏硬了。

张冲去县城报到走了以后，张红旗才发现那块青色槌布石头支成的石桌被砸断了，呈"V"字形窝在四根砖头腿子之间。张冲从邻居家借了一把榔头，改变了它的形状，既不是槌布石头也不是石桌了。

张红旗骂文兰和梅梅。文兰和梅梅很委屈。说张冲砸它的时候她们都没看见，也想不到他说砸了去就真砸。文兰说砸了就砸了已经砸了只要他好好念书。梅梅说张冲走时留了话我还没来得及说呢，他说他能不回家就不回家。文兰问张红旗这话是啥意思？张红旗说从好处理解就是他要好好念书了，从不好处想就是他烦我不愿见我。文兰说那就朝好处理解。

抗踏力

张冲真像他说的那样很少回家。文兰有些担心，说红旗你去县上看看张冲嘛。张红旗说人家不是留话了嘛万一烦我不愿见我呢？文兰说咱说过朝好处理解嘛。张红旗说我说的是万一。

那一段时间，文兰几乎每个星期天都要去文香家等文昭。文昭到县城以后，更像一匹快乐的小公马了，每个星期都回家背吃物拿零花钱。张红旗嘴硬心软，有时候也会跟文兰一起去。文昭给他们的都是好消息：

我哥的学校是封闭式的住校生白天晚上都在学校不让出门。

我哥很用功白天晚上都用功我们兄弟俩星期天才能见一次面有时还不见面他用功呢嘛。

张红旗和文兰有些半信半疑。文昭说不信你们看去嘛我说假话你们撕我的嘴。张红旗说不看了你给他捎二十块钱。

他把钱交给文昭时总要感叹一句："咱贱啊。"

这时候文兰就会说:"天下父母养儿养女没有不贱的。"

文兰还是有些不放心,让梅梅去学校看过张冲,带回来的消息也是好的:

"我看好着哩。学校门卫很严,我一直等到下课才见上的,说了几句话上课时间就到了,就进教室上课去了。"

张冲即使回家,待的时间也很短。张红旗碰见过几次。

问:咋样?

答:还行。

张红旗想不来"还行"的确切含义,就问梅梅。梅梅说"还行"就是还可以的意思,好着呢的意思,有时是"一般般"的意思,有时是不想详细说笼统一点就说还行。张红旗说我想知道他的还行属于哪一种?梅梅说那就得问他本人。

张红旗没问。张红旗说那就还行吧,平安无事吧。

他们过了一段平安无事的日子。文兰叫床如初了。

但终于变成了惊叫:"哟哟哟哟——"

女人的惊叫拖长点声音带上气声,和叫床的声音很难分辨。

文兰正是这么叫的。

有人说:学校是封闭式的但学校的墙上没电网是可以翻过去的。许多学生半夜翻墙出去在网吧上网打游戏整夜不归。

文兰"哟哟哟哟"叫着说红旗你听你听!

还有:你家张冲好像也打游戏。

文兰"噢"一声要晕了。

还有:抽上烟了。

文兰:"噢!"

还有:戴着一对大耳环,牛鼻圈那么大。

文兰不"哟"不"噢"了，眼睛往上翻着，真晕了。红旗及时扶住了她。

他们急切地等着张冲回家，要证实这些传言。

张冲回来了。

张红旗：听说你半夜出去打游戏？

张冲：谁说的？

张红旗：有没有？

张冲：没有。

张红旗：抽烟呢？

张冲：没有。

张红旗：有人看见了！

张冲：同学硬给的，就抽了一口。

张红旗：你妈的屄！耳环呢？

张冲：耳环是啥？

张红旗：你狗日的还装！

文兰说你让我看看你的耳朵。张冲不让看。文兰说非看不行。张冲择身要跑。张红旗把大门关上了，说：

"你不是翻墙吗，有本事你从咱家墙上翻过去。"

张冲不跑了。

文兰看了张冲的一只耳朵就叫起来了：红旗他真打耳洞了！

张冲趔了一下头，把耳朵从文兰的手指头里抽出去了。

张红旗：你咋解释？

张冲：我没戴耳环。

张红旗让文兰搜身。文兰从张冲的裤兜里搜出了两只大耳环。没等文兰叫出声，张红旗一脚就把张冲踏倒了。

67

张冲要爬起来,张红旗又踏了一脚。还要起来。又踏过去一脚。就这么起来就踏起来就踏,一直踏倒张红旗没有了再踏的气力。

他低估了张冲的抗踏力。

张冲还是爬起来了。

张冲拍拍身上的土,说:"我可以走了么?"

张红旗和文兰都没说话。

张冲说:"你把我踏不成你想要的那种人。"

他们看着张冲拉开了大门。

还有:"我不想坐轿也不想抬轿我自个儿用腿走。"

还有:"你能努力把我变成北京人么?"

还有:"我算看透了我宁愿要好脸色!"

然后就是班主任李勤勤的电话。李勤勤要和张冲的家长当面谈一次。李勤勤说张冲应该留级。李勤勤的态度很诚恳,举了许多例子给张红旗,说考不上即使硬弄到高中跟不上课学生自己也受罪。

然后就是:"本来没打算考现在我改主意了。"

还有:"我没爸没妈是玉皇大帝日下的。"

还有的有许多许多。把这些积攒在一起,张冲他爸张红旗就把自己掉在井里了。张冲他妈文兰一半在井里一半在井上边。她说红旗啊红旗我不想让你待在井里我还得顾着张冲他不是说他改主意了他要考嘛。

张红旗从"井"里上来过一次。他去县城跟踪过改了主意要考高中的张冲,跟到了文昭的出租屋里。他看见的是一次生日聚餐,有男有女,有烟有啤酒,也有生日蛋糕。他不认为是生日聚餐。他认为是一伙不良少年在鬼混。他扑过去要扇张冲耳光。文昭抱住了他。文昭说哥啊快！张冲从窗户跳出去了。他想扇文昭。文昭说姨父我们在给同学过生日。他把举起的手放下了。他想他没有资格扇别人的孩子。他说好吧你们过吧。

回去后他给文兰说："他能考上他妈的个屁！"文兰说咋了咋了？他闭上了嘴，什么也没说，依他的说法就是，他又在"井"里了。

"无期徒刑"说

张冲没考上高中。

文兰天天哭。文兰说不行啊红旗你得想个办法。张红旗说他没考上你让我想办法难道让我替他考啊？文兰说张冲要去南方打工你难道让他去打工他才十五六岁！张红旗说他成龙也罢变虎也罢他说他是玉皇大帝日下的你找玉皇大帝去。文兰扑通一声跪在张红旗跟前了。

文兰：红旗，我求你了。

张红旗像没了风的红旗一样，耷拉下了。

文兰：张冲混也得混个高中文凭啊……

文兰泣不成声了，抱着张红旗的腿，一把鼻涕一把泪：就算他不是你尿日下的你也得管啊啊。你不认他是你儿子社会认他是你儿子啊啊。你在社会里你脱不开嘛啊啊……

张红旗蹲在地上了。

张红旗的眼睛里有泪水了。

张红旗眼里的泪水盈满了，就出来了。

张红旗没让它们流出来。他用大手在脸上抹了一下，把它们抹在了大手心里，然后，找王树国去了。

张红旗说："树国哥再求你一次。"

王树国把张冲的手续办妥了。张红旗把手续交给了文兰。

张红旗说："从今天起别再跟我提他。我不会和他说一句话了。我只尽我的责任。我出钱，他混，混个啥是啥。"

又说了一句："他把我的心掏空了。"

说这句话时他没看文兰，不知道是说给文兰听，还是说给自己的。

张冲他爸张红旗说到做到，他不再和张冲说话了。即使在张冲出事以后，他们父子也没说过一句话。

文兰尽量不在张红旗跟前提说张冲。实在忍不住的时候才会说一句两句。

张红旗也有忍不住问的时候。他听说张冲把一个叫孙丽雯的女孩子领到家里来过，就忍不住问文兰了。文兰说女娃挺乖的，还帮我挤牛奶了，就是头发剪得像个男娃。张红旗说他妈的屄去你好像很自豪你等着他给你惹事吧！文兰说你看你我本来不想给你说你要问，我一说你就上火我哪儿自豪了？

张冲没上完高中，他在二年级上半学期离开了学校，在邻县的一家娱乐厅当了保安。半年后，他剜了县公安局一个副局长的一只眼睛，被关进了少年管教所。

公安人员开着警车来南仁村找张冲父母询问有关情况，正好在张红旗家门口碰上张红旗。问：张冲家在哪儿？张红旗说：往村子里边走，门上边有"宁静致远"的那家就是，繁体字。警车往村里开去了，张红旗让文兰上他的三摩，说，你跟我放电影去。

公安人员在村里转了一圈，发现许多人家的门上边都有"宁静致远"，都是繁体字，在烧制的瓷砖上，出自一个厂家。也有"富贵吉祥"，"家和万事兴"，呈现着太平盛世时代新农村的和谐兴旺。

他们没找到张红旗，假使找到了，张红旗也只有一句话给他们：他不是我屄日下的，别问我。

张冲被判了五年管教。

文兰和梅梅看过张冲几次。文兰想让张红旗也去看看，张红旗不去。文兰和梅梅回来给他说张冲在里边的情况，他没说"别跟我提他"。他一直低头听着。听完了，就抬起头往天上看，叹一口气，说：

"我真是把他妈给日了哎！"

张红旗会不会想张冲呢？没人问过。

放电影的张红旗经常会陷入沉思，问他想啥呢？他就会说："谁想整谁了就给他当儿子去。"

问他这话是啥意思？他说：

"无期徒刑么，你想去。"

第二章　两个老师

主课与副课

　　上官英文老师教六个年级的音乐课。他会踏风琴,"文化大革命"时搞过文艺宣传队,排演过许多节目,后来就当了教师,教了音乐课。

　　有人问他:上官老师你给学生教啥课?他会有两种回答。不太在乎的时候他就说:教娃唱歌么。在乎的时候就说:音乐。

　　音乐课也要考试,考试成绩也会记入学生的成绩单,却不影响班级和学校的升学率,更不影响学生将来的考大学,所以,它和体育、绘画一类的课一样,在所有的课里属于低层级的课程,尤其在乡村学校,甚至有人会认为是可有可无的。但还得有音乐课,乡村学校也要有。因为国家要求要有。因为国家教育部门对学校的考察评估是全面的考察和评估。因为要素质教育。因为万一有一个两个学生有音乐天分呢?将来要考音乐学院呢?要成为国家的音乐人才呢?没有音乐课不就把他们扼杀在摇篮里了么?人说"山里飞出金凤凰",意思就是"山里"飞不出凤凰不说,要飞出一只两只来就是金凤凰。许多有名的歌唱家就是从"山里"飞出来的。

　　这么说，音乐课又很重要了？并不的。道理是道理，现实是现实。道理经常是悬空的，现实永远都是现实。你能让国家把音乐或者唱歌列入高考必考课么？这就是教育的现实。教育的现实也就是社会的现实，学校的现实，学生的现实，也是每一个学生家长的现实。是现实使音乐课成为低层级的。上官老师本人也承认的。音乐嘛；唱歌嘛；让娃热闹呢嘛，放松呢嘛；热闹了放松了再鼓劲学语文数学外语还有物理化学嘛，背政治嘛——这里的"背"是背诵的意思。

　　对于课程层级的高低，学校有正规的称谓。层级高的叫主课，层级低的叫副课。如同政治部门的正职和副职一样。正职一言九鼎，副职万语如屁。这么说是想把主课副课及主课老师副课老师的性质地位说得通俗明白一些，但这么说会有副课歧视的嫌疑。其实副课也可以看作辅课的，就像副职是辅助正职的，辅课是为主课添色增彩的。也和课本与教辅材料一样，课本是主体，教辅是参考。

　　以校长的说法，学校虽然有主课副课之分，但主课副课都重要，不重要就不设了！设了，就证明了它的重要。

　　上官老师的音乐课虽然是副课，但动静却是所有课程里最大的。上课前就会有四个学生去上官老师宿办合一的屋里搬抬那架风琴，穿过校园，抬进教室，放在讲台前。还有一位学生提椅子拿坐垫。上官老师属于偏瘦型身体，踏风琴要用坐垫。上课时的动静就更大了。上官老师教一句，六七十学生跟唱一句，然后连起来唱，歌声不但会动荡整个校园，还会动荡出学校的围墙。

　　有主课老师私下给上官老师说：你教歌时能让学生低点声么？

　　上官老师说：为什么？

　　主课老师：声太大了，学生不听我的课都听歌了。

上官老师：噢噢。但小声唱就不叫唱歌了，叫哼歌。音乐教学是哼歌么？

主课老师：有的歌好听也倒罢了，不好听的学生也嫌吵，影响他们上主课。

上官老师：把音乐理解为唱歌是对音乐的无知。把音乐教学中的歌唱分为好听不好听是普通老百姓的层次。

主课老师脸红了：对对对，我普通了。

上官老师的脸也是红的：我们都是教学，都得尽职尽责，我们互相理解吧。

主课老师：对对对互相理解互相理解。

上官老师到兴夏小学以后几周时间，就这么以理性的方式和态度保卫了音乐课的尊严，也显示了他本人的力度。

第一次抽

上官老师不但教音乐，还是三年级的班主任。

他完全可以只教音乐不做班主任的，但只教音乐不做班主任和既教音乐又做班主任的待遇收入以及地位是不一样的。所以，他接受了三年级的班主任。

张冲正好是他班里的学生。

按兴夏小学的惯例，带一个班，就要带到小学毕业。张冲就是他从三年就一直带到小学毕业的。

他们的相遇以及后来发生的一切，用当地的话，可以用"是个遇活"来说。在当地的话语里，"是个遇活"有偶然相遇又天然地扭结纠缠的意思，也有无事生事小事搅大当事者乐此不疲旁观者哭笑不得的意思。

上官老师带张冲的那几年就是这么过来的。

第一堂音乐课，他们就"遇活"上了。

上官老师在椅子上坐好以后，没有立即教歌。他先说了几句和风琴有关的乐器知识。他说："风琴和钢琴一样都属于键盘乐器，还有手风琴。他说咱们学校没有钢琴也没有手风琴……"

上官老师停住了，因为他看见有学生举手。

是张冲。

上官老师点了一下头，张冲就站了起来。

上官老师：你叫什么名字？

张冲：张冲。

上官老师：哪个村的？

张冲：南仁村，离上官村五里路。

上官村是上官老师的村子，和南仁村同属一个乡。

上官老师：噢噢，你有问题？

张冲：没有。我知道你说的手风琴，就是抱在怀里像拉风箱一样的那种。

上官老师用手指头在键盘上快速地弹出了几个音符，说："对对对，像风箱但不是风箱，就如同风琴像钢琴但不是钢琴。咱学校羞他先人没钱买钢琴，这架风琴还是十八年前把乡叫公社的时候文艺宣传队的，我用过的，到咱学校以后听说已修过几十次了，一年比一年修的次数多，就像人走下坡路越走越快，像捣蛋的学生越捣蛋越想捣蛋不捣蛋就难受一样现在开始教歌。"

刚坐下的张冲又站起来了：老师我有个问题。

上官老师：问吧。

张冲：你叫英文为什么不教英语教唱歌呢？

学生们哄一下笑了，笑了半声又戛然止住了。因为上官老师脸上的皮肉不动弹了。他们的哄笑像刚要开放的花朵遭了突来的风霜一样立刻收紧了。他们有的看着上官老师，有的看着张冲，知道要有事情发生了。

确实发生了一点事情。他们只看到了开头。

上官老师对张冲说：你提的问题很好。过去也有学生问过同样的问题。

上官老师站起来了：你出来我告诉你。

张冲跟着上官老师出了教室，在拐角处站住了。

张冲低着头，不敢看上官老师。他听见了一股风声，本能地缩了一下脖子，上官老师的巴掌已经抽在了他的脖子上。张冲知道还会抽的，一只手护着被抽疼的脖子，往旁边趔了一下，第二个巴掌已经到了，不但抽在了脖子上，也抽在了护脖子的那只手上。张冲的另一只手慌乱到不知该抚摸挨了抽的手还是脖子了。

他不趔了。他朝旁边斜跑了两步，站住了，摸着脖子，看着上官老师。

上官老师：这就是你问的为什么，知道答案了么？

张冲：知道了。

上官老师：知道了就好咱就去唱歌。

民办教师

上官英文是本地土产的民办教师。

民办教师和"工农兵大学生"、"知识青年"、"赤脚医生"一样,同属"文化大革命"时期的新生事物。不一样的是,"文化大革命"结束后,工农兵大学生、知识青年和赤脚医生一类的新生事物立刻就变成了历史,民办教师却因为现实需要延长了二十多年的生命。

所谓现实需要就是当下的需要。现实是变化的,变化了的现实可以把需要变为不需要。比如,毛主席说来一场"文化大革命"吧中国需要一场"文化大革命",中央就开了几个会,就"文化大革命"了。十年后,邓小平说不行我们不能这么"文化大革命"中国要改革开放,中央就开了几个会,就改革开放了。改革开放的需要就把"文化大革命"变成了不需要。

然而——这里得用个"然而",中国可以结束"文化大革命",可以抛弃工农兵大学生和赤脚医生,可以终止知识青年上山下乡,却无法不要民办教师,不得不给民办教师身跨两个时代的风光,因为没有足够的钱财把遍布全中国的几万民办教师一刀切掉,换成清一色的公办教师。就是有钱有财,也没有办法立刻生出那么多的公办教师。咋办?只能让民办教师继续民办着,顶着。

就是说,民办教师作为一种现实需要,是有些被迫无奈的,是不得不的一种现实需要。用公文式的说法,可称之为"转型期"的需要。

他们顶得很难受。

他们大都是恢复高考以后没考上大学的"文革"时期的中学生，被村请或乡请为教师，和公办教师一起教他们的学生念书，让他们的学生考入他们自己曾经想考入而没能考入的大学。

他们亦教亦农。开始的时候，每月工资两块，后来五块，再后来八块，转为公办代理或正式民办教师，在县教育局注册在案后，每月三十块，最高时一百五十块，不到公办教师工资的三分之一。这时，已经是公元2000年以后了。领工资的时候，他们很难有领钱的愉悦，更多的是精神情感心理的一次揉捏。咱是民办啊！谁让咱是民办呢？

他们态度认真，教学水平有限，可依照有关政策规定，通过培训、考试陆续转为公办教师。他们为此终生奋斗。咱想转公办啊！

民办教师终将消失，作为一个名词，可以和工农兵大学生、知识青年、赤脚医生一起选入新编的现代汉语大辞典，但现在还没有完全消失，在一些偏远贫穷的山区，还被现实需要着。

上官英文老师给张冲作班主任的那几年，正处于他由民办转为公办的历史性时期。张冲进县城上中学以后，他成功转型，几年后退休。他是幸运的。他转得晚了些，大概与他教的是副课有关，但到底还是转了。许多民办教师到死也没能转成公办，或者没死但年龄到了，能转也不能转了。

上官英文老师所在的地区不是偏远贫穷的山区。他家有三亩苹果树，二亩梨树，还有二亩地种粮食。

第二次抽

文昭很快就知道了张冲挨抽的事,他把张冲拉到教室背后,问张冲:

"疼不?"

张冲说:"你想么。"

文昭很不服气:"他就是不会说英语嘛!"

张冲说:"他会说我就不问他了,也不会挨抽。"

张冲摸了摸挨了抽的脖子。

文昭:"还疼?"

张冲摇摇头,说:"他的手贼厚,下手贼狠。"

文昭说:"民办么,回家劳动呢么,当然厚。他叫黑蛋和苗苗一个村。"

张冲说:"我知道。"

文昭说:"他也许会说英语了。"

张冲:"为啥?"

文昭:"他老去英语老师的屋子。"

学校新来了一位年轻的英语老师,女的。她使兴夏中心小学终于结束了不设英语课的历史。按国家义务教育的规定,小学三年级就要学英语,事实上,城市可以做到,农村则不行,为啥?没人教。农村学生考大学普遍惧怕英语,他们的英语学习比城市晚几年,却要在一个平台上竞争,用张红旗一类人的话说,就真是日他妈去去。但日他妈去去是日他妈去去，现实是现实。国家没有那么大的子宫，不可能在一天之内生出许多英语老师，把他们派到所有的农村小学去，让所有的小学都在三年级开设英语课。英语老师是一年一年培养出来的。农村小学的英语教学得有耐心，等着。兴夏中心小学就是这么耐心等着的，等了十几年，终于等来了这位年轻的英语老师，开设了英语课。全校就这么一位，教三四五六年级的英语，只能是象征性的，但终于有了，而且是女的，年轻啊！刚从英语专科学校毕业的，新鲜啊！县教育局分配来的，公办啊！夏天穿裙子啊，兴夏中心小学的一只孔雀啊。许多老师都爱去她的屋子，包括校长。

张冲说："去的人很多啊。"

文昭说："常去的就黑蛋一个。"

张冲说："他想学英语以后改教英语？"

文昭跺了一下脚："嗨！你都念不准他能念准啊？他多大年龄了？他肯定有想法嘛。"

张冲："啥想法？"

文昭又跺了一下脚："嗨！女的啊！年轻啊！他老婆又黑又丑，你想。"

张冲似乎有些明白了："噢噢。"

文昭："不能让他把你白抽了。逮他。我和你一起。"

张冲："咋逮？"

文昭："看他进去了，咱就跟过去，发现情况咱就喊，让全校的人都知道。你逮不逮？"

张冲想了一下，说："逮。"

他们就开始逮了。

他们没逮着上官老师，反而让上官老师逮着了张冲。

张冲正上自习，看见文昭在教室门外边一个劲给他招手，就出去了。文昭说哥啊快他进去了。张冲立刻精神一振，说是不是是不是。哥俩加快了脚步。文昭说我一直盯着呢看见他在操场边上哼着歌心里寻摸着去呢，果然就去了，我就赶紧叫你来了。说着，就离英语老师的屋不远了。他们放慢了脚步，然后贼猫着腰，猫到了英语老师的窗户底下。很可惜，他们没法偷看，因为英语老师的门上窗上都挂着窗帘，就只能偷听了。他们听得很费劲，因为他们不但要听见屋里的动静，又不能让屋里的听见他们的动静。他们听了一阵，他们恨不得把耳朵变成钻头。什么也没听见。张冲说听不见么，文昭说别出声啊，门帘一挑，上官老师就出来了。

文昭一缩身子，在地上打了个滚，爬起来跑了。

张冲没有，因为上官老师一出门眼睛就和张冲的眼睛互盯上了。张冲慢慢站了起来。上官老师的神色和语气却很平静。

上官老师：你在这儿寻啥呢？

张冲：我去厕所。

上官老师：噢噢，刚才溜跑的那个是谁？

张冲装模作样地胡看了一下：没人啊我没看见。

上官老师：噢噢，你去厕所咋去到这儿来了？

张冲：我路过呢。

上官老师：噢噢，你从哪儿去厕所从这儿路过？

张冲胡乱指着：那儿，那儿，就路过了。

上官老师：噢噢，你走路像用脚画地图呢。

张冲笑了一下：没画，我走路不喜欢直走，喜欢拐来拐去。

上官老师：我看你好像在窗户底下蹲着呢。

张冲：没有没有我路过窗户猫着腰我怕打扰老师。

上官老师：噢噢走吧。

张冲不走。

上官老师：走啊。

张冲：你要抽我是不是？

上官老师：你不是上厕所嘛？

张冲：对对上厕所。

张冲不能不去厕所了。因为上官老师要回他的屋。上官老师的屋和厕所是隔壁。上官老师到了他的屋门口，张冲也就到了厕所门口。张冲站住了。上官老师说走啊。张冲就进了厕所。

文昭很快也进来了。文昭说坏了坏了他把咱给逮住了。文昭说我一直在墙拐角后边看着呢我以为他会抽你。张冲说他没抽。文昭说我知道他没抽抽了就好了就没事了不抽反而让人担心你没说我吧？张冲说没有。文昭说没关系他不是我的班主任管不着我你小心他抽你。张冲说看不出他要抽我。文昭说他装着呢。

第二天早读，张冲就挨了抽。这一次抽的是脸。

有眼色的学生早读晚读都备有两册课本，一册语文一册英语，英语老师过来了就晃着英语课本念英语，语文老师过来了就晃着语文课本年语文。

张冲看着上官老师背着手过来了，赶紧地把手里的语文课本压在屁股底下，换成了英语课本。上官老师刚到他跟前，他就大声念了一句英语：

"恩格里是——马克。"

上官老师站住了，问他："你念的是啥？"

张冲晃了一下手里的课本："英语。"

上官老师："你再念一遍。"

张冲又念了一句："恩格里是——马克。"

上官老师问："啥意思？"

张冲："英语啊。"

上官老师："我知道是英语我问是啥意思？"

张冲摇着头："不知道。"

上官老师一脚踢飞了张冲屁股底下的小板凳。语文课本也跟着飞了。落空的张冲坐到了地上。

张冲："咋了咋了嘛老师！"

上官老师："第一、你念的英语没人能听懂你自己也听不懂。第二、你应该站起来和老师说话。"

张冲一边起身一边解释："我灌了一点耳音我胡念哩。我本来念的是语文看你过来了就换成了英语我知道你和英语老师——"

张冲刚站好身子还没说说完，上官老师的巴掌就带着风过来了，结实地抽在了张冲的脸上。张冲手里的英语课本也飞了，张冲捂着脸跳了一下：

"咋了咋了嘛你抽我你的手贼厚贼重！"

上官老师还要抽，张冲又跳了一下，闪开了。

上官老师不抽了，因为上课铃响了。

早读的学生都在往各自的教室里走。

上官老师："英语是不能胡念的，其他课也不能胡念。你爸掏钱让你念书不是让你来胡念的，知道不？"

捂着脸的张冲给上官老师点着头。

上官老师走了。

张冲没走。他看着飞到一边的课本和小板凳。

文昭跑过来:"赶紧啊进教室啊哥!"

张冲说:"我正在想先捡课本还是先捡板凳。"

文昭说:"咦咦!"

文昭帮张冲捡拾着小板凳和课本。

进教室的时候,张冲摸着挨抽的脸又念了一句:

"恩格里是——马克。"

期末考试,张冲的英语课吃了零蛋。他说他念不准。他爸张红旗把他吊在了门框上。

这一次没抽

有许多极正确的话之所以被人常说,并不是为了依话去做,只是说来听听的。为什么呢?就因为它太正确了,依着它去做就麻烦大了去了,就是愿受麻烦也做不到,就只能说着听听。

"百人百性"就属于这一类只为说着听听不为依着去做的话。

人是有个性的,有差异的,人和人是不一样的,依这话做教育,就该"因人施教"了,或者叫"因材施教"。事实上,学校里只有两种学生:学习好的和学习不好的。以现在不成文的评判标准,学习好的学生也就是好学生,学习不好的学生就是坏学生,时髦的说法叫"问题学生"。

学习不好也不坏的学生呢?他们占大多数,但不引人注目,作为话题没什么说头,老师能记着的,给老师留下印象的学生大都不在他们中间，可以忽略不计的。

这不奇怪，历史书上记着的也是两类人，通俗的说法就是，成者的王侯和败者的贼寇。

张冲属于学习不好的问题学生。

每个人都有自己的经历，都在自己的经历中有自己的发现。上官英文老师就有一个发现：学习好的学生是学校和班级的光荣和脸面，但大多乏味。他们的心思都在学习和考试上，对学习和考试以外的事不关心或不敢关心，久而久之，就显得有些乏味无趣，比如说话，和学习好的学生说学习还行，说其他的就没趣。要有趣开心，就得在学习不好的学生里边找。

这也不奇怪，盗寇的事情往往比王侯的事情更有趣些。

上官老师就喜欢和张冲说话。尤其喜欢在教室外边的拐角处和张冲说话。

教室拐角处经常会有被老师从课堂上请出来的学生，站在教室外的拐角处。依表情和姿势可分为几大类型：低头噘嘴抠指甲型，皱眉头苦思冥想型，委屈饮泣抹泪型，等等。张冲属于无表情歪脖子眨着眼睛看天型。

上官老师首先感兴趣的是张冲被请出教室的原因。

"张冲，今天为啥站这儿了？"

"因为造句。"

"噢噢，造啥句？"

"虽然和但。"

"噢噢，你咋造的？"

"虽然你是老师，但你也是人。"

"噢噢，虽然你是老师，但你也是人……听着好像通着呢么。"

"同学们笑了，老师就说你出去出去，我问为啥，老师说出去想去，我就出来了。我出来的时候听见老师说造句不但要通顺还要咋咋后边我没听见。"

"要我说你造的句子不但通听着还有味道。"

"你讽刺我。"

"没讽刺没讽刺，真的，你念么，虽然你是老师，但你也是人……挺有味道么。"

"那我进去问老师去，我说你说我造的句好着呢。"

"别别，让你出来想你就好好想嘛。想了没？"

"没想。我啥也不想我站在这儿看天。"

"好好，你继续看。"

上官老师走了。张冲又歪着脖子眨着眼睛看天了。

"张冲张冲，刚上课咋就站这儿了？"

"噢么。"

"啥课？"

"数学。"

"为啥嘛？"

"老师说数学会越学越深越学越奇妙的学到最后一加一就不一定等于二了。我就举手了。我说老师你说的不深也不奇妙农民都知道一加一不等于二，一筐苹果加一筐苹果等于一堆苹果，他爸加他妈等于三，有的还等于四等于五，我没说完老师就把我赶出来了，说我捣乱。"

这些都是上官老师喜欢听的。

也有不喜欢听的，比如：

"张冲，今天是咋了？"

"你别问。"

"为啥？"

"你别问。"

"说说嘛。"

"那你别生气啊？"

"不生气不生气你说。"

"我给英语老师的椅子上抹胶水了抹得太多一起身尻子把椅子带起来了你看你看你生气了。"

"我没生气。我是你的班主任你这么捉弄老师你说我该不该生气？"

"我不想说你非要我说。"

上官老师点了一根烟，说："你知道我想干啥么？"

"不知道。"

"我想抽你。"

张冲赶紧往旁边闪了一下。上官老师没抽，他叼着烟走了。

关于抽的谈判

学校不提倡老师打学生，后来干脆禁止老师打学生，专业一点的叫法是"体罚"。也禁止变相体罚。城市的学校大概已经做到了。城市的学生都是独生子女，过去叫"小皇帝"，现在好像不这么叫了，但在家庭的待遇还是小皇帝的待遇，是父母的宝贝蛋蛋爱心尖尖，也是父母的父母的宝贝蛋蛋爱心尖尖，不小心手上脸上擦破点皮，全家上下也会发生地震的，怎么能体罚呢？伤了自尊呢？想不开了呢？不思茶饭了呢？跳楼呢？所以私塾先生打学生板子不是美谈了，是可恶了，是劣行了，是犯法了，要快乐教育。

但这是城市。乡村还没有这么文明和进步，像上官老师给张冲耳光抽张冲脖子的事仍时有发生。这不仅因为乡村的学生很少是独生子女，更因为乡村的学生家长还信着诸如"一日为师终身为父"的古训。如果把该不该能不能打学生作为一个话题，老师和家长的对话可能全是这样的：

老师：你娃不好好学习么。

家长：你教育么，交给你了你就教育么。

老师：难啊。

家长：骂么，不行了打么。

老师：不能打了，有规定了。

家长：谁规定的？一日为师终身为父日他妈谁规定的？棍棒底下出孝子这话错了？错话能传几千年？几千年的人都错了？

老师：有家长告老师呢。

家长：那是个尿家长。不让老师教育把娃领回去算尿了还能省点钱。那不是家长那是二尿。我娃你放心，咋教育都行，成才了我谢你，不成才我不怪你，你放心教育去。

这"教育"里就含着体罚。具体到张冲就是扇耳光和抽脖子。

没有哪个学生愿意受体罚。张冲也一样。他找上官老师谈过一次。

张冲："报告。"

上官老师："进来。"

张冲进来了。坐在风琴跟前的上官老师没扭身子，只停住了弹琴的手指头。

上官老师:"啥事?"

张冲:"我四年级了。"

上官老师把身子扭过来了,看着张冲,手还在风琴上。

上官老师:"咋了?"

张冲:"你以后别抽我了。"

上官老师:"抽不抽和你四年级有啥关系?"

张冲:"你别抽我了。"

上官老师:"你好好的我抽你?"

张冲:"我没想不好好的。"

上官老师的手抱到膝盖上了。

上官老师:"事实上你经常不好好的啊。"

张冲:"其实我不怕你抽。我爸用绳都吊过我了。我是说你别当着老师和同学的面抽我,背过人你咋抽都行。"

上官老师:"噢噢,你有脸了。"

张冲:"我长了一岁高了一个年级……"

上官老师:"噢噢……"

张冲一直低着头,他突然把头抬起来,直视着上官老师。

张冲:"你答应了?"

上官老师:"我考虑考虑。"

张冲:"你要当着老师和同学的面抽我,我就顶你!"

上官老师:"啊啊?顶我?咋顶?"

张冲:"我用头顶你。我往你肚子上顶。我个子低你个子高我腰一猫顶过去说不定会把你顶倒。你想想。"

上官老师真的在想了。他从桌子的烟盒里抽出一根烟点着,吸着,

89

想着，想了好长时间。

上官老师是怎么想的没人知道。张冲也不知道。事实是，从那次谈话以后，直到张冲毕业，上官老师再也没抽过张冲。

上官老师换了另外的方式。

"我不爱念书爱掏鸟"

兴夏中心小学的师生午饭后有午睡的习惯。老师在各自的屋里，学生在教室里。文昭睡不着，就从教室里溜出来，一个人在院子里胡转。他看见一只鸟叼着虫子钻到上官老师屋上边的檐头里去了，就来了精神，把张冲从教室里拉出来，说，黑蛋的屋檐里有鸟窝下儿子了咱把它掏了去。又说，黑蛋不在屋里肯定去英语老师那儿了。又说，他屋里有桌子椅子咱搬出来摞上去肯定能够着去不去？张冲也来了精神，说去。他们就去了。

他们搬桌子挪椅子忙乎了一阵，摞好了。文昭说你个子高我扶椅子你掏。张冲就上去了，很快就掏到了鸟窝，说有呢有呢，掏出来五只鸟儿子，已长羽毛了，扑棱扑棱的。文昭说小心别让它们飞了。张冲说还飞不动呢。文昭说万一呢给我赶紧装兜里。张冲把鸟儿子递给文昭，准备往下跳了，就听见上官老师的脚步声。

张冲不跳了，在椅子上看着上官老师。

文昭也看着，手里的鸟儿子没来得及装进衣兜里。

上官老师到跟前了，站住了。

张冲给上官老师笑了一下，说："老师我们把你屋檐里的鸟窝掏了省得它们吵你。"

文昭说就是就是。他晃着手里的鸟儿子："掏了五个，老鸟飞了。"

上官老师好长时间没有回应。他们也就好长时间一个在桌子上的椅子上站着，一个护着手里的鸟儿子，没动弹。他们等着上官老师说话。

上官老师说话了。他说：

"你们哥俩跨年级联合作业啊。"

上官老师已经知道他们是姨表兄弟了。

文昭说："一个人没法掏万一摔下来呢？"

上官老师说："就是就是，桌子上摞椅子扶着也危险。我给你说个不危险的办法，咱学校有梯子，你们用梯子掏，咋样？"

张冲："我们不掏了。"

上官老师："哎，掏么，你们爱掏鸟干脆就一次掏个够，把咱学校所有的鸟窝都掏了去，细心点掏，一个也不剩，掏干掏净。"

上官老师这么说也真要他们这么做了。上官老师还专门找了一根几米长的棉线绳子，让他们把掏到的鸟儿子栓到绳子上，掏完后拿给他。他说他有用。

张冲和文昭就开始掏鸟窝了。他们抬着学校修缮房屋的那架大木梯，用了几个小时的时间，把兴夏小学所有的屋檐摸掏了一遍，掏到了几十只鸟儿子。他们已经满身汗水了，满手鸟毛鸟屎了。他们把那几十只长了羽毛和没长羽毛的鸟儿子拴成一串，提着给上官老师交差。

文昭说："咱掏了一个鸟窝他就这么整咱啊。"

张冲说："我给他说了不让他抽我了。"

文昭说："他去英语老师那儿是白去，连毛都挨不上，我希望英语老师吐他一口。"

张冲说:"她不吐么。"

文昭说:"等下雪吧,给他被窝里塞个大雪球,就说黑蛋尿炕了。"

张冲说:"悄着。"

因为快到上官老师屋门口了。

他们叫了一声"报告。"上官老师出来了。他看着他们提着的那一长串鸟儿子。

他们:"掏完了老师。"

上官老师:"全掏完了?"

他们:"全掏完了,不信你让人检查去。"

上官老师:"梯子呢?"

他们:"放回去了。"

上官老师:"重不重?"

他们:"不重,两个人抬着呢么,就是鸟窝太多了。"

上官老师:"爱掏还怕鸟窝多啊?"

他们:"太多了,掏得人头发晕。"

上官老师:"别晕,还要展示呢。"

上官老师把拴着鸟儿子的线绳从中间揪断,一长串就变成了两串。然后,上官老师又把它们挽成两个圈,分别挂在张冲和文昭的脖子上,让他们在每一个教室里转一圈。还要说一句台词:

"我不爱学习,我爱掏鸟。"

这就是上官老师说的"展示"。

他们就按上官老师说的,在每个教室展示了一遍。

上官老师:"展示完了?"

他们:"完了。"

上官老师:"每个教室?"

他们:"每个教室。"

上官老师:"说台词没有?"

他们:"说了。"

上官老师:"啥感受?"

他们:"头一个教室最难进。"

上官老师:"为啥?"

他们:"丢人么。"

上官老师:"然后呢?"

他们:"然后就顺了,进去就说,我不爱学习,我爱掏鸟。"

文昭加了一句:"有几个鸟儿子老扑棱,我说再扑棱把你们煮了吃,我这么一说教室里的学生都给我拍手。"

上官老师:"你觉得很光荣是不?"

文昭:"不是。他们起哄呢。"

上官老师好像有些累了,说:"我真想给你们爸说让你们别念书了把书包背回去掏鸟去念啥书嘛。"

又说:"我肚子饿了身上没劲了你们把鸟儿子埋了去回吧。"

张冲和文昭也累了。他们在学校外边的野地里刨了一个坑,埋了那几十只鸟儿子。他们没像他们爸当年那样用泥包着烧了吃。

挖洞补洞

这回,又是文昭起的头。

文昭想在上官老师的屋墙根下捅一个洞。

他说咱不等下雪不给他捂雪球了咱给他墙上捅个洞。他说从厕所这边捅过去咱从扫帚上抽几根竹子。

兴夏小学每个教室的墙角都有几把细毛竹子绑缚的扫帚，大扫除时扫院子。

张冲说然后呢？

文昭说："然后就给洞里尿啊。让上厕所的学生都往洞里尿啊。每人尿一泡他屋里就尿气熏天了。"

又说："不能让他白抽了你啊。"

又说："他想着花子臭咱，咱也耍个花子臭他。"

张冲说不能让人发现了。

文昭说："星期天啊，哥！"

就这么定了。

他们从三把扫帚上各抽了两根竹子，折成长短不齐的截儿，又提了半桶水，然后就窝在厕所里的墙根底下，开始轮流作业了，捅啊，掏啊，不时往里边灌点水，可愉快可兴奋。他们先用短竹截儿，然后就换成了长竹截儿，到底捅透了。

张冲有些不放心，趴在小洞口往里看了一阵，说："透了。"

文昭也趴在小洞口看了一阵，说："哥啊真透了！"

他们面对面坐在小洞跟前笑着，用满是泥巴的手指头作了个"V"字，然后互击了一下巴掌，喊了一声"耶！"站起来了。

文昭说："把桶里的水灌进去。"

张冲说："不不，尿气熏天就得用尿。"

张冲解开裤带，朝洞里尿着。

文昭说对对对，也解开裤带，和张冲一起尿着。

张冲说："明天让上厕所的都往洞里尿，谁不尿扇谁。"

他们谁也没扇，因为上厕所撒尿的学生都很乐意朝那个洞里尿，更乐意比着看谁尿得准。还有学生猛喝水，为的是多去一趟厕所。

上官老师终于闻到尿骚味了，用鼻子满屋里找，没找见。直到上音乐课抬风琴的时候，他才发现了尿骚味的来处。就在风琴背后的墙根底下。那里已淤积了一大堆尿水冲过来的淤泥。

上官老师阴着脸，看着那一堆淤泥想了一会儿，给抬风琴的学生说，今天的音乐课不上了你们自习去。然后，他从教室里叫出了张冲，又叫出了文昭，把他们带到了他的屋里。

上官老师指着墙角的那一堆散发着尿骚味的淤泥说："你们认得不？"

张冲和文昭看了一眼，抽了几下鼻子，没说话。

上官老师说："我没叫错人吧？"

张冲和文昭又抽了几下鼻子，还是没说话。

上官老师说："我要反映到学校，你们就念不成书了。"

张冲有些急了，说："老师你别，是我弄的我承认，和文昭没关系。你实在想开除就开除我，别开除文昭。"

上官老师说："你说的实在要开除是啥意思？"

张冲说："你别开除文昭，也别开除我的意思。"

上官老师说："那你说咋办？"

张冲说："只要不开除，你说咋办就咋办。"

上官老师说："那就让文昭给你脸上吐。"

张冲看了文昭一眼，文昭低着头。

上官老师说你们商量吧。他躺倒床上看歌谱了。

张冲说文昭你吐吧。文昭不吐。张冲说吐吧要不就开除了。文昭眼里立刻有了泪水。文昭叫了一声老师说，是我们两个一起弄的。

上官老师说："那就互相吐。"

文昭说："往洞里尿的不光是我们两个，好多人都尿了。"

上官老师说："罪魁祸首是你们两个，我只找罪魁祸首。"

张冲说吐吧吐吧。文昭试了几下，吐不出来。张冲就往文昭的脸上吐了一口，然后两个人就你给我吐一口我给你吐一口这么一人一口互相吐了。一会儿，两个人脸上的唾沫就往下淌了。再一会儿，两个人的嘴就吐干了，不吐了。

张冲和文昭："老师没唾沫了，吐不出来了。"

上官老师："没了就干吐。"

张冲和文昭干吐了一阵，又停了。

"老师嘴困了。"

"困了就困吐。"

"嘴不听使唤了。"

"再吐两口试试。"

张冲和文昭不试了。

上官老师放下歌谱，起来了。他看见张冲和文昭的眼里都有泪水。他们用膨着泪水的眼睛看着他。

上官老师："那就不吐了，把那堆淤泥弄出去，把洞补上。"

张冲和文昭用铁锹铲掉了那堆尿泥，然后用土塞洞。

他们轻松了，边塞洞边交流。

文昭："难怪有的老师讲课讲半堂就不讲了让学生自习，是嘴困了。"

张冲："从前不知道嘴也会困，今天得了个经验。"

文昭："是知识。"

张冲："课本上没有的知识。"

文昭："那也是知识。"

张冲："想试不？想试咱就不补洞了，再尿。知识就是力量，咱得了知识，再吐说不定能多吐一阵。"

文昭："不想不想，万一他不让咱吐另换个花样呢？算了算了。"

他们补好了那个洞。

特别烟卷

许多学生喜欢厕所甚于喜欢教室。

更有学生压根就不喜欢教室，只喜欢厕所。

进教室就是进地狱。

如果考试的话，那就是进地狱受刑。

厕所呢？天堂啊。

厕所不是屙屎尿尿的地方吗？是的，家里的厕所是，公共厕所大概也是，学校的厕所则不然，尤其对那些只喜欢厕所的学生来说，去厕所不只是屙屎尿尿，还是放松精神的一种方式，还是朋友伙伴的一次自由约会，还是贬排老师的一场话语狂欢和集散，等等等等，可称为厕所活动。

这样的厕所活动大多都在自习时间，课间只有十分钟，没法完成这类活动。

男厕所还会多一样：抽烟。或者学习抽烟。

这一回就是在厕所里起的事。

这一回的上官老师又换了一种教育方式，使教育显出了它庄严和神圣的一面。

有学生说老师老师他们在厕所抽烟呢一堆人。

上官老师本来没想管，就随便问了一句：有我们班的没？

"有啊张冲就是。"

上官老师就不能不管了，就去了男生厕所。

确实有张冲。还有文昭和另外两个学生。上官老师出现得太突然了，他们没有来得及销毁"赃物"，被逮住了。

上官老师说："手里的烟都别扔，一个一个往外走。"

他们并排站在了厕所外边。

上官老师伸出一只手，有三个乖乖地把手里的烟放在了上官老师的手心里。

张冲没动。

上官老师对张冲："你呢？"

张冲："我没有。"

上官老师："手很快么，扔哪儿了？"

张冲："我没有我拿啥扔？"

上官老师："抵触情绪大得很么。"

张冲："我没有我没抽我没抵触。"

文昭说："我哥就是没抽，给他他没要。"

上官老师："噢噢，就是说，你张冲没抽你和他们在一起看他们抽，是不？看着看着也许就想了但没来得及，是不？"

张冲："你随便说就算是吧。"

上官老师把手里的三根烟挨个儿看了一遍，说："比我抽的高级多了，芙蓉王，猴王，都是王字牌的。"

然后又说:"把口袋里的也掏出来。"

文昭掏出了半盒芙蓉王,说:"我偷我爸的,招待苹果贩子的。"

另一个掏出半盒猴王,说:"我用买本子的钱买的,我想给文昭扎个势,没扎过他。芙蓉王比猴王高一个档次。"

上官老师怕他们有埋伏,就把他们几个人的口袋挨个儿搜了一遍,没埋伏。他数了一下,加上正抽而未及抽完的三根,共二十八根。他要处理这件事了。

他对张冲说:"你说你没抽我也没逮住你说咋办?"

张冲说:"我和他们一伙他们咋办我咋办?"

上官老师说:"嗯嗯,你很义气,那就一起吧你们跟我来。"

他们跟着上官老师到了他的屋里,又一次并排站好。

上官老师晃了一下手里的烟说:"二十八根,正好一人七根。我把它们改造一下,卷成四根,你们一人一根,好好地美美地抽一次,就知道烟是咋回事烟是啥东西了。"

上官老师把二十八根纸烟揉开了,把烟给分成四等份,觉得不够,就把他自己烟盒里的十几根纸烟揉开加了进去。他说你们别担心我不要你们还我。又说,别嫌我的烟不好啊。

上官老师的烟确实不好,属于劣等烟草,最廉价的那种。

文昭说我们不嫌。

上官老师说不嫌就好。他用报纸把那些烟丝卷成了四根一尺长的烟卷。他说,你们不能在我这儿抽,免得其他老师看见了误会,以为我怂恿你们抽烟。他说,咱找个豁亮的地方,有意思的地方,不容易忘记的地方。

上官老师把他们带到了兴夏小学的旗杆底下,在学校大门里边的院子中间。

上官老师说：就这儿。

他们在旗杆下站成一排。上官老师把烟卷分发给他们，并亲自用打火机给他们点着，说：抽吧。

他们就开始抽了。

那天正好有点风，正好能让旗杆上的国旗招展开来。

就这么，兴夏中心小学招展着的国旗下，并排站着四个小学生，每人用手扶着一根一尺长的烟卷，一口一口吸着。上官老师蹴在一边，胳膊盘在膝盖上，看着他们抽，并不时给他们说一句话。

他说："吸么，往肚子里吸。"

他说："从鼻子里往外出么。"

他说："别急，慢慢抽，庄严的国旗在你们头上多光彩抽。"

没抽到一半，四个人开始淌眼泪了。

上官老师说："不是羞愧的眼泪吧？烟呛出来的吧？"

四个人先后开始呕吐了。

上官老师说："别吐别吐，抽不完就浪费了。"

他们没有抽完。恶心引起的呕吐使他们没法抽完那根特别的烟卷。他们的脸色发黄了，发白了，弯着腰呕吐变成蹲在地上呕吐了。

上官老师不再说话了。他似乎有些蹴不住了。他感到他的心跳有些快。他知道他的这种以吸烟整治吸烟的教育会有威力，但威力大到什么程度却是事先没有想到的。他的脸色也开始变化了。

他突然从蹴着的地方跳了起来。他看见文昭躺在地上了，口里吐白沫了，手和腿抽风一样胡乱抖了。他的脚底下像装了弹簧一样，一下就弹到了文昭跟前，两手慌乱地捋摸着文昭的肚子，叫着文昭："文昭，文昭，你不要紧吧？你没事吧？"又慌乱地看着另外三个呕吐的："别吐了你们别吐了行不行！"

张冲一边呕吐一边看着上官老师。他看见上官老师好像要哭了一样，他在求他们。

上官老师没想到会这么收场。

上官老师时不时会想起旗杆下的这一幕。他很懊恼。他是这么说的："嗨哎！我为啥嘛我！贴赔了大半盒烟，还出了一身冷汗。"

无辜的苹果树

兴夏中心小学的国旗在旗杆上招展着。旗杆下以吸烟整治吸烟的教育也时不时地继续着。施行教育的也许是上官老师，也许是其他老师，但被教育的已不再是张冲。

张冲小学毕业了。

就在张冲他爸张红旗给上官老师说我让张冲去县城上中学说谢谢啊以后不几天，也就是上官老师踢烂了张冲他爸张红旗扔在地上的半截纸烟说真愚昧以后不几天，已经小学毕业的张冲和表弟文昭接上了头，他们像几年前联手掏鸟窝一样，又一次联手作业，让上官老师有了更大的"贴赔"。

文昭说："我侦察好了。"

张冲说："今晚就去。"

就在那天晚上，张冲揣着一把砍刀，由文昭带路，来到了上官老师家的苹果地。

张冲说："不会错？"

文昭说："我保证。"

张冲提着砍刀进地了,文昭在地头望风。

上官老师家的苹果树挨个儿挨了一刀。

第二天,张冲专门找了一趟上官老师。他没让文昭和他一起去。他说我一个人去。文昭说对对对我心虚上官老师一眼就看出来了。

上官老师一看见张冲就说:"我已经知道你要去县城上中学了。"

张冲说:"我找你不是说这事我看见有人提着砍刀进你家苹果地了肯定没干好事你去看看。"

上官老师说:"啊啊是不是是不是?"

上官老师撒腿跑了几步,又折回来,骑着自行车去了地里。

张冲随后也到了。他看见上官老师在地头上坐着,好像害了牙疼一样,疼到心里去了,嘴里吸溜吸溜的。

上官老师说:"一棵也没有放过。"

张冲装模作样看了几棵,说:"就是一棵树砍一刀,砍的地方也一样。"

然后就安慰上官老师,说,老师你别太心疼已经砍了心疼也没用。又说,树不会死的只是比别的树晚长三年要用塑料带缠住刀口用布条捆住用土拥住得花半个月的工夫没事没事的。

又说:"我姨夫是他们村最早栽苹果树的,我给我姨夫帮过忙,还看过一本《苹果树的栽培与修剪》,是西农大的教授写的。"

他说他愿意给老师帮忙修复苹果树。

还发表了一点看法:"砍树的人心肠还不算坏,刀下留情了。"

上官老师皱了一阵眉头,突然说:"是不是你砍的?"

张冲说:"哎老师,哎你为啥这么想?"

上官老师泄了一口气,说:"我也不知道我为啥会这么想。"

张冲说:"你要这么想我也没办法你就这么想去,别想出病来就成。苹果树已经病了，老师再病损失就更大了。"

张冲走了。走的时候把他愿意帮忙的话又说了一遍。

上官老师连续工作了半个月时间，修复了他家的苹果树。

他没请张冲帮忙。

几年后，上官英文老师在县城的街道上和张冲不期而遇。张冲叫了一声老师，给老师递了一根"苏烟"。上官老师吸了一口，说：好烟。然后就美美地吸了一口，回味了好长时间才吐出来，说：香，真正的香烟，过去没吸过。他们说了一会儿话。上官老师说他已经转成公办了，也快退休了。说过去对不起，过去心情不好，但心是好的，希望你成才，有出息。为了证明他的真诚，又说：张冲你想想，为啥要在国旗下呢？张冲说是的是的庄严嘛。上官老师摇摇头，说：事后想起来，那时候还是有问题的。张冲说是的是的有些变态。上官老师没有反驳。他又说了些学校里的变化。说英语老师嫁到市里去了，听人说已经生娃了。上官老师说这些的时候，就像回味小时候吃过的一口甘蔗，遥远的甜里带着几丝涩。也可以用张冲头上挑染的头发比拟，大面积的蛋黄色里活跃着几丝绿。上官老师说他已做好了退休后的准备，易风易俗去呀，组织一个跳舞队，到这个村那个村去跳舞，既锻炼身体开阔心情，也能冲击近些年开始流行的拜佛念经迷信活动。张冲说噢噢听着好像也有些变态。

他们就这样分手了，再没见过面。后来就听说张冲犯了事。上官老师说噢噢不奇怪迟早的事继续——

他弹着一架集资买来的电子琴，正在给他的跳舞队排练舞蹈。

她像她自己的广告

十五年前，李勤勤是省城一所名牌师范大学中文系的师范生。就是说，她上大学时已经选择了将来的职业。四年后，她兑现了她入学时的选择。

她完全可以利用自身的条件改变职业，像许多师范院校的学生那样，毕业后不做教师。上学期间，曾有几位有钱或有权人家的子弟向她表示过他们的好意，她拒绝了他们。如果把他们的表达和她的拒绝整理成文字，就是这样的：

李勤勤：谢谢，我不愿改变我当初的选择。

他们：为什么？

李勤勤：就因为当初已经作了选择。

他们：许多人当初选择了但又改变了甚至不惜和人上床。

李勤勤：我要改变不是也要和你上床吗？

他们：上床和上床是不一样的因为爱而上床是美好的。

李勤勤：我还没有做好这种美好的准备，就是说，我现在还没准备和谁上床。

他们：没关系啊先留在省城然后培养啊培养感情。

李勤勤：我更愿意服从分配。

他们：分配的去向也是可以改变的。

李勤勤：我喜欢自然一些。

他们：你的所谓自然一些的分配就等于去某个县城的中学，因为像你这样从农村考上来的学生不花钱不用权就没有留在省城的可能，哪怕是做中学教师，你明白吗？

李勤勤：明白。

他们：你可以不管啊，不用你花钱走关系啊，不用你讨好任何人啊，你什么都不知道啊，不影响你的清高啊勤勤。

李勤勤：把知道的装作不知道还能是清高吗？答应你去为我做这一切是不是讨好呢？

他们：不一样啊勤勤。喜欢你想和你好啊勤勤。你去县城教书太可惜了啊勤勤。

李勤勤：一个人可惜不可惜不由地方决定吧？我父亲在地方教了一辈子书，现在退休了，每天早晨和傍晚在村外的水渠岸上转悠，看过路的人，过路的车，看远处，看天，忽儿愁眉紧锁，忽儿舒眉现笑。他在想什么呢？想什么都不会想可惜不可惜的。我也不会用可惜不可惜想我的将来。更不会想在省城和县城哪个可惜哪个不可惜。尤其不愿意在接受恩惠的前提下培养和某个人在省城上床所需要的一切，包括感情。我说清楚了吗？

他们：清楚清楚，开始不清楚，现在清楚了。你很聪颖很漂亮，也很固执。你留在省城的可能性已经是零了。

就这么，学习过汉语言文学也学过教育心理学教学方法论的李勤勤以她的固执守住了她的清高，经分配自然地回到了家乡的县城，在一所初中高中都有的完全中学里教书了。先教初中一年级的语文，然后教初中二年级的语文，然后教初中三年级的语文，并做了一个班的班主任。

像在省城的拒绝一样，她连续拒绝了县城几位有钱或有权人家的子弟。固执还是固执，清高则变成了高傲。她二十八岁了。

就在她二十八岁的时候，一位自称和她同样固执同样高傲因只交女朋友不结婚而拖大了年龄的人托人捎话，要和她见一面，说几句话，并声明绝不拖泥带水，问她愿意不愿意。她对他曾有耳闻。他是瑞林棉织厂老板的儿子。也许是因为好奇，也许是鬼使神差，她接受了他的约请。

他确实没有拖泥带水。

他说：我是来向你求婚的。

他说：我知道你心性高傲，但心性高傲不见得要一辈子独身。

他说：我也是。

他说：县城太小了，你吓退了一批人拒绝了一批人，你已经无法找到比我更合适的人了我也有大学文凭，只是没经过高考是交钱后去省城的大学经过认真学习得到的，那所大学并不比你上的大学差。

他说：谁都可以心存高远但谁也不能脱离地球跳到半空里生活，比如你想把你爸接到你身边但你没有房子，这就是现实。我还想强调的是，县城很小，这也是现实。我已经替你扳着指头数过了衡量过了完全适合你的一个也没有了我是远距离里离你最近的一位。所以——

他说：我希望在我之前向你求婚的那一位是最后一个被拒绝的。你要愿意，我从今天起就停止喝酒并不再看你之外的任何一位年轻漂亮的女人。

当时的李勤勤受没受到刺激？反感不反感？有什么样的反应？后来又是怎么考虑的？这些已不重要了，因为和她结婚成家的就是这个人。她离开了学校的单身宿舍，和他一起住进了新落成的安居小区一套三居室的单元里。转年，她生了一个男孩，做了母亲。

两年后，棉织厂倒闭，曾誓言不喝酒不看勤勤之外任何女人的他旧病复发。几个月后，她给他说：我们离婚吧。他说不离不行么？

她没有回答他。

他们办了离婚手续。

他问：孩子呢？

她说：我会把他养大的。

他再也没回过那套单元。

李勤勤的父亲李庭光已经半身不遂，这位退休多年的老教师不能在村外的水渠岸上转悠了。李勤勤把他接到了她的身边。她似乎不准备再婚了。除了给儿子做母亲给父亲做女儿之外，要只做教师了。

她会不会想起十多年前在省城的拒绝呢？会不会想起可惜不可惜呢？没人知道。知道的只是：

她上课，批改作业，评点作文，和不同的同学谈不同的话，每天工作十几个小时，口碑很好。

她有一辆电动自行车，每天往来于安居小区和学校之间。

还有幼儿园和菜市场。

夏天，她常穿的是一件素色碎花长裙，棉布的。冬天冷起来的时候，她就穿那件带有风雪帽的羽绒衣，红色的。还有一双皮靴。

她像她自己的广告一样，固执依旧，高傲依旧。

她好像在和一样看不见说不清的东西较着劲。

也和她自己。

也包括她后来的学生张冲。

我想说的是耳洞

没给张冲做班主任之前,李勤勤和张冲有过一次"照面",很偶然。她骑着那辆电动自行车进校门时匆忙了一些,险些撞到了一个学生身上。她惊叫了一声,猛一刹闸,要倒了。学生眼疾手快,扶住了她和她的自行车。和她打了一声招呼:李老师好。她说对不起对不起我要赶时间差点……学生说没关系的老师,给她笑了一下,走了。

他就是张冲,有名的问题学生。有老师给指过。

就在这一次"照面"之后,她会时不时想起张冲。她很奇怪她会时不时想起张冲,想起他扶她时的动作和神态,想起他说李老师好,说没关系的老师。她觉得张冲并不像传言的那么"问题"。她觉得他很有礼貌,比同龄的学生成熟。

当然,头发是问题。他不但留着长发,还染了色。

她甚至想,他会不会分到我的班里呢?如果张冲在我的班里,我就先和他说他的头发。他也许会听话的,也许会不再是问题学生的。

没有了问题,学习也就会跟上来的,可以动员一个学习好的同学帮他。我也可以抽时间帮他补课……

又觉得这么想很可笑。初中二年级有九个班,升到三年级还是九个班,张冲恰好就在她的班里,要比他们的"照面"还要偶然的。我总不能向学校要求把张冲分到我的班里吧?

奇也不怪,新学年开始后,她竟在花名册上看到了张冲的名字。

她心里"咯噔"了一下:看来,有许多东西确实是早已注定的,一个人和一个人的相遇，一个老师和一个学生的相遇也是注定了的，事先会有预感的。这就是时不时会想起张冲的原因吧。偶然相遇打招呼的学生不止张冲一个，为什么偏偏时不时会想起他呢？

她站在讲台上，依惯例先向新同学介绍了自己，然后点名。

她点到了张冲。张冲站起来答了一声"到"。就此，她和张冲开始真正遭遇。

遭遇比相遇要复杂得多，深刻得多。和张冲之间发生的许多事情，无论是行为还是感受，都远远超出了李勤勤的想象。

她和张冲的第一次谈话就是一场遭遇。

约张冲谈话，她是有准备的，准备像她当初想过的那样，说头发。

张冲进来了。

她合上了备课本，也合上了旁边的课本，把它们叠放在一起，然后，把随意握起的手放在课本上，抬头看着张冲，表情是和蔼的，但不严肃。她想在他们的第一次谈话开始时能给张冲一个印象：她很重视他们的第一次谈话，也想让他们的谈话能自然一些。

她：我们见过的。

张冲：是的老师，你点过名了。

她：不，还要早。

张冲：我星期天逛街，在菜市场和幼儿园门口看见过你。你不会看见我的。我是路过，你在买菜，接娃。

她：我们单独见过。有一次我进校门时差点撞了你。我印象很深。

张冲：是不是？

她：你很有礼貌。

张冲：老师你在表扬我么？

她：怎么啦？

张冲：我会把表扬听成讽刺的。

他：为什么？

张冲：我听惯了讽刺。我想你找我不是为了给我表扬的。我知道你要说啥。

她：说啥？

张冲：头发。

李勤勤有些诧异。她没有让她的诧异表现在脸上。她不想让张冲看出来。

她：为什么要说头发呢？

张冲：初一初二的班主任头一次谈话都说的是头发。你们一样的。

她：为什么要一样呢？

张冲：都是老师嘛。难道你不说我的头发吗？

她：如果你愿意说，我们说说也不妨。

张冲：反正迟早都要说的，是不是？迟说不如早说，就说吧。初一的时候，我还没留长头发，也没想过要留长发。班主任宣布不许留长发，我听着很不舒服。不舒服也不只我一个人。老师管的也太多了吧？连头发也管上了。后来我见了小学时的一个同学，在城关二中，女生也不让留长发，她想不通，不服气，为头发问题弄得很痛苦。我说有啥嘛不让留偏留，我就留了长发。

她：你二中的那位同学是女生？

张冲：咋啦？

她：你们关系很好，是不是？

张冲：你打探我的隐私了老师。

她：对不起，让你误会了。你留长发和她有关？

张冲：有关也无关。

她：然后呢？

张冲：头发就成了问题。一直都是问题。后来，我就干脆把它染了。班主任和你一样，是个女老师，差点晕过去了。

她：这就是你想要的效果？

张冲：我没想让她晕，问题问题问题，我厌烦了，既然是问题就彻底问题吧，就染了。我只是处理我的头发，她晕是她的事。你不会晕吧？

她：不会。

张冲：那就好。我也不想让你晕。

她：我想和你说的是你的耳洞。

张冲摸了一下耳轮，老师你看得很仔细啊。

她：你能把它堵了么？

张冲：已经打了就没法堵了。

她：不能想个办法吗？

张冲：能啊。

她：那就堵了去。

张冲从裤兜里掏出两个耳环，戴在了耳轮上。

张冲：这就是唯一的办法。

耳环像两串螺丝一样。

李勤勤真有些晕了。她把目光从张冲的耳环上移开了，手和脚有些不安宁了，也无法保持她不失严肃的和蔼了。

张冲卸下了耳环，装进了兜里。

张冲：老师你没晕吧？我把它装起来了。

李勤勤又看张冲了，脸上只剩下了严肃。还有一种愤怒正从心底里往上升腾。她把它压了下去,转头不看张冲了。

她:我只是不理解。

张冲:还有一种办法就是做假耳轮。需要钱,我没钱。

李勤勤摇头了。

她:女生戴耳环谁都可以理解,男生为什么要戴耳环呢?

张冲:外国多的是,电视上就能看到。

她:那是外国啊张冲。

张冲:中国的少数民族也有啊,不是少数民族也在戴啊,越来越多了。咱学校戴耳环的男生不只我一个。不信你调查去。

她:你觉得男生戴耳环好看么?

张冲:不是为了好看,是好奇。

她:是自己好奇,还是让别人看着好奇,吸引眼球?

张冲:没想过。

她:别的学生我管不着,我不希望我的学生出格,尤其是你。

张冲:为啥尤其是我?

她:我想让你学好。

张冲:我说你和他们一样嘛。我是问题学生。

她:你可以不是嘛。

张冲:不戴耳环就不问题了?

她:可以是好的开始。

张冲:学校和老师,也包括你,对学生好坏的标准太单一了。守规矩就好,有点个性就是出格,就是问题,就是坏,像监狱一样了。我不觉得偶尔戴一下耳环就是坏。法律也没规定男人不能戴耳环。

她:学生守则呢?你是学生,应该看学生守则。

张冲:看了。学生守则大不过法律。

她：你知道的不少么张冲，我没想到。

张冲：真正了解学生的老师很少。

她：我承认。真正了解老师的学生也很少，你承认不？

张冲：老师都是一样的。像我这样的问题学生，没法和老师互相了解。

她：我们可以互相尝试。你愿意吗？

张冲：当然，只要你不怕失望。

她：你说的没错，学生守则大不过法律，但各有各的适用范围。在社会上守法，在学校里守学生守则，这也没错吧。

张冲：没错。所以我从来没在学校里戴过耳环，出校门才戴。也不是每次出校门都戴。想戴的时候就戴一下。我还有一对——

张冲又掏出来一对耳环，是那种细丝大圆环形的。他用手指头捏着，亮宝似的给她看了一下，又装了回去。

李勤勤的呼吸立刻有些急促了。她站起来走了几步，又坐了回去。

张冲：老师你别生气，你不是要了解我吗？

李勤勤：我没生气。我只是遗憾。我们的第一次谈话很失败。你让我有了一种崩溃的感觉。我说这些也是想让你了解我。

张冲：对不起老师。我知道你是好心，我让你很失望。

李勤勤：如果你能珍惜的话，就应该有所表现。

张冲：我会的。

李勤勤似乎从崩溃的感觉里恢复过来了。

她：我相信你。我有耐心。

张冲出去了，半小时后又回来了。

张冲：我把头发剪短了。

张冲的头发确实剪短了一些。

李勤勤：不能再短么？

张冲又一次出去了半个小时。

李勤勤无语了。她彻底崩溃了。张冲的又一次剪短几乎看不出来。

张冲：老师，我已经有所表现了，我不会再去剪了。

李勤勤：张冲，我没有说话的力气了。

张冲：那就等你有力气的时候再说。反正我已经有所表现了。

李勤勤：你把剪发当成了给我面子是不是？

张冲：你不要就不给了。

李勤勤终于掩藏不住她的愤怒了：我不要这样的面子！

张冲：那你会难堪的。我说过你不了解我。

这就是张冲临走时撂给她的话，石头一样，砸得她心疼。

她不知道她还会不会再约张冲谈好了。她说过"我们可以尝试"。要尝试就有可能被再一次砸得心疼，几天缓不过气来。

死人是不是人

有人喊报告。

她没想到是张冲。她正在批改作业。

张冲：问个问题行么？

她没有抬头：问吧。

张冲：死了的人还是不是人？

她：死人没有生命了，当然就不是人了。

张冲：鲁迅死了，他是不是人？

李勤勤突然愣了。她抬起头来。

张冲给了她一个怪笑，走了。

李勤勤愣了很长时间。她的手攥起来了，抬起来了，砸在桌子上了。

这一次不是心疼，是手疼。

她觉得她被学生涮了。

可是，为什么会被涮呢？

手上的疼痛在慢慢消退，脑袋却开始发疼了：死了的人还是不是人呢？死了的人是曾经活过的人，曾经活过的人也就是死去的人，还是不是人呢？是人，是死去的人。这等于没有回答问题。因为问题是死了的人还是不是人？"是人，是死去的人"就等于说死人是死人。说死人不是人呢？就等于说死人不是人了。这只能是一种说法，不是精确的答案。简单的问题怎么变得这么复杂了呢？说不清了呢？她想不过来了，头疼了许多天。

脑子里一旦钻进一个东西，想把它摘出去是很困难的。那些天李勤勤就想把"死了的人还是不是人"从脑子里摘出去，却办不到。还有张冲给她的那一个怪笑，时不时会影子一样跳出来，在她的脑子里踩踏着，加重着她的头疼。她甚至有些恨了。

恨张冲么？有点。但更多的是恨自己，恨自己不假思索造成的口误。

好吧，就算我不假思索了，口误了，但以后不会再有了。

她甚至给她和张冲想象出了一场对话：

张冲：我让你难堪了。

她：没有。你让我头疼了。

张冲：对不起。

她：用不着说对不起。

张冲：我还能问你问题吗？

她：当然。

张冲：什么时候合适？

她：随时。

从"嶙峋"到"灿烂的牛粪"

这一回不在她批改作业的办公室，是在课堂上。

她正在按课本的要求，"吟哦讽诵"着一段课文。教室里只有她一个人的声音：

……瞧瞧那漓水，碧绿碧绿的，绿得像最醇的青梅名酒，看一眼也叫人心醉。再瞧瞧那沿江攒聚的怪石奇峰，峰峰都是瘦骨嶙峋的，却又那样玲珑剔透，千奇百怪，有的像大象在江边饮水，有的像天马腾空欲飞，随着你的想象，可以变幻成各种各样神奇的物件。这种情景，古往今来，不知有多少诗人画师，想要用诗句，用彩笔描绘出来，到底谁又能描绘得出那山水的精髓？

她多少有点表演的性质，带着表情，尽可能按教学要求，"读出作者的情感"，抑扬着，顿挫着，让她的声音在教室里起伏着，回旋着。念完最后一句，她没有立刻把手中的课本放回讲桌，倒不是怕放课本的动作和声响惊扰她的余音，是想让学生们在她回旋着的余音里想象课文中描述的自然山水，感悟自然山水中的诗情画意。

张冲举手了。

她看见张冲举起了手。她本不想给他反应，但张冲的手似乎比优美的课文更有吸引力，同学们的目光都已集中在张冲举起的那只手上了。她不能不作出反应。

她："你有问题？"

张冲站起来，环视了一下教室里的同学，给他们笑了一下，然后转过头看着她。

张冲："能问吗？"

她走回讲台，把课本放在讲桌上，两手撑在讲桌的两边，目光直视着张冲："问吧。"

张冲："什么是嶙峋？"

她的目光立刻有些散乱了。她没想到张冲会给她提这么一个问题。

她："嶙峋？"

张冲："你刚才念过的，瘦骨嶙峋。"

她："好吧，嶙峋的样子，怎么说呢？你坐下吧。"

张冲坐下了。李勤勤的脑子却无法安稳了。这篇课文她已经连续教了几年，从来没有一个学生问过这样的问题。她也没深究过嶙峋这么一个词。现在，学生要求她把它说清楚，她能说清楚吗？还好，她曾查过《新华字典》。

她："嶙峋，山石一层层的重叠不平……"

她几乎是一字一顿按字典上的解释念的。

她："你能想来吗？"

张冲又一次站起来："想不来。"

张冲又坐下了。

她整理了一下思绪，想尽可能说得清楚一些："课文上用了瘦骨嶙峋，我们可以想一下很瘦的老人，皮包骨头的老人，这也是一种嶙峋。"

张冲又站起来了："老人皮包骨头是嶙峋，重叠不平的山石也是嶙峋。哪一个嶙峋是真正的嶙峋？"

李勤勤感到她的嗓子有些发干了。她没让张冲坐下。她把目光转向所有的学生。

她："你们觉得张冲的问题是问题吗？"

学生们竟然齐声回答："是——问——题——"

她把散落下来的一绺头发划了上去。

她："你们也想不来吗？"

学生们又一次齐声回答："想——不——来——"

就这么，张冲的问题成了所有学生的问题。

她低下头开始想了，想她怎么才能把嶙峋说清楚。结果是，她觉得她一时半会儿没法说清楚，因为她自己也想不出确切的嶙峋到底是什么样子的，能想出来的都很笼统，要具体，似乎只能是瘦老人身上的骨头和一层层重叠不平的山石了。可是，世上的瘦老人多了，哪一位瘦老人的骨头更嶙峋呢？一层层重叠不平的山石也是多种多样的，哪一种更适合嶙峋的含义呢？瘦骨可以嶙峋，重叠的不平的山石也可以嶙峋，这嶙峋的含义也太不确定太含糊了吧？

就这么，张冲的问题也成了李勤勤的问题。

她感到她在冒虚汗，再不开口说话，鼻尖上就会渗出汗珠子的。

她："嶙峋是一个形容词，可以形容瘦骨，也可以形容一层层重叠不平的山石。比如灿烂这个词，既可以形容阳光，也可以形容笑。如果我们细心体会一下，阳光和笑是有一定的相通之处的，或者说相似性。所以，可以说灿烂的阳光，也可以说灿烂的笑……"

张冲打断了她。

张冲:"可以说灿烂的牛粪吗?"

学生们"轰"一声笑了。还有学生兴奋地拍敲着桌子。

李勤勤的忍耐终于突破了限度。她大喊了一声:"笑什么笑!"

教室立刻安静了。

李勤勤把愤怒的目光转向张冲。眼睛里不仅是愤怒还有泪水。

张冲:"老师,我不是故意的。"

李勤勤:"但你是有准备的!"

张冲:"问嶙峋是有准备的,说牛粪没准备。你说灿烂的阳光灿烂的笑,我突然想到了牛粪。我觉得阳光照在一堆干牛粪上也很灿烂,也可以说灿烂的牛粪。"

教室里"嗡嗡"起来了。学生们在讨论,在争执,有学生说可以说灿烂的牛粪,有学生说不可以,有学生说可以不可以要看是否有灿烂的阳光。有学生说有阳光也不能说灿烂的牛粪,只能说灿烂的阳光。还有学生说得更奇特:牛粪一圈一圈的,像笑一样,阳光照在上面,既是灿烂的牛粪,也是灿烂的笑。

一节富有诗情画意的课就这么被"嶙峋"和"牛粪"给搅乱了。什么是嶙峋呢?能不能说"灿烂的牛粪"呢?李勤勤没有给她的学生一个确切的答案。

她很郁闷,但不甘心。下课时,她给学生们说:

"我会把嶙峋说清楚的。"

又给张冲说:

"还有你那个灿烂的牛粪。"

既然说了就要兑现。李勤勤和自己较上劲了,满脑子都是"嶙峋"

和"灿烂的牛粪"。

还好,那天不是星期天,不用接孩子,但瘫痪在床的父亲是要照顾的。她给父亲喂过饭,自己匆忙吃了几口,把碗筷堆在碗池里,没洗,就进了她的那间小书房,开始对付"嶙峋"和"灿烂的牛粪"了。

她从书架上搬出了一本《辞海》。她要从根本上解决问题,要看看《辞海》是怎么说形容词的,因为嶙峋和灿烂都是形容词。

在814页:

> 形容词:表示人或事物的形状,性质,或者动作、行为、变化的状态的词。如"高"、"小"、"好"、"勇敢"、"伟大"、"慢"、"清楚"、"干净"等。汉语形容词可以同副词组合(很勇敢);有的可以重迭(小小儿的、干干净净);用肯定否定相迭的方式表示疑问(好不好、清楚不清楚)。常作谓语(天气好)、定语(伟大的领袖)、状语(慢走)和补语(看得清楚)。

她很失望。这一堆文字里偏偏没有"嶙峋"和"灿烂"的举例,也没有给她提供解释"嶙峋"和"灿烂"的方法。她依然没有办法把"嶙峋"和"灿烂"说清楚说明白。

我总不能把学生领到一座山峰跟前,指着一层层重叠不平的山石说:"这就是嶙峋的"吧?也不能把他们领到阳光里给他们说:"现在我们就在灿烂的阳光里"吧?如果有学生,比如张冲反驳说:"我觉得这山峰一点儿也不嶙峋,也不觉得这阳光是灿烂的",我又该给他怎么解释呢?

看来,形容词是只能意会,没法解释的。可是,问题又来了:既然是意会,阳光里的牛粪为什么就不能是"灿烂的"呢?灿烂可以和笑搭配，也就应该能和牛粪搭配。我能给张冲这么说么？不能这么说，又该怎么说呢？嶙峋就是嶙峋，灿烂就是灿烂，要用感觉去感觉，用心灵去意会——这么说不就等于没说了吗？

她上了一趟厕所，又回到了小书房。她没法接受"我说不清楚"这个现实。

不行，我一定要说清楚。我已经给学生说了：我会把嶙峋说清楚的。也给张冲说了：还有你那个灿烂的牛粪。

《辞海》没解决问题，也用不着查字典了，因为已经查过了。

那就再看看课文吧。

她翻开课本，把她已经能够背诵的那一段课文逐字逐句地看了一遍，没想到情况变得更糟了。这一段课文好像也在和她为难一样，竟接二连三跳出来一串和嶙峋一样难以说清的词，比如"玲珑"，比如"最醇的……酒"，比如"怪石"和"奇峰"。这些平时读起来很悦耳想起来很优美的词，怎么突然间变了面目呢？它们在字句间蹦跳着，挑逗着她，嘲弄着她，给她说：我们都是你没法说清楚的！

不仅是这些词，很熟悉的课文似乎也变得奇怪了，前边写的是"峰峰都是瘦骨嶙峋的"，紧接着"却又那样的玲珑剔透，千奇百怪"。瘦骨嶙峋和玲珑剔透也太不搭边了吧？瘦骨嶙峋的山峰怎么又像在江边饮水的大象和腾空欲飞的天马了？饮水的大象和千奇百怪怎么挂上钩了？是想象力太丰富，还是随意乱写？你可以随意地写，我却没法随意地给学生教啊！你怎么能用那么多说不清楚的词写文章呢？

乱了，整个乱了，理不清归不拢了。

李勤勤想大哭一场。

她不能抱怨课本。课本里的课文都是经过精心挑选的范文。

也不能抱怨学生。学生不清楚不明白当然要问老师。

就这么，李勤勤用"嶙峋"和"灿烂"以及"灿烂的牛粪"把自己蹂躏了大半夜，得到的结果是：她想大哭一场。

她没哭。她趴在书桌上睡着了。

接下来的几节语文课，李勤勤都很不在状态。她知道是"嶙峋"和"灿烂的牛粪"在作怪。她很别扭。她不想这么别扭，不想这么不在状态。她要把它们吐出来。

在一节课的最后，她终于鼓起了勇气。

她说：同学们，有一件事情我得给你们有个交代。

学生们立刻安静得没了一点声音。

她说：你们还记得"嶙峋"这个词吗？

学生们想起来了，齐声回答：记——得——

她说：还记得我说过我会把它给你们说清楚吗？

学生们兴奋了，又一次齐声回答：记——得——

教室里的气氛饱满起来了，所有的学生都凝神静气地看着她，满怀着期待了。

她调整了一下自己的情绪，然后说：

这些天的语文课我很不在状态，因为我没有勇气面对你们，我很羞愧。我努力了，也受过煎熬了，现在，我要告诉你们的是，嶙峋到底是什么样子的，我说不清楚……

学生们发出了一声"噢——"，饱满的期待瘪下去了。

她没有因为学生们的反应受到丝毫影响。她要把她想说的全说出来。

她是这么说的：

我知道你们很失望。这失望不属于你们，是属于我的，也应该属于我。我不但说不清楚"嶙峋",也说不清楚"玲珑",也说不清楚什么样的酒是"最醇的"酒,什么样的石是"怪石",什么样的峰是"奇峰"。我说不清楚的还有很多很多……

教室里的气氛又开始饱满起来了。

她感到她的眼睛正在湿润。她继续着:

我要感谢你们,感谢张冲同学。我虽然没能回答你们的问题,我因此却得到了许多,包括对自己的失望。失望并不是什么坏事情,正因为我对自己的失望,我才想到了许多过去没有想过的东西。我相信我们正在学习和使用的语言文字是世界上最优美的语言和文字。它的每一个字,每一个词,不管我能不能说得清楚,都是我们民族智慧的创造。正因为许多事物的形状、性质、状态是丰富的,变化的,难以言说的,我们的语言和文字里才有了那些要用我们的想象力去想象,用我们的心去意会的美丽的词语,比如"嶙峋",比如"玲珑",比如"灿烂"……我很遗憾我说不清楚它们,但我相信你们,随着知识和阅历的不断丰富,你们会理解,也会贴切地使用这些词的……

她感到她好像流泪了。她在掌声里给她的学生们微笑着。

然后,她又一次把张冲约到了她备课和批改作业的办公室,因为还有"灿烂的牛粪",她想和张冲单独谈。

李勤勤:同学们鼓掌的时候,我看你一直低着头。

张冲没有说话。

李勤勤让张冲搬过来一把椅子,和她面对面坐了。

李勤勤:我的感谢是真诚的。

张冲:我问你问题是想让你难堪。

李勤勤:我当时确实很难堪,但现在已经不难堪了。你能问这样的问题，证明你在学习上是能用心动脑子的。

张冲：有时会动一下，大部分时候不动。

李勤勤：为什么？

张冲：我不爱学习。

李勤勤：为什么？

张冲：不为什么。

李勤勤：那天我说到灿烂的阳光灿烂的笑，你怎么会想到牛粪呢？

张冲：我想为难你，就胡想，就想到了牛粪。我知道不能说灿烂的牛粪。

李勤勤：如果你是个作家，你可以这么写。如果是考试，就不能了。

张冲：为什么？

李勤勤：作家可以随心随性地写文章，学生不能随心随性地答题。答题要求规范，不规范就不能得分。

张冲：所以嘛，我说的没错，学生就像监狱里的犯人。

李勤勤：学习的时候可以自由想象，可以把灿烂和牛粪连在一起，让灿烂做牛粪的定语，仔细想一下，也没什么错，因为在特定的环境，有特殊的心情，牛粪是可以灿烂的。自由想象可以给人带来愉快，甚至让人兴奋，能激发学习的兴趣。但考试答题的时候，就得按规定来。

张冲：我讨厌规范，讨厌标准答案。

李勤勤：说实话，我当学生的时候，也讨厌标准答案。当了老师才知道，标准答案有标准答案的理由。学习是为了增长知识，增长智慧，也要升级考试。没有标准答案，老师就可以随自己的判断打分了。老师的学识有高低，品德有高下，很难保证判卷打分的公正性。

张冲：老师倒轻松了，把麻烦推给了学生。

李勤勤：麻烦？什么麻烦？

张冲：规范么，标准答案么，真没意思。

李勤勤：不爱这麻烦怎么办？不考试了？不升级不考大学了？你想过没有？

张冲：不用我想。父母，老师，也包括你，天天都这么说，耳朵都塞满了。我姨夫没上过大学，我觉得我姨夫栽苹果树也挺好。无量佛寺的主持本如师傅每天吃斋念佛也挺好。老师，你上过大学了，你觉得你比他们过得好么？

张冲问得太突然了。李勤勤被问住了，不知该怎么说了。

张冲：对不起老师，我不该这么问你。

李勤勤：没关系。我经常也会这么想。我大概要一辈子教书了。我希望我的学生能有好的将来，也包括你……

在李勤勤的记忆里，就是这次谈话，拉近了她和张冲的距离。

几天后，父亲李庭光要把他的床挪到窗户跟前，她一个人很难对付，就叫了张冲。挪完床，她留张冲吃晚饭，张冲没推辞。她做饭的时候，张冲就坐在父亲李庭光的床跟前和他说话，甚至给他抽烟。父亲李庭光从来没抽过烟，抽了一口不抽了，说他抽不惯。他让张冲抽，他闻。他说烟闻着很香。张冲就抽了。

张冲抽烟的姿势很老练。

李勤勤竟然没阻拦。

父亲李庭光就记着张冲了，许多天不见就会问她，让她叫张冲来家里聊天。他说他喜欢听张冲说话。

她和张冲就有了更多的交谈。

说抽烟

李勤勤：你是唯一一个在我面前抽烟的学生。

张冲：我知道的李老师。我不会给任何人说的。也不会让别的老师知道，知道了对你不好。我来你家也没给任何人说，我是问题学生么。

李勤勤：我不是这个意思。

张冲：我知道的李老师。你要看不惯我就不在你跟前抽了。我出去了再抽。

李勤勤：出去抽和在这儿抽有什么不同？

张冲：出去抽你看不见，不给你撂麻烦。

李勤勤：但对你是一样的。

张冲：我知道的李老师，你想劝我不要抽烟。你别劝，没用。

李勤勤：为什么呢？

张冲：我抽烟就是因为你们不让抽。

李勤勤：这我就不理解了。

张冲：咱班上百分之九十的男生都抽烟。

李勤勤：为什么？

张冲：好奇么，好玩么，和你们作对么。

李勤勤：作对？和我们？

张冲：家长么，老师么。家长扇耳光吐唾沫用脚踏不让抽。没用的。我爸就踏过我。老师惩罚抽烟的学生也很变态，让学生嘴里同时抽五根烟，让学生把烟插在鼻孔里用鼻子吸，也没用的。从心里顶上了。抽一次烟就是一次胜利。抽烟的学生都会紧急灭火，老师来了，要么把烟一把攥灭，要么用两根指头一下把烟头捏灭，不让老师发现，也不会把烟捏坏，坏了可惜么。一把攥死会把烟攥烂的。一把攥死手心里会起泡，捏烟头手指头会起泡，划算的是捏烟头。最有意思的是咱班的王涛，上课铃响了，还剩几口烟，舍不得扔掉，就美美地吸了一口，嘴里的烟没吐出来，和老师碰上了。老师问他话，他包着嘴只点头摇头不敢出气。老师奇怪，多问了几句，他憋不住了，烟从鼻孔里冒出来了，老师笑得直淌眼泪，王涛也笑，笑完后老师就把他拉到操场上惩罚去了。

　　李勤勤：你们抽烟的钱从哪儿来？

　　张冲：省饭钱么。给有钱的同学要么。

　　李勤勤：抽烟本身就有损健康，省饭钱抽烟不更损害健康吗？

　　张冲：扇耳光吐唾沫用脚踢也损害健康，还损害精神呢！变态的惩罚也一样。国家说吸烟有害健康，烟是国家造的，也变态。

　　李勤勤：你有烟瘾么？

　　张冲：没有。有时候想抽，大多时候是扎势。

　　李勤勤：你把抽烟搞成战斗了。

　　张冲：就是战斗么，敌对么。

说讨厌父母

　　张冲说：不止我一个人讨厌父母，学习不好的学生都讨厌。有的学习好的也讨厌。讨厌他们从早到晚只说一句话：好好念书啊！不好好念就考不上大学啊！父母把自己搞得很辛苦，好像故意做给孩子看，自虐一样，很变态，然后说：都是为了你啊！你想帮父母干点活，父母就像被蜂蜇了一样：不不不，你给咱念书去，只要你好好念书给咱考上大学我们累死也值！父母就这么压孩子，让孩子整天觉得自己像个罪人一样。念不好书就更是罪人了。有的学生受不了这种折磨，就用烟头在胳膊上摁，烧旺的烟头在皮肉上滋滋响，好像在听响一样，等到烟头熄灭后，皮肉上就会起泡，留下的疤痕是凸起来的。也有咬着牙一下在胳膊上摁灭的，皮肉上也会起泡，留下的疤痕是凹进去的。烟头烫起的泡里边是清水没血，挤也挤不出的，可奇怪了。

张冲说：父母嘴上说打你们骂你们是爱你们，其实心里爱的是大学。爱的是考上大学的学生。学习不好考不上大学的学生好像不是人一样，自己的父母也瞧不上，很鄙视。我爸半个眼都瞧不上我，咋看我都不顺眼，恨不得让我妈把我重新生一次，生成个爱学习能考上大学的人。

张冲说：我恨大学。有时候想，世界上要是没有大学就好了，就天下太平了。有时候还想，到哪儿弄一堆导弹来，把所有的大学都炸了去算屎了。

张冲说：有时候也恨学习好的学生。我知道我没道理，可就是恨。为啥他们就那么爱学习能学习好呢？自己洋洋得意老师偏爱别人羡慕。别人的父母也羡慕。要是能发明个芯片就好了，装到每一个人的脑袋里边去，让全世界的人要学习好都学习好，不好都不好……

说讨厌老师

张冲说：老师比父母更势利。也偏爱学习好的学生。学习好的学生能考上高分么，能提高升学率么，能让老师光彩么，能多发奖金么。看我们这些问题学生不用正眼，用正眼也是装的，说话连讽刺带挖苦，有时还侮辱。老师教学生要有爱心，爱心在哪？都给学习好的学生了。

张冲说：能听话的学生会装的学生老师也爱。就是上课时眼睛一动不动盯着老师的学生，回答问题踊跃举手的学生，下课以后做游戏聊天时心思也好像在学习上，其实考试也不咋样。

张冲说：老师让学生买那么多教辅材料，教了没？学了没？学生连看的时间也没有。我连摸都没摸过。为啥要买？收钱么。

张冲说：我在菜市场专门借过秤，称过我的书包，二十五斤零六两。

张冲说：老师冲着考试教课，学生冲着考试学课，一点意思也没有。年级越高越没意思。老师学生心里急着考试，就没意思了么，没兴趣了么。

张冲说：还是上网有意思。网上是自由世界，想啥有啥，要啥有啥，比上课上自习有意思多了。还能骂人，把讨厌的老师当成坏蛋，在游戏里打倒他，消灭他，打游戏就更有意思了，来劲么。

张冲说：我上网不多。我喜欢到外边野，叼根烟扎势。

张冲说：学生在老师眼里只是学生，不是人，是学习的机器。我明明是人不是机器么，咋办？装人么。抽烟么。打架么。谈女朋友么，把女朋友叫老婆，把男朋友叫老公么。给女朋友写情诗么：梅花有两朵，好比你和我……

张冲说：我还没女朋友。也许哪天就有了。如果上高中，第一件事情就是找个女朋友。我不写诗，我有我的办法。

又说：也许我不会上高中。我考不上。

张冲说：我是学习不好的，也不装样子学习，老师说东我偏往西走……

……

"我说不定比你还成熟"

张冲不来李勤勤家了。为什么呢？李勤勤没问过张冲，张冲也没说过。事实上，李勤勤也没叫过张冲。父亲李庭光几次问起张冲，李勤勤没说叫也没说不叫，也没给父亲解释，父亲就不再问了。

然后，就到了张冲毕业考试的时候。

学校给老师开过几次会，要求代课老师和班主任多辛苦一些，集中精力，抓紧最后的时间，打好攻坚战，保升学率。能多一个学生考上高中就要努力多考一个，这是每一个老师的责任。也是学校的责任。也关乎学校和老师的社会声誉。

校长又和每个毕业班的班主任一对一谈话，让班主任摸底排队，排出那些根本考不上高中的学生，想办法动员他们不要参加考试。

李勤勤为难了。每年这个时候她都会为难，今年尤其为难，因为张冲就在"压根考不上"的学生里边。她心情很复杂，越复杂就越为难。

她没找张冲。她给张冲他爸张红旗打电话，希望能面谈一次。张红旗很快就开着他的三轮摩托车来了。她把张冲的情况如实向张红旗说了，包括抽烟，包括头发和耳环，当然主要是学习成绩。她很委婉地建议张红旗动员张冲留级。她说这样对张冲本人好。她说张冲是有潜力的，张冲很聪明，可塑性很强。张红旗问她"可塑性"是啥意思？她说可塑性就是可以塑造好的意思，张冲不是那种怎么用心也学不好的学生，张冲的问题是对学习缺少兴趣，有兴趣就会用心，用心就会学好。张红旗说没错没错我也是这么看的。张红旗仰着脖子朝天吹了几口气，说：

"我知道了我和他狗日的说去。"

李勤勤说一定要注意方式方法最好不要让张冲觉得是学校不让他参加考试。

张红旗说："我的儿子我知道该怎么和他说话。"

李勤勤很担心。她迟早要和张冲直接面对的。她设想了多种情形。如果张冲来找她，给她说李老师我不考了我留级，事情虽然简单了，但她会难过的，说不清的一种难过，为张冲也为自己。如果张冲说老师尽管我学习不好但我还是要考试想试一下，事情就难办了，就要给张冲做工作，做不通就得找校长。校长会怎么看呢？校长要她继续做张冲的工作呢？她又该怎么继续呢？张冲啊张冲，我真的不知道该怎么办了，怎么办都无法释怀。

张冲敲开了她家的门。

她一看是张冲，立刻就能听见自己的心跳了。她说快来快来请进。

张冲把一袋草莓放在了茶几上，说：李老师我给你买了二斤草莓你吃吧。张冲说我试吃了一个味道还可以。然后，张冲坐在了沙发上，叼上了一根烟,用那种防火打火机点着了,吸着,吐着。

张冲说:吃吧李老师不用洗我给你洗干净了你放心吃草莓我和你说话。

李勤勤从袋子里拿了一个,又放回去了。她没有心思吃。她说:"对不起,我找你爸谈过你的事情,没直接找你。"

张冲说:"我爸和我谈了,专门把我叫回去谈的。"

李勤勤:"谈得咋样?"

张冲:"好么。"

李勤勤:"你爸咋谈的?"

张冲:"很变态,自己把自己折腾了一天一夜,也折腾我妈。"

李勤勤:"啊啊啊啊?"

张冲:"都是因为你找他说的那些事情。"

李勤勤:"张冲,我心里很矛盾的。"

张冲:"是的是的,矛盾了就找学生家长,老师都这样的。"

李勤勤:"你该不是认为我在推卸责任吧?"

张冲:"没有。是老师和家长搞联合,内外夹攻。"

李勤勤:"你怎么理解都可以,最终目的还是为了学生,这你不会误解吧?"

张冲:"不会。我本来没打算考高中,不想浪费我爸的钱。"

李勤勤:"我给你爸说你是个很聪明很有潜力可塑性很强的孩子……"

张冲:"我是小伙是大人了李老师,说不定比你还成熟你信不?"

李勤勤:"留级一年,把学习过的知识再学一遍,加深巩固,成绩会上去的。"

张冲:"吃一个草莓味道不好你就不愿再吃了。吃一个草莓味道很好天天吃你会吐的。你愿意了谁解你的裤带把你扳倒你都会愉快是不是？"

　　李勤勤："张冲你怎么这么和我说话！"

　　张冲："你不愿意你就会喊叫，因为你生气你愤怒你被侮辱了是不是？"

　　李勤勤："张冲你不能这么和我说话！"

　　张冲："我要解你的裤带侮辱你呢？"

　　李勤勤："张冲我不能和你说了你走吧。"

　　张冲："我是专门来找你说话的我为什么要走？"

　　李勤勤："张冲你走吧求你了。"

　　张冲："你整天教我们要懂道理讲道理依理做事，你依理做事了吗？《教育法》不让学生留级你让我留级你违法了你知道不？强奸违法，我不做违法的事。可是，你要违法我也就敢违法。你再说一句让我留级的话我立马解你的裤子扳倒你，让你体会一下我也许真的比你成熟。然后咱去法院。"

　　李勤勤大瞪着眼睛，捂着嘴，噤声了，一句话也说不出来了。

　　张冲："你敢让我留级，我就这么做！"

　　张冲扔掉了烟头站起来了。李勤勤捂着嘴，看着张冲。

　　张冲："我现在去找校长。"

　　张冲走了。李勤勤依然捂着嘴，看着张冲拉上的门。

　　李勤勤冲到屋里，扑倒在床上，"哇"一声哭了。她使劲用被子捂着嘴，不让自己哭出声来。

　　第二天，校长给李勤勤说：算了吧让他考吧。

　　后来，有学生给李勤勤讲了张冲找校长的过程，是张冲说给他们的。张冲先给校长一根烟，要点，校长说不不不我收下我这会儿不想吸烟。张冲说不想吸烟想挨刀子不？张冲就拿出了一把刀子。校长傻眼了。校长一连叫了几声张冲。校长说不敢张冲不敢。张冲说：捅你是违法的，你让我们许多学生留级为升学率为学校的声誉为你领奖金升官也是违法的。张冲晃了一下刀子，校长就晕过去了。张冲按着校长的额颅在校长眉毛之间掐了几下，又掐人中，校长还没醒过来。张冲就喝了一口凉水，给校长脸上喷，连喷了几口。校长哼了一声，好像从梦里醒过来一样。张冲扶校长坐好，说：校长你确实为学校几千号人操心操得太多了太累了刚说了几句话你就睡过去了，吓了我一跳。又说：你以后该操心的操心不该操心的就放下，不要把操心弄成犯法的事情你在我走了。

是否确实只有校长知道，李勤勤没问校长。

结果是，张冲参加了考试，没考上。

但张冲还在这所学校，他上高中一年级了。李勤勤听到的传闻是，张冲他爸托人找了教育局长，局长给校长写了条子。让李勤勤半信半疑的是，有人说张冲用MP3录了校长和夫人在床上做爱的声响和话语，然后放给校长听，校长又晕了一次。校长说张冲啊你爸找教育局长写条子说情才收留了你啊！

这时候，李勤勤已经可以和张冲不再发生关系了。她只是时不时会想起张冲，想起她和他一年里发生的点点滴滴。她和他的遭遇是理所当然的，无法回避的，是严正的，能动了情感的，是残酷的，留有疼痛的。

也会听到一些张冲的消息：

张冲挂了一个女朋友；

张冲有个小马仔，给张冲背书包；

张冲喜欢玩摩托车了；

张冲欺侮火箭班的周天佑，惹来了派出所；

张冲晃荡到社会上去了……
……
她没想到她还会和张冲见面。
是因为她的父亲。

退休教师的遗书及其他

瘫痪在床多年的退休教师李庭光自己结束了自己的生命，死得很平静。他不想继续拖累他身心疲惫的女儿了。他给李勤勤留了一封遗书：

女儿：
　　我是那种有知识没文化的人，即俗话说的有眼无珠。我为自己感到羞耻。
　　我已成废人。
　　我很爱你，却没法帮你。
　　我应该让我无用的生命停止。

她能理解父亲，包括他的自我结束。她把父亲接到身边的几年里，父亲很少说话。每次给他喂饭，给他接屎接尿时，她都能从父亲的神情里看到他隐忍着的痛苦和不安，甚至羞耻——生命在失去自主和自尊之后的那种羞耻。

但李勤勤知道，遗书里的"羞耻"也与父亲作为教师的思想有关。就在张冲不再来她家以后，很少说话的父亲郑重其事地和她谈过一次话。

他说：我一生教过多少学生，已数不过来了。我和绝大多数的老师一样，偏爱学习好的学生，因为他们会有出息。大多数学习好的学生也确实有了出息，但有出息并不一定和"好人""好人品"等同。事实上有出息的大多功利。我不喜欢学习不好的学生，以为学习不好的学生就是坏学生。我骂他们，打他们，挖苦他们，甚至连挖苦也不屑，抛弃了他们。结果呢？许多年以后，惦记我挂念我能想起我的偏偏是我打骂过挖苦过的坏学生。学习好的有出息的学生给了我作教师的成就感，让我自豪，也让我感到凄然。为什么？因为他们很少有人给我一个电话，一个问候。他们远走高飞了，在哪儿呢？干什么呢？都是来看望我的那些"坏学生"告诉我的。

他说：有了出息的学生离我太远，太忙，顾不上想起他们过去的老师，我能理解的。我当教师也不是为了让学生感我的恩。但教师也是人，也有精神和情感的需要，哪怕是一个温暖的问候。

他给勤勤说：要善待每一个学生，尤其要善待那些学习不好的学生，不爱念书的学生，我们过去叫"坏学生"，现在叫"问题学生"。好学生能得到的都得到了，父母的自豪，老师的爱护，同学的欣赏，邻人的羡慕，最终考上大学，也得到了社会的承认。这也是他们应该得到的。但那些学习不好的学生，那些"问题学生"，像张冲那样的，他们得到的都是他们不应该得到的，从家庭到学校，到老师，到社会，给他们的是什么？不是爱，是爱的名义。是鄙视，鄙弃。他们不服，不服就会对抗。我听见张冲说"变态"了，说"敌对"了。他好像在战斗一样。我很为他担心。我一直想着他。病态的对抗是很难预料的，什么都有可能发生。

他说：我当了一辈子教师，明白得太晚了。我很失败。我无法重活一次。我很后悔。我为自己感到羞愧，羞耻……

张冲。张冲已经离开了学校。

他会在哪儿呢？

李勤勤打问了几个学生，在一间出租屋找到了张冲。

她说：我父亲死了。

又说：他一直记着你。

张冲买了两朵小白花，一朵给自己，一朵给了表弟文昭。他见了退休老教师李庭光最后一面。

他和文昭帮着李勤勤处理了李庭光的后事。

张冲要走了，李勤勤留了他一会儿。她想和张冲说几句话。

她说：你可惜了……

她顿了一下，因为她被自己说出的"可惜"这个词刺痛了。她突然想起，十几年前有人也这么给她说过。想不到十几年后，她会给她的学生用到这个词。

她说：你很聪明。你把聪明用错了地方。

又说：你回学校吧。我找校长去说。

又说：我给你补课。

张冲给了她一个苦笑，说：我不是念书的料。

又笑了一下，说：我是学校的敌人。

几个月后，她听到了张冲犯事的消息。她没有太大的意外，但很难受。很难受很难受。她躺在床上几乎一夜没睡，满脑子都是张冲的模样，各种各样的，她很熟悉的模样。

学校的老师都知道了，包括校长。

校长给李勤勤说：万幸万幸，多亏他离开了学校，要不，我就会受到牵连。

李勤勤定定地看着校长的脸。

校长说：想不来么？我是校长啊！

李勤勤突然有了一种想呕吐的感觉。

她真蹲到一边呕吐了。

校长：怎么啦你怎么啦？要不要去医务室？

李勤勤一边摇头一边干呕着。

李勤勤的孩子快要上小学了。她很矛盾，但还是给孩子报了钢琴班，绘画班，还有英语班。

她有可能任高中一年级的班主任。她很勤谨。她骑着她的那辆电动自行车，在现实生存和道德理想之间平衡着自己。压力太大的时候，她就告诉自己：我是为了学生好，我在让他们成才。

第三章　几个同学

"我再也不会错拿书了"

　　班主任兼教物理课的袁方老师说：我们今天开始学习新的单元，同学们先看看课本上的例题。学生们就开始翻书了。袁方老师转过身提着一根粉笔，要往黑板上写"重力加速度"几个字。这是他的习惯，每教一个新单元的时候，总要把新单元的内容写在黑板上。他刚满六十岁，在办退休手续的同时也办了返聘手续。他一直教高中一年级的物理。

　　五个字只写了三个，张冲站起来说：袁老师我把书拿错了。

　　袁老师扭过头，眼睛用力从近视镜片后边看着张冲：嗯？你说什么？书？

　　张冲晃了一下手里的书说：我拿的是化学，不信你看。

　　张冲把书的封面朝向袁老师，确实是化学课本。

　　学生们哄一声笑了。

　　袁老师没笑。他问：你叫什么名字？

张冲说：张冲。

袁老师噢了一声，转过身来，说：你就是张冲啊。

张冲说：咋了？

袁老师说：不咋。

张冲说：我听你的口气好像话里有话。

袁老师摆弄了一下手里的粉笔，说：如果是其他同学我就会奇怪的，是张冲就不奇怪了。

张冲：为啥？

袁老师：就因为是张冲嘛。

袁老师又拿起粉笔，要写没来得及写上去的那两个字了。粉笔刚搭上黑板，张冲又说话了。

张冲说：袁老师你不能这么说话啊，好像我是故意的。好像我经常拿错。我眼看要迟到了，拿书的时候没注意，书太多了嘛，也就错拿了这一回嘛。

袁老师又一次转过身来，把手里的粉笔放下了，好像不打算写了。

袁老师：为啥眼看要迟到呢？为啥就不注意呢？为啥别的同学没人拿错呢？

张冲：别的同学没屙屎我屙屎了嘛。别的同学课本都在课桌抽屉里我的全在宿舍里上啥课我拿啥嘛。别的同学拿错了顺手就换了我得回宿舍所以才给你说嘛。

袁老师：你说了那么多的"嘛"，说到底还是个学习的态度问题。我每次下课都是你带头敲碗筷嘛，你一敲大家都跟着敲嘛，是不是？

张冲：你老拖时间嘛。下课铃响了你又不下课嘛。

袁老师：你们敲碗是为你们的肚子，我拖时间是为你们的脑子嘛，是想把课想得更清楚让你们领会得更深一些嘛。我是你们的班主任考试的时候我的课你们考不好我这班主任还怎么当？你们饿了我不饿么？还是对学习的态度问题嘛。不在学习上用心嘛。用心了习惯了习惯成自然能把课本拿错？请问，你吃饭会吃到鼻子或者眼睛里去吗？嗯？不会嘛。会吗？你说。

张冲：会的。有一次确实吃到鼻子了里了。

学生们又一次哄笑了。张冲一脸认真，对同学们说：真的真的。然后又转向袁老师。

张冲：还有一回我生自己的气，不想给嘴吃饭了，想塞到眼睛里去，筷子都举过鼻子了，我又改了主意，就拐回来又喂到嘴里了。

学生们已经笑得不亦乐乎了。

袁老师：笑吧笑吧都笑吧，咱不上课了咱笑。

学生们不笑了。

袁老师：张冲你继续讲让大家继续笑。

张冲：我不讲了我去换书。

袁老师：我真不明白，你为啥要把课本全放在宿舍呢？

张冲：我不想把课桌变成书桌，把人埋在一对书里好像我很能学习一样。我一看见课本就头疼。

袁老师：噢噢，明白了。对你来说很自然，真是的，让你去取书吧，大家得等你，不等你就听不到了。今天讲的是新单元，讲例题。例题有多重要你知道么？

张冲：知道。例题是每个单元的钥匙。我在初中的时候就知道了，不光物理，数学化学老师都讲过。没关系的袁老师，你讲你的，我不是考大学的料，许多钥匙都没拿上，也不在乎今天这一把。我是给我爸我妈上高中呢。

张冲换书去了。出教室的时候又说了一句：

"袁老师你别生气，我今后再也不会拿错课本了，我保证。"

袁老师给同学们说：你们听到了吧？这就叫破罐子破摔，自我放弃。

袁方老师终于给黑板上写了一直没写上去的那两个字，开始讲课了。

张冲重新回到教室的时候，已经快到下课的时间了。他满头大汗，背着一个蛇皮袋子，很重。他把蛇皮袋子墩到了袁方老师跟前，说：

"我把所有的课本作业本教辅资料全装在里边了。我说过我再也不会错拿书了。我上课下课从宿舍到教室，从教室到宿舍都背着它。"

学生们都瞪着眼睛叫了起来："哇——"

袁老师也瞪大了眼睛。

张冲指着鼓囊囊的蛇皮袋子说："我在菜市场找村上卖菜的人借的。我装好书和本子又去了一趟菜市场，过了一下称，35斤，比初中时多了10斤。"

又给袁老师说："我说到做到。"

就从那天开始，张冲真的背着35斤重的蛇皮袋子上下课，不但成了学校的一道风景，也成了一时的话题。许多同学一看见背着蛇皮袋子的张冲，就喝彩一样，唱那首很流行的《咱当兵的人》，改了词的：

> 咱念书的人
> 就是不一样
> 身背着蛇皮袋子
> 不怕那雨雪风霜
> 咱念书的人

就是不一样
心想着清华和北大
我们阔步进课堂……

有老师看不惯了，说："也太难看了吧？"
有老师不满了，说："他是故意的！"
是否故意，袁方老师认为不重要。袁方老师教了一辈子书，经见得学生多了，各种各样的都有，张冲这样的学生，还不到让他大跌眼镜的程度，再说，蛇皮袋子里装的是课本作业本，不是炸药，也用不着大惊小怪。所以他没想管这件事。但老师们的反应越来越大，甚至惊动了校长，他就不得不有所重视。一个学生背着蛇皮袋子上下课，确实有些招摇，有些扎眼，和学校氛围有些不和谐，作为他的班主任，似乎也应该干预一下。

袁方老师就找张冲谈了一次话。
袁老师：有人说你背着所有的课本作业本上下课是故意的，有示威的性质。我不这么看。我是鼓励的，是学生就应该和书本在一起，和学习在一起。
张冲：谢谢。但说不定哪天我就不背了。
袁老师：为啥？
张冲：太重。
袁老师：噢噢，那我们就说说轻和重的问题，不是物理学的轻重，是做人的轻重。古人说过，人固有一死，或重于泰山，或轻于鸿毛。泰山因为重所以是山，让人仰视，鸿毛因为轻，为人不齿。所以为人不能避重就轻，要做稳重的山，不做轻飘飘的毛……
张冲：老师你扯远了我不是山也不是毛我是人，也不愿做山做毛，也不想死,和你说的山重毛轻搭不上边儿,能搭上边的就是那些课本作业本和教辅资料,我背着它们,我觉得很重。

袁老师:没扯远啊,是学生就不能嫌课本作业本太重啊。

张冲:我没嫌啊。我说重但我没说我嫌重。咱学校几千学生有和我一样这么把所有的课本作业本背着上课的吗?几个学生就我一个人不嫌重。

袁老师:你是为了不错拿课本嘛,也是个办法嘛。

张冲:如果是背砖头,一天几趟,几年下来,能修万里长城了。

袁老师:哎哎张冲你这话说得好,像能成大器的人说的话,你就把课本作业本当成修万里长城的砖头,万一修成个大人物,老师就能跟你沾光了。你坐着小汽车从中南海出来接我,没准能写成一段历史掌故,选进将来的课本里……

张冲:老师你又扯远了。我真混进中南海,你就死了。

袁老师:人死留名嘛。所以,还是那句话,人固有一死,或重于泰山,或轻于鸿毛……

张冲:我没想什么中南海。我只能背着这三十多斤在咱学校走来回,哪天不高兴了就不背了。

袁老师:背还是要背的,你要是能把蛇皮袋子换成书包就好了。背个蛇皮袋子不像学生,像卖红薯的。

张冲:没有那么大的书包么。用书包就得用两个,太麻烦。还是蛇皮袋子好,省事,往里装往外倒都省事。

袁老师:你看你看,越说越像卖红薯的了。

张冲:老师你也太老土了,现在卖红薯不用蛇皮袋子,用三摩小四轮了。你还是老观点,难怪你教不了新知识,教了一辈子物理永远都是课本上那些东西,退休返聘回来还教,也不烦啊你。

袁老师：不烦。我知道你在挖苦我，也知道你背着蛇皮袋子是故意给我看的，没关系，你就这么背着，就用蛇皮袋子，我不会劝你不背的。

张冲：我刚说了，也许哪天我就不背了，也许我找个人替我背。

让袁老师感到惊讶的是，几天后，还真有人给张冲背蛇皮袋子。

他叫秦剑，是张冲的同班同学。

"是哥们啊我给你背书包"

秦剑家在县城南关正街的一条巷子里，是县城的老户。张冲表弟文昭租的房子就在那条巷子，离秦剑家不远。张冲常去文昭的租屋，和秦剑碰过面，但没说过话。成了同班同学以后，秦剑主动和张冲打过一次招呼。

秦剑：我叫秦剑，咱见过面。你的租屋离我家很近。

张冲：不是我的，是我表弟的。

秦剑：噢噢，咱们是同学了。

张冲也噢了两声。他对秦剑的主动拉扯不太热心。

蛇皮袋子事件的当天，秦剑又主动和张冲拉扯了一次。他竖着大拇指给张冲说：我真佩服你。真的。

张冲问他：为啥？

秦剑说：敢作敢为，不怕事。

张冲说：用不着佩服啊。

秦剑说：不不不，我太佩服你了。我胆小，我佩服敢作敢为的人。

然后，张冲就碰上了秦剑挨打。他去文昭的租屋，在巷口看见两个小混混在踢打一个人，竟是秦剑。他们踢打得很放心，因为秦剑不还手。抱着头坐在地上任他们踢打。张冲"嗨"了一声，小混混扔下秦剑走了，大概也踢打得有些满足了。秦剑的衣服上裤子上满是用脚踢踏过的鞋样。张冲问秦剑咋回事？秦剑眼里有些眼泪了。张冲又问了一句咋回事？秦剑抹着眼泪只摇头不说话。张冲拉着秦剑的胳膊，把秦剑拉到了文昭的租屋，让文昭秦剑开了一瓶啤酒。秦剑喝了一口，说：

"都怪他妈的张艺谋的电影《英雄》！"

秦剑说了一大堆，张冲终于听明白了。那两个小混混都是秦剑过去的玩伴，看了电影《英雄》以后，都很佩服长空、飞雪、残剑的帅气，也很羡慕他们的剑法，一时心血来潮，商量好一起去少林寺练武习剑，将来潇洒走江湖。秦剑跟他爸要钱做盘缠，不但没要到，还挨了一顿揍，就放弃了。两个玩伴也没去成，都把罪咎归到了秦剑身上，秦剑成了他们取笑的对象。他们叫他秦胆小，叫他秦软蛋，后来又叫他秦贱。秦剑说我不和你们玩了，他们就纠缠、骚扰、拿秦剑寻开心。秦剑躲不过，只能受着，受了几年。秦剑上了高中，他们没上，跟了一个叫东生的人，胆更大了，隔了几天就向秦剑"腥"钱，不给就拳打脚踢，秦剑不敢告诉家里人，因为他们有东生做靠山。

秦剑一脸痛苦，说："我给我爸要不来钱啊！"

秦剑说："我胆小我打不过他们啊！"

秦剑抱着头使劲摇着："我要崩溃了我啊！"

张冲喝完一瓶啤酒，说："那个东生是什么人？"

秦剑说："强人。用半尺长的马头刀捅过人。腥钱，帮人讨债挣钱，没人敢惹。"

张冲说:"你见过他没有?"

秦剑说:"见过。个子没你高,比你壮,手像木碗一样大。我原来也想跟他混,我爸非要我上高中。"

张冲把秦剑喝剩的半瓶啤酒也喝了。他让秦剑约东生,秦剑说我不敢。张冲说那你让那个小混混捎话约他。秦剑只摇头不说话了。张冲说那好吧过几天你领我去把东生指给我就行,你先回。

秦剑走了。

文昭说哥你真要找那个东生啊?张冲说嗯。文昭说他有刀啊。张冲说有刀能用上才是刀,用不上连棒槌也不如。文昭说我和你一起去多一个人多一份力。张冲说不行,这种事你不能掺和,万一出事,姨夫只有你一个,我还有我姐呢。

几天后,张冲和秦剑没上自习,从学校溜出来,找到了那个叫东生的人。秦剑指着东生说就是他,不敢往前走了。张冲走过去,说:你就是东生?东生打量了一下张冲,说:你是谁?张冲说:城南边那个中学的学生。东生问张冲有啥事。张冲说:你让你手下的那两个小混混别再欺负我的同学。张冲指着远处的秦剑说:就是他。东生看着远处的秦剑,又把目光移到了张冲脸上,从上到下把张冲重新打量了一遍,说:你知道我不?张冲说:过去不知道现在知道了。东生说:没人敢像你这么和我说话。张冲说:你要觉得不舒服就另找个地方说。东生说行么,城北的砖瓦窑,时间由你定。张冲说我念书很忙就现在。东生说好吧你先走我随后就来。

张冲就到了城北的砖瓦窑。

秦剑说你真不怕他?张冲说现在还不知道到时候就知道了,你要害怕你就看远点。秦剑说有你我就不怕,张冲说那你也离远点你不是说他有刀吗?秦剑说也许东生会领一帮人来。张冲说一帮就一帮我只对付一个。

东生来了。他没领人，只他一个。

秦剑说：张冲你看他一个人。

张冲说：我没把他放在眼里。

秦剑说：我就站在旁边为我的事没胆也要装着有胆。

张冲靠着砖摞子，看着越走越近的东生。秦剑没靠。

东生到跟前了，站住了。张冲靠着砖摞子没动。

东生说：我在这儿捅过三个人，你知道不？

张冲说：我打听过了，一个是上旦村的开明，一个是丈八村的高峰，还有案板街的横横，都是歪娃。

又说：我连他们爸叫啥名字都打听了。

东生说：你很仔细么你现在说你的事。

张冲的动作太快了。东生的话没落音，张冲抓起一块砖头，突然起身，那块砖头就撂抡到了东生的脑门上。东生噢了一声，好像很惊讶，一动不动地看着张冲。秦剑也叫了一声，看见东生的脑门淌血了，不敢看了，捂住了眼睛。张冲的第二块砖头又抡起来了，这一回是拍，他把那块砖头结实地拍在了东生的脑顶上。张冲还要拍，东生蹲了下去。东生一手捂着头顶，一手示意张冲不要再拍了。张冲就没有再拍。

张冲说：我的事说完了。

张冲扔掉了手里的砖头，又说：你赶紧去百营房。

百营房是县人民医院的别称。

东生用两只手捂着头，说：我记着张冲了。

又腾出一只手，指着旁边的秦剑说：我不知道他是你的哥们，以后不会有人找他的麻烦了我走啊。

东生站起来，有些摇摇晃晃地走了。

张冲说：我是管闲事我没有哥们。

秦剑急了，说：是哥们啊过去是现在是将来永远都是我给你背书包！

秦剑就替张冲背蛇皮袋子了，像张冲的小马仔一样。

袁方老师很气愤，质问张冲：你也太不像话了这叫奴役你知道不？

张冲说：我没奴役，秦剑要学雷锋。

袁方老师又叫来了秦剑：张冲说你给他背书包是学雷锋，是不是？

秦剑说：我没说我学雷锋，背的也不是书包，是蛇皮袋子。

袁方老师说：他强迫你的，是不是？

秦剑说：不是，我心甘情愿。我们是好朋友，他不让我背我还生气呢！

袁方老师被噎住了，他想不通世上竟然会有这样的人。他说好吧你走吧我没话说了你们好朋友去吧。

摩托上的摇滚

秦剑觉得他只给张冲背书包是不够的，他希望他在张冲眼里不只是个能替哥们背书包的人，就给张冲说：

"我知道县城的每一条街道每一条巷子，知道哪有洗脚屋有网吧。"

张冲说："我不喜欢打游戏了，腻了。"

秦剑说上网吧呢？张冲说偶尔吧。秦剑说洗脚呢？张冲说不喜欢。

秦剑想了一会又说："我知道哪是富人区哪是穷人区。"

张冲好像不耐烦了，说："我用砖头拍东生是帮你解困我没想当抢劫犯。"

秦剑摸了一会头，说："咱班的马三宝换了一辆摩托，最新款的，本田 50。"

张冲好像来电了，说："是不是？"

秦剑就滔滔不绝了，说了好多马三宝的情况。他说马三宝是独子，要啥他爸就给啥。他说马三宝他爸在三眼桥大市场有店铺，把布卖到青海新疆去了，很有钱。他说马三宝已换了几辆摩托了，新换的本田 50 有踏板，电子打火，没横梁肚子，油箱在后座垫底下，体小轻便，很洋气，自装了音箱和防盗报警器。他说，马三宝的玩伴都是有钱人的子弟，都有摩托。隔几天就结伙去高速路上兜风，最低 80 码的速度，都戴减速眼睛，戴耳机，听摇滚，每一辆摩托后边都有女娃抱着他们的腰，可刺激了。

张冲好像走神了，眼睛看着远处。

秦剑说：你不想听了是不是？你不想听了我就不说了。

张冲说：没有没有，我在想我表弟的那辆黑豹呢。

秦剑说黑豹听着威风，是杂牌子，底盘高适合在乡下跑。不过没关系啊，想换了找马三宝借啊，你要抹不开面子我给他说。张冲说不要不要。秦剑说我知道你喜欢玩摩托嘛试试他的本田 50 嘛。张冲说真想玩了我自己说。秦剑说马三宝经常给他的散烟，都是好烟，一根顶你半盒，他家有钱么。张冲说那就先给他要两盒烟，我正好没烟了。

张冲在大门外叫住了马三宝，说：我没烟了。

张冲说得太突然太直接，马三宝好像没听明白一样，愣了一会，然后说噢噢，从衣兜里掏出一盒烟，弹出一根递给张冲。

张冲把那根烟捏在指头里看了看上边的字，又放在鼻子底下闻了一会儿，说：真是好烟啊。

马三宝说：苏烟。我不抽烂烟。

他掏出打火机给张冲打着火，说：你抽一口，很香的。

张冲没抽。张冲把那根苏烟揉成了碎末儿。

马三宝灭了打火机，说：咋啦？张冲说不咋。马三宝说不咋你咋揉了？一根两块多钱呢！

张冲说：马三宝同学，我说我没烟抽了你把我当成要饭的叫化了。

张冲转身走了。

马三宝又一次愣了，问一直立在旁边的秦剑：张冲是啥意思？

秦剑说：你也太啬皮了。

他给马三宝讲了张冲用砖头拍东生的事。听得马三宝变了脸色。当天晚上，马三宝就给张冲拿了两盒苏烟，说，以后你别为抽烟的事操心了，我每星期给你两盒。

就这么，马三宝成了张冲的高档香烟供应者。每到周末，马三宝就会准时到文昭的出租屋，给张冲两盒烟。张冲自己装一盒，另一盒给文昭和几个哥们共享。

文昭明显喜欢马三宝。他很快也给他的黑豹装上了音箱，和张冲一起加入了马三宝的摩托车兜风队伍。张冲没摩托，有时骑文昭的黑豹，有时骑马三宝的本田50，飙车听摇滚的滋味就这么享受到了，正像秦剑说的那样，很刺激。

但张冲飙车就缺一个抱他腰的女娃。

文昭说：哥啊你真没劲你真要和苗苗好你就叫她坐你后座抱你腰。要不就另找一个。

文昭说的苗苗就是和上官英文一个村和张冲同过三年小学的那个

苗苗。到四年级的时候，在县城工作的父母把苗苗接到县城上学了。苗苗走后，张冲常给文昭说起苗苗。张冲说苗苗身上有一种香香的味道，让他忘不了，可香，说不出来的一种香。文昭转到县城后，竟和苗苗同一个学校。文昭当天就告诉了张冲，张冲就和苗苗联系上了。他们都长大了几岁。文昭问张冲：苗苗还香不？张冲说香。文昭说那就别让她跑了，我给你看着她。谁要打她的主意咱卸他的腿。

张冲时不时会找苗苗。苗苗也找过张冲，来过文昭的出租屋。文昭始终看不出张冲和苗苗的底细，因为他从来没有发现过他们亲嘴，也没看见他们抱过。张冲更不叫苗苗"老婆"，苗苗也不叫张冲"老公"。文昭说哥啊你和苗苗到底咋回事啊？张冲说没咋回事啊。文昭说我都换过两个"老婆"了！张冲说噢么你换么，还是不说他和苗苗是咋回事。文昭只能干着急。

现在总该把"咋回事"变成"这么回事"或者"那么回事"了吧？

文昭说：咱没有摩托车可以借女朋友没法借啊哥哎！没摩托车是家庭的能耐没女朋友是自己的能耐啊哥哎！你能用砖头拍东生的头，就不能想办法挂个女朋友吗咱不能栽面子啊哥哎！

张冲想了一会，说：我另找一个。

就找了一个叫孙丽雯的女孩，县城上家巷子的。

是秦剑提供的线索。他说孙丽雯没考上高中，在家里闲了几个月，泡了几个月网吧，后来自找工作，成了绿源果汁厂的职工，模样绝对一流。又说有个男孩对孙丽雯穷追不舍，追上没追上不知道。文昭说管他追上没追上，先插一杠子再说。

张冲就去了一趟绿源果汁厂。文昭要和秦剑一起陪张冲去，张冲说不用。文昭说万一碰上那个男孩呢？秦剑说就是就是万一碰上呢？张冲说碰上了就更好。他顺路买了一把理发用的推子，手动的那种。

张冲给门卫说我是孙丽雯的表哥。门卫说刚有个孙丽雯的表哥我放进去了咋又来了一个。张冲说你刚放进去的那个表哥是假的他想和孙丽雯谈对象哄你呢，我就是为这事来的。门卫说噢噢现在的人嘴里没实话真假难辨你去吧在二楼小孙正好刚下班。又叮咛说，有话好好说别打架啊，张冲说不会的不会的，就上了二楼，见到了孙丽雯和那个男孩。

没等孙丽雯开口，张冲就叫了一声丽雯，坐到了孙丽雯的床沿上。孙丽雯和男孩都愣住了。张冲朝孙丽雯扬了一下头，问孙丽雯：他是谁？孙丽雯没回答，男孩就反问张冲了：你是谁？张冲说我是丽雯的男朋友。男孩说啊啊？头像拨浪鼓一样在孙丽雯和张冲之间赚了几个来回，然后问孙丽雯咋回事？孙丽雯张了几下口，不知道说什么怎么说。张冲指着男孩说丽雯你喜欢他吗？孙丽雯摇了几下头。张冲对男孩说你看见了没有？男孩说我正努力呢嘛。张冲站起来了，走到男孩跟前，说：你认识我不？男孩摇着头。张冲说你知道东生不？男孩说知道。张冲说我叫张冲，弓长张，冲锋的冲，用砖头拍过东生的头，不信你问东生去。男孩紧张了。张冲说你别紧张你坐下我给你说话。男孩很听话地坐到了床沿上。张冲从裤兜里掏出刚买的推子，说：你别怕这不是砖头，我看你头发不顺眼我给你收拾一下。他用推子给男孩的头发正中从前往后推出了一条白道，说：以后你别骚扰丽雯了好不好？男孩说对不起我不知道丽雯有男朋友她从来没给我说过。男孩走了。

张冲给孙丽雯笑了一下，说：难怪你看不上他。

几天后，孙丽雯就成了张冲骑摩托兜风时在后座上抱腰的女娃。

名人和名人

张冲不让秦剑背蛇皮袋子了。秦剑问为什么？张冲说我觉得没意思乏味了。秦剑说就是就是刚开始这个看那个说挺有意思的时间长了没人说也没人看都不以为然了么我觉得挺无聊的。但秦剑有些不甘心，说，不背蛇皮袋子就得做个别的要不更无聊。张冲说那你给咱想个有聊的。秦剑说行。

秦剑想了几天没想出来。

教师节那天，学校开了一个表彰会，表彰优秀教师和三好学生。有一个三好学生代表发言，说了一通感谢学校感谢老师的话，里边夹杂了"红烛精神""成功的摇篮"一类的话，很风光。还安排三好学生给优秀教师献花，和演节目一样，有的老师感动得流了眼泪。

秦剑给张冲说：那个三好学生代表是"火箭班"的，叫周天佑，参加省上的"奥数"比赛拿了名次，是学校从县二中"挖"过来的学生，所有费用学校全包，还给奖励。是那种上学不花钱还挣钱的学生。学校指望他能考进清华北大。周天佑的目标也是清华北大，除了念书没有别的爱好，暑假也窝在家里不出门，大热天穿一件秋裤光着上身背课本做习题。流汗了他妈给他擦汗，吃饭时他妈给他端饭。

张冲说是不是？秦剑说就是，他爸他妈的宝贝么，学校的宝贝么，老师也佩服他，记忆力贼好，一个礼拜能把一本书从头到尾背下来。

张冲说：噢噢，哪天咱去会会他。

秦剑说兴奋了，说：最好是礼拜天，他准在教室里用功呢！

张冲说：那就礼拜天，到时候你提醒我。

秦剑说：行。

张冲和秦剑是在礼拜天的下午找周天佑的。火箭班的教室里只有周天佑一个人，正在本子上做一道题，很专心。张冲坐他对面了他都没有抬头。

张冲敲了一下桌子，说：哎，哎。

周天佑从作业本上抬起头来，扶了扶鼻梁上的深度近视眼镜，看着张冲。

张冲：你就是周天佑？

周天佑又看旁边的秦剑了。

张冲：你别看他你看我。

周天佑：你是谁？

张冲：和你一样，都是学校的名人。你是有名的好学生，我是有名的坏学生我叫张冲。

周天佑不说话。张冲伸过手去，取下了周天佑的眼镜。周天佑看不清了，伸着手说哎哎我的眼镜还我的眼镜。张冲说你别急我问你话。周天佑说你赶紧问赶紧还我眼镜我心慌。张冲说你这眼镜多钱买的？周天佑说不是买的是配的我爸陪我去的我不知道多少钱我没问。张冲把眼镜还给了周天佑。

戴上眼镜的周天佑不心慌了，说：你们找我有啥事？

张冲说没事想和你聊聊天。周天佑说我没时间我正做题呢。

张冲：听说你一门心思要考清华北大是不是？

周天佑：就怕考不上所以我不能浪费时间要抓紧每一天。

张冲：你在二中好好的为啥要来这个学校？

周天佑：这个学校给我优惠多我爸就让我转学了。

张冲：你爸很势利么，日本鬼子给你爸一根冰棍你爸没准就当汉奸了。

周天佑生气了。周天佑说你咋能这么说我爸我不想和你说话。

张冲：我还没说你呢。你爸当了汉奸把你手一拉你也就跟着当汉奸了。

周天佑愤怒了。周天佑说你走吧我要学习。

张冲：你给我两包烟我就走。

周天佑：我为什么要给你两包烟？我不抽烟，我没烟。

张冲：你买两包去。

周天佑：我没钱。

张冲：学校不是给你奖励钱了吗？

周天佑：都给我爸了我一分钱也没有。

张冲：那你就想个办法弄钱去。

周天佑：你不要和我胡搅蛮缠我凭什么给你买烟？

张冲：就凭你是好学生我是坏学生。

周天佑：奇了怪了！不可思议！

周天佑站起来就要走。张冲拦住了他。

周天佑：你们不走我走还不行？

张冲：不行。要么买烟，要么让我抽你十二个嘴巴。你的嘴巴会肿得像马蜂蜇了一样。消肿以后我再抽，让你每天肿着嘴，还不能给人说是谁抽的，你敢说我就把你推到汽车轮子底下去，除非你不上街不过马路。人问我就说咱俩闹着玩你推我我推你没看见汽车。你想想，进了汽车轮子不死也会残废,北大清华就和你没关系了。

周天佑被张冲描述的情景吓傻了,不敢动了,定定地看着张冲。

张冲也定定地看着周天佑:我说到做到。

周天佑重新坐下了,说:我没钱。

张冲扫了一眼教室,说:确实是火箭班,都爱学习,每个桌子上都有书。

然后给周天佑说:你把桌子上的书收起来抱出去,出校门右拐二百米就是收破烂的,一卖就有钱了。

周天佑低着头,用指头顶了一下眼镜,不动也不吭声。

张冲:你选择吧,要么每天肿着嘴,要么去卖破烂。

周天佑抬头往教室外边看了一眼。张冲说你别胡看没人来的,有人来我也不怕,你借我钱了我在给你要钱。

周天佑要哭了:我没惹你,我求你了。

张冲没有丝毫的同情:没用的,赶紧收拾桌子上的书去。

秦剑说:我帮你一起收。

周天佑选择了收书。他换着桌子收了一摞,秦剑也收了一摞,垒在了周天佑的怀里,周天佑抱着一大摞书,可怜巴巴地看着张冲,不愿出教室,希望张冲能改变主意。

张冲说:去啊,我在这儿等着。书一卖你我就分道扬镳,你就能专心学习了。

周天佑出教室了。

秦剑说这合适吗?张冲点了一根烟说:我有烟呢,我不是为了烟是为了刺激,我希望明天火箭班的学生一进教室找不见课本急得尿裤子。

张冲没等来周天佑,等来的是派出所的民警。

周天佑抱着一大摞课本快到校门口时，碰上了一个老师。老师问他抱这么多书干啥去？周天佑一直憋着的眼泪水憋不住了，流不完一样。老师再三追问，周天佑就说了实情。老师拨打了"110"。

张冲抽完了一根烟，还不见周天佑回来，就说：这个周天佑动作也太慢了。秦剑说周天佑是念书的料脑子快手脚慢。张冲说嗯嗯，头一抬，警察进来了。

警察要带他们去派出所。张冲有些紧张，但很快就不紧张了。张冲说事情是我闹下的我跟你去。警察说行么，就放了秦剑，带走了张冲。

秦剑挡了一辆电动三轮，到文昭的出租屋，给文昭说了张冲的事。文昭问是哪个派出所？秦剑说城关派出所。文昭立刻跳上了他的黑豹，加大油门一口气赶回家，把他爸王树国拉到了城关派出所。王树国一见张冲就说，张冲啊张冲你咋把你弄到这种地方来了！张冲指着院子里乱哄哄告状的诉苦喊冤的互相争执的各色人等，给王树国说：姨夫你看这么多人。王树国问张冲挨打没？张冲说没有，让我叫家长，我说我的事家长不管你们找我姨夫，他们还没顾上找你就来了。文昭跺着脚嫌他爸啰唆，王树国说好好你们在这儿等着我找人去。

王树国拐弯抹角找到了一个副所长，把张冲领出来了。王树国说张冲啊张冲你爸知道了用鞋底子扇你。张冲说我爸早和我不说话了我也懒得和他说。文昭说爸哎没你事了你回吧。他用那辆黑豹驮着张冲回了他的租屋。

文昭问张冲：学校要开除你咋办？

张冲说：开除了正好，我爸我妈就死心了。

秦剑说：那我也不念了我跟你混。

学校没开除张冲。校长办公会上有两种意见。主张开除的人认为不开除就是纵恶，不主张开除的认为开除会把事态扩大，万一张冲想不开胡来，更损学校声誉。还有，最受煎熬的是周天佑同学，他先找张冲解释说不是他找的警察，是老师打的"110"。然后又动员父母找校长为张冲说情，不让开除张冲，如果学校执意要开除周天佑就得转学。校长综合了各方面的因素，决定让张冲的班主任袁方老师找张冲谈话，除了严厉批评教育外，再写一份检讨。

张冲写了一份检讨。"火箭班"的班主任老师把张冲的检讨在班上念了一遍。

周天佑又找张冲解释了一次。张冲说你别怕我没怪你也不怪那个老师你放心念你的书想你的清华北大吧我不会找你的麻烦。

张冲时不时旷课，就是从那以后开始的。

后来，就认识了梆子。

梆子

梆子不是张冲的同学，也不是校友。

梆子是梆子的绰号，认识不认识的人都这么叫他。他自己给人介绍自己也这么说：我是梆子，或者：我叫梆子。时间长了，连他自己大概也忘了他的真姓名。他的真姓名在身份证上，但身份证早已丢了，他没补办过。他说我不要身份证，我用我的能耐吃饭。

梆子的能耐是他的抗击打力。他从小就挨爸妈的打，挨打时一声不吭不躲不闪，最多缩一下身子或者闭上眼睛。这种反应是很气人的，很容易激起继续打他的欲望，让他挨更多的打。爸妈的打法越来越五花八门，越来越有想象力了，笤帚棍棒刀绳之类能拿到的工具都使用过，还有拳头和脚，还有牙和指甲，甚至头和屁股。动作开阔舒展的如扇耳光踢肚子揪头发撞墙或者满院子拖着来回转圈子，或者干脆用头或屁股朝梆子的身体撞过来墩过去。动作幅度小一些小到不能叫做打的如用牙咬用指甲掐，等等。梆子则是一成不变的：受着不躲不闪不吭声，如果把缩一下身子或闭一下眼睛也算作反应的话，就可称之为"小动不吭"。就是这一成不变的小动不吭使那些五花八门很有想象力的打法显得无奈而又无聊。他扛过来了，扛出了他超常的抗击打力，以至于后来替人"顶事"进局子警察打过他以后，他竟然带着笑给警察说："你们太不会打人了，比我爸妈差远了"，让警察也感到他们很无聊。

　　道上人让他顶事进局子，就是因为他的这种超乎常人的能耐。他多次进去过，好像专门吃这碗饭的。最近的这一回竟判了刑，在劳教农场待了六年，回来时因为巷子改造拆迁变化太大，竟找不到家门了，走到了文昭租屋的院子里。房主看了好大一会儿才认出是梆子，叫了一声：噢啊这不是梆子嘛！梆子憨厚地笑着，说：我找不到我家门了。文昭的房主把他领到了他家。

　　让他顶事的人兑现了承诺，给了他一笔钱。

　　他时不时会来文昭租屋的院子里，给文昭的房主好烟抽，拉一会话，说他记着领路认门的人情。也会说他在劳教农场的轶闻趣事。文昭也抽过梆子的好烟，叫梆子讲他的故事，又把张冲介绍给了梆子。梆子也就时不时到文昭的租屋里和文昭张冲喝啤酒抽纸烟吹牛聊天了。说到能耐，梆子说我爸我妈虽然把我打大了但我还得感谢我爸我妈，世上打自己娃的爸妈多了，能给娃打出能耐的并不多见。

　　问梆子现在做啥事？梆子说转么、看么，给人洗过车，还当过几天保安，都没意思，也挣不到多少钱，说不定还得用自己的能耐吃饭。他似乎很自信。他说会有人犯事的，有犯事的就会有找人顶事的。他说他不犯事，他给犯事的人顶事。他说只要是人就会有朋友有熟人，朋友托朋友熟人托熟人，就会托到他这儿的。他说他不着急，他说他手里的钱花不完就会有人找上门的。

　　他比张冲大十几岁。他说他和张冲一样，最头疼念书，挨爸妈打就是因为不爱念书。他知道东生。他说张冲敢用砖头拍东生他很佩服。他说人不怕事就没事，人不怕死老天爷也拿他没办法。

　　他说他在邻县县城有朋友，开了一家歌舞厅，张冲实在不想念书了可以去那儿当保安。

　　几个月后，张冲真就去了那儿，没多长时间就犯事了。

　　文昭说梆子都怪你，你不介绍我哥去我哥就不会犯事。梆子说你不能怨我啊，我让你哥去做事没让你哥犯事啊。文昭说我哥成少年犯了！棒子说：世上的人一层一层的，说起来都是两条腿走路其实各有各的路，不管走啥路话说回来都是人走的路是不是？犯人也是人是不是？让我说你哥犯事不是为自己是匡扶正义呢！他说人羡慕的人里边有许多是装的像人一样的衣冠禽兽。他说你哥挖眼的那个人就是，该剐。他停顿了一会又说，我不如你哥，你哥好着呢！

　　他摸了一下文昭的头，好像变成另一个人一样。

　　他学着小时候的腔调，给文昭唱了几句儿歌：

　　　　我在马路边捡到一分钱
　　　　把它交给警察叔叔手里边

161

叔叔拿着钱

对我把头点

我高兴地说了声：叔叔再见

……

第四章　姨夫一家

两问

张冲曾经问过他姨夫王树国：

"我爸给我说你们小时候开火他把你吓得尿了一裤子是不是？"

王树国说："你听你爸胡吹，开火是事实，尿裤子是你爸给我捏造的。"

然后，王树国就给张冲讲他那时候的弹弓打得有多准。

他说我的弹弓架是从榆树上剁的，皮带是架子车内胎，手上没功夫拉不开的。他说我当然能拉开了，能把弹子打出去半里远。他说打得远是本事打得准更是本事，这两样本事我都有。他说就因为我打得远又打得准，就得准备两种弹子。一种是用泥抟成的土弹子，用来开火。一种是把砖头砸成碎块花工夫磨成的，用来打鸟。砖头弹子不能开火，打到头上就是一个洞。你爸着上的是我的土弹子。为啥你爸着上了呢？因为我瞄的就是你爸。你爸是你们村的娃娃头，擒贼擒王，打蛇打七寸，我当然要瞄他了。"嗖"一下，我的弹子就过去了，端端地着在了你爸的额颅上。为啥？你爸捂着额颅站住了嘛。他一捂额颅我就知道我打中了。我很得意，要笑了，没笑出声又害怕了。为啥？我看见你爸另一只手里提着的老笨镰了。你爸用它把一个人砍成了跛脚，你说我怕不怕？你爸一手捂着额颅一手提着老笨镰用眼睛瞄了几下，就瞄到我了，然后就直直地冲着我过来了。你爸提着老笨镰啊张冲，你说我有多害怕。我心里说坏了坏了，身子一转撒腿就往村子的方向往回跑。一边跑一边往后看，你爸那个追啊撵啊不要命地追撵，越来离我越近。我不往后看了，往后看影响跑啊。我死命跑，我想只要能跑到村口你爸就不敢撵了。我没跑到村口，因为我的腿脚跟不上我的心思。很快就听见你爸的脚步了，一听见你爸的脚步我的胳膊就抡不开了，腿就发软了，脚一歪，就扑爬在地上了，弹弓也扔出去了。我往前爬了两步。我说不是我你撵错人了，我没拿弹弓你别砍啊红旗！你爸没砍。你爸骑在我身上，一只手掐着我的脖子，一只手揪着我的头发，把我的脸往地里擩。我的鼻子压进脸里了，脸就完全和地贴在一起了，我就没法说话了，只能在喉咙里呜呜了，难受不？当然难受。但我最担心的事没有发生，你爸的两只手都占着，证明老笨镰不在手里。呜呜就呜呜吧。一会儿又不能呜呜了，因为你爸擩着我的脸不让我换气，好像要擩死我。我不害怕了，在心里呜啊着给自个儿说我要死了。当然我没死，因为你爸把我的头揪起来了，我赶紧换了一口气，你爸又把我擩下去了。你爸就这么揪着我的头发让我一仰一贴呜啊了好长时间，累了，才放开了我。我嘴里眼里鼻子里塞满了土。我吐着嘴里的土，抹着脸上的土，还有眼里憋出的眼泪水，和土搅和在一起了。我吐着抹着给你爸说我没拿弹弓我手里空空的啥也没拿。我吐完了抹完了说完了，你猜咋着？你爸早走远了，我的话全给我自个儿说了。我摸了一下脚脖子，咋也想不通，你爸咋没给我用他的老笨镰呢？

哈,哈哈!多年以后,我叫你爸姐夫了,你爸叫我妹夫了,每年正月同一天走同一家亲戚,叫同一个丈人爸了,哈哈!这世界怪的让人想笑,让人想不来,想不来就胡说八道胡喊乱叫,哈,哈哈!

他坚持说尿裤子是张红旗自吹自擂抬高自己给他瞎编的。

张冲也问过王树国"娃是好娃就是不爱念书"的话。他问王树国给他爸张红旗这么说过他没有?

王树国用手搔了一阵头,说:说了咋没说咋?

张冲说我在我爸眼里一无是处。

王树国说就是嘛所以我不同意你爸的看法我说你是好娃。张冲说你后边的"就是不爱念书"又把前边的否定了。王树国说没有没有,这不是否定,是全面评价,更重要的是肯定。"好娃"在前"不爱念书"在后嘛。重要的排在前边后边的只是补充嘛,就如同一件衣服有个洞打个补丁嘛,你咋就那么在乎一个补丁呢?姨夫是喜欢你的嘛,你是知道的嘛。是姨夫托人拉关系把你弄到县城上中学的嘛,是不是?姨夫没给你爸多要一分钱也证明姨夫喜欢你嘛,如果是你姐姨夫就不办了,现在哪有白办事的人?越是亲戚朋友才越日鬼捣棒槌给自己弄钱呢!姨夫没有。

王树国说的不全是真话。他找关系把张冲弄到县城上学,还有后来又托人让张冲上高中,都多拿了张红旗的钱,只是因为张冲给他办了几样事,对他有用,他心里有些过意不去,就分期分批把从张红旗那里占的便宜又以自己的名义十块二十块给了张冲当零花钱用了。在他看来,就等于没多拿张红旗的钱。

但喜欢张冲是真的,因为张冲不仅能缓解他的心病,在关键时刻也能挺身而出,给他解决问题。

两块心病

王树国有一个习惯：每天晚上睡觉前要想半个小时的钱，不想就睡不着。文香说睡么睡么。王树国说你睡你的难道你不知道我要想半个小时的钱么？文香说我知道这么多年了我咋不知道。王树国说知道就别吭声你让我想。文香说你天天晚上这么想比干活还辛苦。王树国说想也罢干活也罢都是冲着钱去的，没钱咱喝西北风啊？你能喝西北风我不能。事实上就算你能喝西北风也喝不饱肚子。管用的还是钱。有钱就有咱吃的喝的住的用的，包括你儿子文昭的学费和摩托车。再说了，我每天晚上这么想已经习惯了习惯成自然了我想着高兴。文香说钱是挣来的不是想来的。王树国说放屁就因为我想钱我才成了咱村第一个栽苹果树的，不是么？

王树国确实是他们村第一个拔掉庄稼栽苹果树的人。村上有人看得心疼，说，这么好的庄稼你真要全拔了栽苹果啊？他说噢么，不拔完我心里不干净我怕我三心二意。村上人说你不留一点地种庄稼全栽苹果啊？他说噢么，我算过账了，种庄稼不挣钱还赔钱我日他妈栽苹果。村上人说你不打算吃粮食猴一样只吃苹果啊？王树国说我听出来了你想说我是猴没关系猴就猴我现在想当猴了行不？

三年后，王树国的苹果全部挂果，连年获利，成了他们村最先富裕起来的人，王树国直挺着腰像站在风头上给村上人说话了：你们说我是猴么，你们是人么。岂不知科学家说人是猴变的，猴是人的祖宗。岂不知人说人聪明的时候说"猴精猴精"，说"人精"就是骂话了，

"人精"是啥？妖魔鬼怪嘛。我做我的猴你们做人去吧。

就在他说这些话的时候，村上人都开始栽果树了。

村上新栽的果树陆续挂果获利的时候，王树国的果树开始老化。

王树国不平衡了。

王树国很不平衡了。他经常站在村外的最高处俯视一片又一片果园，恨不得把它们全砍了去。因为他看到的每一片果园都比他家的好。这些后栽的果树都是新品种，更能卖上价钱。他想挨个儿给村上人的脸上吐一口，质问他们为什么要学他的样栽苹果！说我是猴，人日他妈都是猴，而且是南山里的猴，王树国这么说，是因为当地有一句顺口溜："南山猴，耍尿都耍尿"。我耍尿你们也跟着耍尿啊！啊呸！日他妈都是猴！每这么想一回，他就会痛苦一回，因为他实在无法改变现状，只能恨恨而归，回到家，就找茬子揍文香一顿。

他经常揍文香，因为文香生了文昭以后再不生育了，去县上市上省上几家医院都寻不出原因，总之是不生了。不再生育的好处是免了计划生育的罚款，坏处是他没法像别人一样有儿有女，更坏的坏处是文昭经常以离家出走以撞墙碰死威胁他和文香，以此索取他想要的任何东西，比如旱冰鞋，比如MP3，比如摩托车。考试不及格不能打骂，刚举手他就会跳出去三米远，就说你敢打我就去新疆！独苗啊，他知道他是独苗。他从小就从大人的举动言语中嗅到了独苗的珍贵，知道什么是他们最害怕的。如果文香能再生一个试试，他狗日的敢给我考试不及格！我卸他一条腿！他敢给我要摩托！他敢说他去新疆！他去日南交趾去去！文香啊文香，你咋就不生了呢？我咋弄你咋就不顶事呢？你不是文香啊，你明明是一只蚊子啊嘛！你只吸血不下蛋比蚊子还不如你是一只铁蚊子啊嘛！他把文香叫蚊子了。每行一次房事，他都要叫一声：蚊子啊蚊子啊你给咱下个蛋吧,叫得文香直想哭。

　　文香每挨一次打就哭一次,但从不给外人说。这当然是美德,但王树国更需要的是文香给他再生一个。只要文昭是独苗,他就没有安全感,就会被文昭拿捏着,要左手不敢给右手,要手心不敢给手背。只要没闪失,哪怕偷着抽烟呢!哪怕考试不及格呢!唉!嗨!我日他妈不是害怕你,我是怕你万一有个闪失我王树国断子绝孙让人指着我的脊背你知道不啊文昭!

　　这就是王树国活人的难处。就是说,他有两块心病,一是钱,二是文昭。

知恩图报

　　先说钱。钱是和苹果树连着的。

　　王树国因为最早栽苹果树得利,也因为最早栽苹果树失利。人没苹果吃的时候是不挑不拣的,苹果多了嘴就刁了,爱吃好品种。这是王树国栽苹果树的时候没想到的。他栽的是秦冠,产量高,但皮厚,不受存放。村上人栽树晚了几年,有了品种意识,都栽了红富士,不但面相好,存放时间长,口感也爽,卖价自然也高。王树国因此生了好长时间的闷气,然后痛下决心,把他的树全嫁接成了红富士。但问题也来了:苹果树的品种不一样,养育修剪管理的办法也不同。王树国能养秦冠却养不了红富士,嫁接后的苹果树看起来枝繁叶茂,结的果子却没人家的多,面相难看,真是日了他妈了。他为此又烦闷了好长时间。他不愿意请教人,因为关系到他的脸面:一个养苹果树多年的老手，怎么能向新手请教呢？他们后来居上了，想起来就让他恶心！

他想到了张冲。他想让张冲去"偷"他们的技术。

他把张冲叫到他家，问张冲：你觉得姨夫对你咋样？

张冲说：好么。

他说：回答正确加10分。姨夫对你不好就不托人找关系把你弄到县城上学了。你可不能忘了姨夫的好处。

张冲说：姨夫你放心我不会的。

他说：我知道你不会的姨夫看着你长大的知道你是能知恩图报的人。投之以木瓜报之以琼瑶这话你听过没？

张冲说：听过。

他说：滴水之恩当涌泉相报呢？

张冲说：也听过。就是没听过我也会对姨夫好的，以后我出息了天天给姨夫买好吃的。

他说：那是以后的事姨夫眼下就要你帮个忙呢？嗯？

张冲说：帮一百个忙也行。

他说好好好姨夫要的就是你这句话。然后就给张冲说了他的烦恼。他说我知道我的苹果树问题在修剪上。张冲说你不是有一本书么？他说你咋知道的？张冲说我在你炕头上见过。他说我是买了一本书，但我没心思看，我一看这本书就会想到村上的人我就会来气，姨夫不瞒你姨夫每天晚上睡觉前要想半小时钱才能睡着，看书来气睡不着，所以就没怎么看，看过几页也记不住你说咋办？张冲说我明白了你是想让我替你看书。他说对对对我知道你不爱看课本但你也许爱看这本书。张冲说我已经看过了，是西农大的教授写的，上边有许多顺口溜，"一年甩，二年放，三年有花往回挡"，你看，我都能背过。王树国说背顺口溜容易把它用到苹果树上就不容易了，姨夫给你指个人，苹果树养的贼好，你跟他偷学去，你跟他胡扯，把他养红富士的技术扯出来，和书上的对照对照，就消化领会了，然后咱就动手，把姨夫的红富士整好，你觉得呢？

他看张冲好像有些不愿意。他说你放心我让你姨天天给你做好吃的。

又说：我本来想让文昭办这事可文昭嫖客日的不听话让他干活他就喊头疼，我觉得还是找你可靠，你比他高一个年级识的字多，就算文昭嫖客日的能看懂这本书他未必肯进苹果地，你兄弟你知道不用姨夫说你也知道。

张冲在他姨夫王树国家里住了半个月，不但找人扯了，也到人家的地里仔细看了，然后就让王树国背熟了两段顺口溜，也让王树国知道了顺口溜在苹果树上的含义。张冲在苹果树底下给王树国说：人家书上说一年甩二年放三年有花往回挡，你甩了放了没往回挡，让树长了许多无用的枝条，不结苹果还吸收养分。王树国说就是就是我把苹果树养得和你姨一样只吸收不下蛋么。他和张冲剪掉了那些无用的枝条。张冲说人家书上说了：成龄主枝一条龙，上下左右枝组形，上边稀，下边短，长长短短在两边，你让所有的枝条自个儿胡乱长，该稀的不稀该短的不短么。王树国说就是就是我只想着让它长的茂茂盛盛的给村上人看没想到胡乱茂盛是不行的。张冲说上边稠了挡底下的阳光，下边长了结了苹果就拖拉到地上喂老鼠了。王树国说对啊对啊我以为这两年老鼠也和我过不去也盯上我了，我日他妈种苹果给老鼠种了口粮了。

他们一人拿着一把修剪苹果树的专用剪刀，把所有的树挨个儿整修了一遍。

最让王树国惊讶的是，张冲自己站在太阳底下照影子，认定苹果树最高的那一根枝条应该朝南，遮挡的阳光最少。他们就让所有的树头都朝南了。王树国说张冲啊张冲姨夫服你了你聪明得很么。他不让张冲把这重大发现告诉别人。他说他们狗日的树头都朝北着呢，以为朝北挡住的阳光少，他们狗日的照了一辈子太阳白照了不知道南北不知道多少么傻槌子货！

他没有食言，他每天让文香给张冲做好吃的，有肉有鸡蛋，甚至还让张冲抽烟。他说抽吧我知道你和文昭都偷着抽呢可别给你爸妈说我给你烟抽啊。

王树国的苹果树当年就见了效益。他一直保守着树头朝南的秘密。他每看见一个去苹果园里劳作的村人就会在心里说一句：傻槌子货么，不知道让树头朝南么！

"都怪我这臭嘴"

就因了那十五天的苹果修剪整形，王树国他爸也喜欢上了张冲。老人当鳏夫已经十几年，曾经有过找个伴儿的想法，没等到实现就让王树国扑灭了。王树国说你要找个人你让我咋称呼她？叫她妈我叫不出口因为我不愿意叫因为她不是我妈，叫她婶啊姨啊邻人会说我不懂事理，还会用言语羞辱我。我叫她姨他们会说树国啊树国你爸咋和你姨睡一个炕呢？叫她婶他们会说树国啊树国你爸咋和你婶……

老人摆着手不让王树国说了。老人说我不找了我一个人没事了我学驴叫唤。

从第二天开始，老人就真学驴叫了，每天一次，每次三声到五声不等。来情绪了也许会七声八声。

王树国听不下去，质问他爸为什么要学驴叫？他爸说我给你说过我没事干就学驴叫唤你没听见？王树国说没事干找个事啊。他爸说学驴叫唤就是我给我找的事。王树国说这也叫事啊？他爸说唱戏算不算事？王树国想了一下说，唱戏是一门营生当然算事了但你不是唱戏啊。他爸说退休的戏子没营生了咋还唱呢？我不会唱戏我把学驴叫唤当唱戏就当我是退休的戏子不行？当锻炼身体呢？难道我不找伴儿就不能有个好身体了？

王树国在他爸学驴叫唤和找个伴儿之间作了一下比较，觉得学驴叫唤比找老伴儿要好一些，就容忍了他爸学驴叫唤。他说好吧叫吧唱戏也罢锻炼身体也罢叫吧。

他爸一直坚持了十几年，和王树国想钱一样成了习惯，一天不引颈高吭三声五声就没捉没拿的不知该怎么打发这一天的光阴。他不干活。他说我把儿子养大了娶妻养子了我为啥要干活？我就学驴叫。

张冲在他家的那十五天里，王树国他爸叫了两天，然后不叫了。一问才知道，是因为张冲。张冲和他睡一个炕，每天晚上他都要和张冲扯淡给张冲讲讲很早以前的陈年旧事。他说他和张冲对言路，他讲啥张冲都爱听，他讲当年马鸿逵的骑兵和彭德怀的队伍在咸阳和天水一带拉锯一样你过来我过去，分不出高低输赢。他说马蹄踩在人头上人头就不是人头了更像西瓜，扑扑响。他说子弹在空中窜来窜去不像子弹像吹哨，像收紧翅膀的麻雀，碰到哪儿就给哪儿钻一个洞。他说有人不愿当志愿军，怕美国人的飞机，因为美国人的飞机就像一群一群的黑乌鸦屙屎一样往下屙炸弹。县长就开动员会了。县长说美帝国主义的飞机确实像黑乌鸦,可怕么?不可怕。为啥?咱都有经验,一群一群的黑乌鸦从咱头上往过飞,往下屙屎,试问,有几个人的头上着过老鸦屎?没几个嘛。所以,不要怕美帝国主义。美帝国主义就是黑老鸦,他们屎屙不到你的头上的放心吧孩子们。结果呢?大家鼓掌了,许多青年报名了,去了朝鲜,有的挨了炸弹有的没挨,挨了的就死在那儿了,没挨得就回来了——他就是这么给张冲讲说的。他不学驴叫了。他早上一起来就盼天黑天一黑张冲就会回来,和他睡一个炕,听他说东道西。

张冲走了以后,他唏嘘唉叹了好长时间,然后又恢复了学驴叫。

张冲偶尔来他家的时候,他就像见到了亲人一样,像过节日一样的高兴,一定要拉张冲到他的屋里,给张冲随便说点啥。张冲出事前两个月,他还给张冲说过几句话,说得很郑重其事。他说张冲啊爷听说你不念书了在外边干事了爷给你提个醒:今年大事太多,一会冰雪灾害一会洪水地震,国家遇大难,政府心情不好,你凡事多长个心眼别惹事啊。

张冲偏就惹了事。听到消息后,老人很痛惜,也很后悔,自己扇了自己一个嘴巴,说:都怪我这臭嘴,有毒呢!

他时常会想起张冲,想起和张冲在一起的快乐时光,他不再学驴叫唤了。他积攒了许多陈年旧事,准备等张冲回来后讲说给张冲听。

敢拍歪人就能摆平小儿麻痹

张冲那一次挺身而出,是王树国打电话叫的,也和钱和苹果树有关。

王树国给他的苹果园围了一圈带刺的铁丝网，起初是怕谁家的羊进去啃树皮，后来又把临路的一边加高了，防路过的人顺手摘树上的果子。也只能防顺手摘果子的人，真想偷了，架上机关枪也防不住。你总不能一天二十四小时在地里吧？何况六亩大的苹果园东南西北防哪一边呢？何况也没机关枪，私带枪支还犯法呢。只能是铁丝网了，只能是个象征了，就好像一个警告牌，上边写着：别进我的苹果园。

铁丝网围了几十年，起没起作用，王树国不知道，但至少没给他带来坏处，没坏处就是好处。所以，铁丝网不但一直存在着，还时不时给上边加缠几个刺，让它更像铁丝网，更具警告力。

可是，铁丝怎么会长胳膊长腿呢？怎么会有一根铁丝脱离铁丝网，从地头伸过路去，缠到别人家的树上呢？

那天刚吃过晚饭，有人推着一辆摩托车进了他家院子。王树国不认识他，文香也不认识。来人一声不吭，撑好摩托，朝他们走过来了。王树国这才看见，来人小时候得过小儿麻痹，走路有点甩腿，再一看，脸上还有划伤。他甩着腿走到王树国跟前说，你家苹果园的铁丝撞到我的摩托上了。绊了我划了我的脸你说咋办？王树国一听言语和口气，就知道是歪人找上门了。王树国说不可能啊你先坐。他让文香给来人倒茶水。来人说你别忙乎我没心情喝水。王树国说不可能啊铁丝网不可能撞上摩托啊！来人说听你话的意思是我开着摩托撞你家的铁丝网了？王树国说我不是这意思我是说我家的铁丝网，怎么说也不能自个儿跑到路上去撞人啊。来人说你家的铁丝网特别么，不但跑到路上还跑过了路拴到了路对面的苹果树上专门撞人绊人，多亏绷得低绊了我的摩托要高一点我的头就让它削走了。

王树国明白了，有三种可能：一种是谁家的小孩玩耍从铁丝网上解下来一根拴到了路对面的树上；一种是有人故意所为，想给他惹事；要不就是他面前的这个人自己干的，划点伤来讹诈他。不管是哪一种可能，麻烦已到眼前了，他不能不对付。

王树国说：难道我家的铁丝网成了精了不护我的苹果园跑到路上去拦路抢劫了？

来人说：你别把话说这么难听，我现在外伤内伤都有，外伤在脸上，内伤在腿上腰上也许还有内部器官得到医院检查，摩托车蹭掉了一点漆可以不算，要么你找个说事的人来，要么你到派出所报案，不管咋办都先给我看伤。至于你的铁丝网咋跑到路上去的和我没关系你听清了没有？

王树国说：我听着呢你说。

来人说：你态度好一点咱可以少点程序少点麻烦你我都是忙人，你态度不好我叫人来砸你的家。你好好想想。最好准备点钱我明天这时候再来。

王树国和文香看着来人甩着腿掉过摩托车骑上开走了。

王树国说：麻烦了碰上歪人了。

文香说：咋办呀他说明天这时候再来呢！

王树国一夜没睡好。文香很害怕，主张给点钱消灾免祸。王树国说他要五千一万也给？这回给了下回再来呢？文香说也是啊那咋办呢？王树国说我找张冲。

他忽然想到了张冲。他把张冲从派出所领出来以后曾经向文昭问过张冲，文昭隐约其辞地给他说了一些张冲的事。他想张冲敢用砖头拍县城的歪人也就能摆平这一位小儿麻痹。

他打电话给文昭要张冲的手机号。文昭问他啥事他不说，他不想把文昭搅和进来。他在电话里给张冲说了他遇到的麻烦，他说姨夫一夜没睡觉你姨也没睡为这事。他叮咛张冲千万别给文昭说。他说你要有个心理准备小儿麻痹也许会带人来。

小儿麻痹没带人来，他一个人，脸上抹了紫药水。文香给小儿麻痹倒茶水的时候，王树国给张冲拨电话说人来了。然后，王树国给小儿麻痹说你先喝茶水，我让人取钱去了一会就来。小儿麻痹说行么茶不喝了我等着，他撩了一下衣服，坐在了小茶桌跟前。王树国立刻冒汗了，因为他看见小儿麻痹腰里别着一把半尺长的马头刀。小儿麻痹说你别害怕我带把刀是防身用的。王树国说噢么现在社会治安不好防人之心不可无。正说着，张冲的摩托车就刹停在屋门口了。

张冲没看小儿麻痹。张冲端起茶桌上的那杯茶水，一口一口吹着上边的茶叶。文香说那是给客人倒的你要喝我另倒去。张冲好像没听见，继续吹着茶叶。小儿麻痹问王树国取钱的是不是他？王树国想点头又不敢点头，他担心着那把马头刀。文香也顺着眼不敢吱声。一时没人说话了，只有张冲扑一下扑一下吹着茶叶的声音。他只吹不喝。小儿麻痹拍了一下小茶桌说：你耍我啊？王树国说别躁别躁咱不是要说事么。小儿麻痹站起来了，他说我去医院拍片子作B超CT了脸正疼着呢这就是要说的事现在该说钱了噢唔扑！扑——

小儿麻痹没话说了，因为张冲一抖手，把满满一杯茶水端直全泼到他的脸上了。他用手胡乱抹着吹着脸上的茶叶和水。

张冲握捏着茶杯把脸凑到小儿麻痹的脸跟前说：你还说么？你再说一句我就把这茶杯砸到你脑门里去，说不？

小儿麻痹吹抹完了脸上的茶水，说：不说了。

张冲说：那你就听我说。我叫张冲。我打听过了，你没钱花了就别一把刀子找茬子讹人。你讹别人我不管，这是我姨家，我姨夫再叫我一次我就让你另一条腿也甩着走路。

小儿麻痹说：我走错门了行不？

张冲说：你胆也太大了，讹人也不找个帮手，就凭一把破刀子胀劲啊！

小儿麻痹说：我讹的都是胆小的不用找帮手，讹着就讹着了讹不着也就算了。刀子确实是吓唬人的我没用过。

他扭过脸给王树国和文香笑了一下，甩着腿出去了。

文香激动得浑身乱颤，抱着张冲的头在脸上亲了一口。王树国也很激动，一连说了几声张冲啊张冲。他说我真担心你把茶杯砸到他的脑门里边去那可就把事情整大了。张冲说要砸也砸脑顶，脑顶上的骨头硬砸不进去的。

麻烦就这么消解了。

但立刻又有了担忧，因为王树国由张冲想到了文昭。王树国觉得文昭跟张冲混在一起有好处也有危险。好处是张冲能护着文昭，但哪天惹出什么事牵连到文昭呢？他觉得他应该提醒提醒文昭，就专门找文昭说了一次。他说文昭你听爸给你说，你和你张冲哥好爸不反对，但不能好得昏了头。文昭说咋啦？王树国说咋倒也不咋，就是提醒你该亲密的时候你们亲密该躲开的时候你就要躲开，别让他惹麻烦牵连到你。

文昭跳了起来。

文昭说：你真势利真自私真让我看不起！

王树国还要说，文昭捂着耳朵说：你走吧我不想听你说！

文昭把他爸王树国的话全给张冲说了。文昭说我爸咋是这么个人你别往心里去啊哥。张冲说好着呢姨夫是为你好我不会的。

打胎费

文昭和张冲一样,也是托人找关系上的高中。他上高一年级的时候,张冲已经开始旷课不太去学校了,经常在文昭的租屋里听MP3,礼拜天就骑着文昭的黑豹和马三宝他们去高速路上飙车,偶尔会带上孙丽雯。

孙丽雯有时候也来文昭的出租屋和张冲玩。

文昭鼓动张冲看孙丽雯的奶子。他说女孩子的奶子看着像熟桃一样,奶头是淡红色的,可好看可好看。捏着也好。捏不同的女孩子反应不同,但都一样地好。他说不看女孩子的奶就不知道啥叫温柔,不捏女孩子的奶就不知道啥叫刺激。他说温柔和刺激合为一体就是好,可好可好。他说哥你看么捏么她不让你就硬下手,捏一回她就愿意让你捏了。他好像个老手一样给张冲传授着经验。

孙丽雯再来的时候,文昭就给张冲使眼色,然后就找个借口离开,给张冲创造条件。回来后就问张冲:咋样?张冲总是笑而不答,不承认也不否认。文昭说好了你不说我也知道了,下来你就该办了。然后就给张冲讲说和女孩子发生性关系的体验。文昭说可奇妙可奇妙了,嗖,嗖,嗖,像抽筋一样。张冲说抽筋有啥好?文昭说像抽筋但不是抽筋,也像触电一样哎呀我也说不清反正可奇妙你试嘛。文昭说哥哎你说奇怪不我也不知道咋回事我从小就喜欢跟你玩从小就觉得我和你最亲,比我爸我妈还亲。文昭说不管啥只要我觉得好的我都想让你也试一下也好一下你相信不?张冲说相信么,相信。文昭说我和那个阳阳已经已经办过了就在这儿,可好可好你和孙丽雯也办嘛一办你就知道了。

阳阳是文昭在初三时交的女朋友。阳阳没考高中,考到市里的一所技校去了。文昭骑着他的黑豹去市里找过阳阳,在技校外边的宾馆包过房。不久就出了事。他只想着和阳阳的好,没想到会好出事来,更没想到好出事来怎么办。

他又找阳阳去了。阳阳一见他就说文昭我怀孕了。文昭不信。文昭说不会啊每一回咱都有措施啊。阳阳说真的我不骗你,我不敢给我爸我妈说更不敢让同学和老师知道我给我奶说了。文昭说啊啊?他骑着黑豹跑了,再不敢找阳阳了。

但阳阳的奶奶找上门了。先找文昭他爸王树国,然后又找文昭的班主任。班主任就找文昭了。

班主任:文昭你认识一个叫阳阳的女孩子是不是?

文昭:嗯。

班主任:你们交过朋友?

文昭:嗯。

班主任:包过房?

文昭:嗯。

班主任:阳阳怀孕了你知道不?

文昭:嗯。

班主任:打胎了你知道?

文昭:嗯。

班主任:噢,你全都知道啊。

文昭:嗯。

班主任:嗯嗯嗯!阳阳的奶奶找到我了。

文昭：啊啊？为啥？事情已经解决了为啥还找？

班主任：没解决。

文昭：解决了，真的，我爸解决了，还骂了我一顿。

班主任：你爸只出了一半钱，另一半不愿出，阳阳奶奶才找我的。阳阳奶奶说你爸不出钱她就在学校闹事，学校要知道了你就会被开除的。

文昭急了：老师你别让学校知道求你了。

班主任：我可以暂时给你保密，但你得赶紧想办法解决问题，阳阳她奶真闹真去找校长，我就没办法了，《学生守则》你是知道的。

文昭把事情的经过全给张冲说了。文昭说哥啊你说咋办？要不干脆不念书了。文昭说我也不想念书了我觉得念书一点意思也没有，我就是觉得没意思才和阳阳那样的，找温柔呢么，找刺激呢么，就出事了么，不敢见阳阳了么。文昭说我想我找我爸闹去，闹完了就离家出走。可我不想了，我真走了我爸我妈会受不了会大病一场说不定会病死的。我说我要离家出走其实我知道离家容易出走难，我连去哪儿都不知道哥啊你说咋办？张冲说你别学我啊你不能离开学校姨和姨夫就指望你呢。张冲说你别和姨夫闹。张冲说我去找姨夫。

张冲就找他姨夫王树国了。

张冲：姨夫我找你的事来了。

王树国：看你脸色就不对劲么你说。

张冲：是文昭和阳阳的事。

王树国：我出过钱了啊又咋啦？

张冲：你只出了一半钱你好意思。

王树国：事是两个人弄下的不能让一家全出啊。

张冲：阳阳奶奶找学校了。

王树国：啊啊？

张冲：你不出钱阳阳奶奶要闹事，学校就会开除文昭。

王树国：学校也不讲理了？啊？

张冲直直地看着他姨夫王树国。

王树国：难道是姨夫不讲理了？

张冲泄了一口气，叫了一声姨夫：你到底爱文昭还是爱钱？

王树国：都爱。说到底还是爱文昭嘛。

张冲又泄了一口气，叫了一声姨夫。张冲说多亏你是我姨夫，要不然我就不和你这么说话了。你赶紧掏钱吧。

王树国很不情愿地掏出来三百块钱：没理了这个世界没理可讲了我认了。

张冲：不行，再掏三百。

王树国：不对啊，打胎费一共六百块钱，我已经出了三百，难道变九百了？

张冲：给阳阳三百块钱买营养。

王树国：阳阳她奶把我当软柿子捏了？

张冲：是我要的。

王树国：你要的？你胳膊肘往外弯啊？

张冲：你赶紧掏钱。

王树国：好吧好吧，六百就六百，一共九百啊。

张冲拿到钱以后，又叫了一声姨夫，说：我以后不会找你了。

王树国：为啥？

张冲：不为啥，不想见你了。

王树国：文昭呢？难道不护着文昭了？

张冲：还有，别再打我姨。如果让我知道了，我就不把你当姨夫了你记着。

张冲就这么走了，直到他犯事，再没见过他姨夫王树国。王树国倒真记住了张冲的话，再没打过文香。他不敢打了。文香很感激张冲，一说起张冲，文香就会说：张冲是好娃，就是国家主席说张冲不好我也不信，就是把张冲枪毙了我也说他好！

张冲把钱交给文昭，让文昭送到阳阳家去。文昭说我不敢去你和我一起去。张冲就陪文昭把钱给了阳阳她奶。他们没见阳阳。

文昭也再没找过阳阳。

后来，张冲就去了梆子介绍的那家歌舞厅。文昭隔几个星期就去看张冲。文昭想找歌厅的女孩子玩耍，张冲不让。张冲说你最好别来这儿。文昭说我想见你么我不玩就看看你还不行？

张冲被判劳教后，文昭也去少年管教农场看张冲。他给张冲说秦剑说马三宝，说孙丽雯，也说苗苗。这时候他才知道张冲不但没有没办孙丽雯，连看连捏也没有。张冲说不是孙丽雯不愿意。他说他让孙丽雯脱衣服孙丽雯就脱了，他说好看确实好看可他不敢看。文昭说为啥嘛为啥嘛。张冲说我也不知道为啥。他说他心里一直想着苗苗。他说苗苗也愿意可他不愿意害苗苗。张冲说文昭你别笑话我啊。

文昭哭了。

文昭说哥啊弄了半天你啥也没弄啊，你没看没捏没听过女娃叫床啊。

文昭问张冲还想不想苗苗？张冲说有时候会想，以后就不想了。

文昭问张冲后悔不？张冲给文昭摇了几下头。文昭问剜那个局长的眼睛呢？张冲也摇了几下头。

文昭说：哥，你不后悔就好，你在这儿好好练身体，我给你瞅个好女娃让她等你。

张冲说：好么。

他们都笑了，好像那一天很快就到跟前了一样。

第五章　课文

　　从小学一年级开始算起到高中二年级第一个学期擅自离开学校为止，张冲一共念了十年零几个月书。然后出事。然后进少年管教农场。
　　张冲读过一本《苹果树的整形与修剪》，得益的是他姨父王树国。
　　张冲念的书主要是课本。
　　在张冲念过的课本中，有状况的是语文。
　　以下是张冲念语文课时发生过的一些事情。可称之为"语文课纪事"。

爱爸爸妈妈（一年级）

　　早晨，妈妈扫地，田方拿起抹布擦桌子，妈妈笑了，田方也笑了。

晚上，爸爸在灯下看报，田方送上一杯热茶，爸爸笑了，田方也笑了。

女老师：同学们，这篇课文是我们学习了汉语拼音之后的第一篇课文。我刚才给大家朗诵了一遍，又领读了一遍，同学们记住了没有？

学生们：记住了。

学生们的回答有点乱。女老师举起了一只手。

女老师：回答要整齐。大家看我的手，记住了没有？回答——

女老师像指挥唱歌一样打着节拍，学生们随着她的节拍拖着长音：记——住——了——

女老师：好，同学们的回答很好，又整齐又响亮。现在我要问，课文中有没有不会读的字？

学生们：没——有——

女老师：同学们都很聪明，课文里的每一个字上边都注有汉语拼音，没有不会读的字，就证明你们已经学会了汉语拼音。我再问，有没有不认识的字？

学生们：没——有——

女老师：很好。我们现在谈论这篇课文的内容。同学们数一数，课文中一共说了几个人？

学生们：三——个——

女老师：这三个人都是谁啊？请按顺序回答，谁啊？

学生们：妈妈——田方——爸爸——

女老师：好，同学们回答得很好。现在请同学们想一想，田方为什么要抹桌子呢？

学生们：帮妈妈干活——

女老师：为什么要给爸爸送茶呢？

学生们的回答不一致了。

有的说：爸爸渴了。

有的说：爸爸累了，喝茶解乏。

有的说：不对，不能给爸爸喝茶，晚上喝茶会睡不着觉的。

有的说：你才不对呢，我爸白天晚上都喝茶。

女老师：好了，同学们不用争论了。爸爸和爸爸是不一样的。田方的爸爸晚上是可以喝茶的，如果不能喝茶，田方就会送白开水，为什么呢？请同学们看课文的标题：爱爸爸妈妈。田方帮妈妈擦桌子，是爱妈妈的表现，给爸爸送一杯热茶，是爱爸爸的表现，送白开水也是。同学们说，田方是不是好孩子啊？

学生们：是——

女老师：对了，同学们回答得很正确，田方是个好孩子，因为他爱爸爸妈妈。我们学习课文，除了认字学知识学文化，还要学会爱，像田方那样，爱爸爸妈妈。所以，建议同学们向课文中的田方学习，做好孩子，帮妈妈干活，给爸爸送温暖。同学们说好不好啊？

学生们：好——

女老师：送茶和送白开水是一样的，都是温暖，都是爱。同学们能做到吗？

学生们：能——

女老师：这就是我们学习这一课的作业，同学们都要做。我相信，只要同学们做了，你们的爸爸妈妈也会像田方的爸爸妈妈那样给你们笑的，因为你们是好孩子。

第二天上课，女老师检查作业，张冲给老师讲了他学习田方的经过。

张冲说：吃完饭我帮我妈端碗，我妈说放下放下让你姐端。我妈没笑。我妈说男娃要像男娃的样子心思不能在锅碗瓢盆上。

张冲说：我爸放电影去了，回来很晚，我一直等着我爸。我爸一回来我就给我爸倒了一杯热水。我爸也没笑，也没接我的热水。我爸把我看了半晌，像看怪物一样，问我妈咋了这是咋回事？我说你别问我妈我给你看课文。我说老师布置作业让我们学习田方做好孩子。我妈明白了。我妈说噢噢难怪帮我端碗呢。我爸想了一会儿，问我：老师让你学一次还是永远学？我说老师没说这个。我爸说你老师肯定不会让她家娃学那个田方。我说为啥？我爸说整天想着端茶抹桌子还念个屁书。这就是我爸说的。我爸说你老师把你当二屎哄呢你别听。我爸说你不倒茶不抹桌子我和你妈都不嫌。我妈说不嫌不嫌。我爸说你想抹桌子就抹你的桌子去。我爸说的桌子是我家的槌布石头。我一上学我爸就把槌布石头支成了桌子，让我看书写作业。

女老师说：噢噢，你爸咋能说我把学生当二屎哄呢？

女老师去张冲家做了一次家访。张红旗一口咬定他没说过哄啊二屎啊这样的话。女老师说没关系说了也罢没说也罢已经过去了，只要你知道老师不会哄学生更不会把学生当二屎就行了。老师给张红旗和文兰讲了很多道理。老师说让学生做这样的作业是为了培养学生的爱心，有爱心的孩子更听父母的话更能好好念书的信不信由你。张红旗说信么信么老师说的肯定不会错。

送走老师，文兰就怨红旗了：你看你看，好好个事让你弄砸了你说咋办？

张红旗揪着耳朵想了一会儿，说：好办。他去村委会要了一份报纸。他说咱重新来一次。文兰明白了。文兰说好好吃完饭我就开始擦桌子你就看报。

吃完晚饭，张冲在碾布石头上写作业了。

文兰一边擦桌子一边提醒张冲：你爸看报呢。

张冲好像没听见一样，好像忘了课文里的那个田方。他没帮文兰擦桌子，也没给他爸张红旗端茶水。

文兰和张红旗坚持着，一直坚持到了天黑，看着张冲收起作业本，进了他的屋子。

文兰说：红旗，没戏了。

梅梅说：你们耍把戏一样累不累啊！

梅梅也回她的屋了。

文兰扔了抹布，张红旗也收起了报纸。

张红旗说：我还等着给他笑呢他狗日的不端茶水么去尿吧睡！

文兰不甘心，推开了张冲的屋门，坐在炕沿上问张冲：你看见你爸看报纸了么？

张冲：看见了。

文兰又问：看见了咋不送茶水呢？不学那个田方了？

张冲：我们学新课了。

文兰说：噢……

她离开了张冲的屋，和张红旗睡去了。

小山羊（一年级）

小山羊和小鸡是朋友。小鸡请小山羊吃虫子。小山羊说："谢谢你！我不吃虫子。"

小山羊和小猫是朋友。小猫请小山羊吃鱼。小山羊说:"谢谢你!我不吃鱼。"

　　小山羊和小狗是朋友。小狗请小山羊吃骨头。小山羊说:"谢谢你!我不吃骨头。"

　　小山羊和小牛是朋友,小牛请小山羊吃青草。小山羊说:"谢谢你!"小山羊和小牛一同吃青草。

张冲:老师,这篇课文说的是啥意思?

女老师愣了一下,然后问张冲:你没看明白吗?

张冲:小山羊不吃虫子,不吃鱼,不吃骨头,只吃青草,对不对?

女老师:对嘛,就是这意思。

张冲:没意思。

女老师:有意思啊。很明白嘛。小山羊是吃草的,牛也是吃草的,它们能吃到一块儿。鸡吃虫,猫吃鱼,狗吃骨头,吃不到一块儿嘛。这下明白了吗?

张冲:谢谢你呢?

女老师:小山羊文明礼貌嘛。

张冲:小山羊为啥不和鱼是朋友呢?

女老师:它和猫是朋友了,猫吃鱼嘛。

张冲:鱼是水里的,猫能下水逮鱼么?

女老师:猫用不着下水啊。人给它从水里往上捞啊。

女老师有些不耐烦了,说:你问的太多了。你会读了么?

张冲:会了。

女老师:有生字么?

张冲:没有。

女老师：那就行了嘛，你管它鱼是怎么来的。

胖乎乎的小手（一年级）

全家人都喜欢兰兰画的这张画。

爸爸刚下班回来，拿起画，看了又看，把画贴在了墙上。兰兰不明白，问："我只是画了自己的小手啊！我有那么多画，您为什么只贴这一张呢？"

爸爸说："这胖乎乎的小手替我拿过拖鞋呀！"

妈妈下班回来，看见画，笑着说："这胖乎乎的小手给我洗过手绢啊！"

姥姥从厨房出来，一眼就看见了画上红润润的小手，说："这胖乎乎的小手帮我挠过痒痒啊！"

兰兰明白了全家人为什么都喜欢这张画。她高兴地说："等我长大了，小手变成了大手，它会帮你们做更多的事情。"

张冲把自己的手拓在纸上，用圆珠笔勾出了一只手的轮廓。张红旗说哎哎哎你不好好写字你胡画啥呢？张冲说我画我的手呢。他让他爸看课本上的课文。

张红旗看到一半就开始摇头了。看完了还在摇，摇了好长时间。

张红旗说：课文上的是个女孩子你看到没有？女孩子她爸没出息你看出来没有？有出息咋不把他自己的妈接到他家住呢？他家住的是丈母娘嘛，证明女孩子的妈能耐大。

张红旗说：女孩子画了许多画，她爸只欣赏女孩子的手，因为女孩子的手能给他拿拖鞋，你说这是个什么爸嘛！给她妈洗手绢。给姥姥挠痒痒。你想想，这女孩子长大以后能做什么呢？女孩子自己也说了，能帮她家人做更多的事情。她家能有啥事情？洗衣服做饭嘛，拆褥子洗被子嘛，都是家务活嘛。大不了再给她爸她妈捏捏肩膀按摩按摩，还能有啥呢？

张红旗又摇了一阵头，叹了一口气，说：这是个没出息的家庭，没法不让人摇头。

张红旗拿起张冲画出的那只手，说：所以，你不能画手。你应该画火箭。咱不是说过了么？这堌布石头是火箭发射基地啊儿子，难道你忘了？

张红旗拐过话头，说：当然你也可以画你的手，要画得更大一些。咱家不要你的手拿拖鞋洗手绢挠痒痒。何况我从来就不穿拖鞋，你妈也不用手绢。我的鞋我自己勾，你妈的毛巾你妈洗，你奶的痒痒自己挠，自己挠不了我给她买个老头乐。你的手要干这些事就不用念书了。念书就是为了以后不干这些事。明白了吗儿子？唉？

直到张冲点了一下头，他才有些放心了。

他说：你赶紧把这篇课文给咱学过去吧省得我提心吊胆。

月亮的心愿（一年级）

夜深了，月亮透过窗帘，看见一个小女孩睡在床上，身旁有个背包，里面装着水果和点心。

月亮自言自语地说:"明天孩子们去郊游,得去跟太阳公公商量商量,让明天有个好天气。"

月亮又来到另一家的窗前,只见一个小女孩正在照顾生病的妈妈。

妈妈说:"珍珍,早点儿睡吧,不要太累了,明天你还要去郊游呢。"

"妈妈,我不想去了。"

"明天还是和大家一起去玩吧!"

"可是,医生说您的病还没好呢!"

月亮悄悄地离开了窗户,心里想:"我去跟雷公公说说,明天还是下雨吧!"

两天后的一个艳阳天,孩子们一个都不少,排着队,愉快地走在郊游的路上。

女老师:月亮本来要找太阳公公,为什么又改变了主意呢?

学生:因为珍珍的妈妈病了,珍珍不能和大家一起去郊游。

张冲:不对,珍珍能去。她妈的病不重。

学生:你才不对,你不是月亮,你咋知道病不重?

张冲:病要重两天就好不了。

女老师:好了,两位同学不要争了。课文的重点不在珍珍妈妈的病,在月亮的心愿。月亮的心愿是让所有的孩子都能参加郊游,一个都不少。因为月亮是有爱心的,同学们说是不是啊?

学生们:是——

女老师:珍珍想和大家一起去郊游,又想照顾有病的妈妈。珍珍很为难。同学们说,珍珍是不是个有爱心的孩子啊?

学生们：是——

女老师：张冲同学，你为什么不说是呢？

张冲：我在想月亮呢。

女老师：月亮怎么啦？

张冲：月亮偏心。

女老师：噢？为什么？

张冲：大家都准备好了，月亮为了珍珍一个人，就让雷公公下了两天雨。珍珍高兴了，大家失望了。

女老师：噢噢，你这么想啊……那你再想想，如果大家知道了珍珍的情况，还会失望吗？

张冲：知道了也就去不成了。

女老师：为啥？

张冲：一下雨就知道去不成了嘛，就把水果点心吃光了嘛。

女老师：噢噢，你想得很怪。没关系，怪有怪的道理。那我们就再想一想，月亮有没有更好的办法实现它的心愿呢？张冲同学，你能替月亮想一个更好的办法，让所有的人都不失望的办法吗？

张冲：能。

女老师瞪大了眼睛：是不是？你能说给同学们听听吗？

张冲：月亮不应该找雷公公。

女老师：找谁呢？

张冲：找孙悟空。

女老师：啊，孙悟空？为什么？

张冲：让孙悟空给珍珍她妈吹一口仙气，病就好了。

鞋(一年级)

我回家,把鞋脱下,
爸爸妈妈回家,把鞋脱下,
爷爷奶奶回家,
也都把鞋脱下。

大大小小的鞋,
像是一家人,
依偎在一起,
说着一天的见闻。

大大小小的鞋,
就像大大小小的船,
回到安静的港湾,
享受家的温暖。

张冲按照女老师的要求,不但读熟了这篇课文,还能背诵,受到了女老师的表扬。张冲很兴奋,想让老师再表扬他一次,就想到了他家的鞋,就照猫画虎,把他家的鞋写在了作业本上:

我回家,把鞋脱下,
我爸我妈回家,把鞋脱下,
我姐回家,
也都把鞋脱下。

我的鞋在我屋里,
我姐的鞋在我姐屋里,
我爸我妈的鞋在地上,
他们在炕上打架。

大大小小的鞋,
就像大大小小的船,
回到安静的港湾,
一个和一个不说话。

女老师把作业本还给了张冲。她没表扬张冲。她说你们家的鞋真奇怪。
张冲不服气,问女老师:为啥?
女老师说:不为啥?
张冲说:你才奇怪呢。
张冲把作业本上的那一页撕下来,撕成了碎片,扔到半空里了。
张冲:不表扬就不表扬,稀罕。
女老师生气了,指着落在地上的碎纸片,说:扫了去!
张冲说:噢,好吧。

乌鸦喝水（一年级）

一只乌鸦口渴了，到处找水喝。乌鸦看见一个瓶子，瓶子里有水。可是，瓶子里的水不多，瓶口又小，乌鸦喝不着。怎么办呢？

乌鸦看见旁边有许多小石子，想出办法来了。

乌鸦把小石子一个一个地放进瓶子里。瓶子里的水渐渐升高，乌鸦就喝着水了。

女老师给学生留的作业是：想一想，瓶子旁边要是没有小石子，乌鸦该怎么办呢？

张冲坐在他家的槌布石头跟前，把眉头皱成了一疙瘩。一直想到了天黑，想到他爸张红旗回来的时候，也没想出乌鸦该怎么办。张红旗说不看书不做作业像石人一样给槌布石头当丫鬟啊？文兰说你没调查别胡说老师给的作业就是想问题娃想了大半晌还没想出来呢。张红旗说噢噢我冤枉儿子了儿子你别这么愁想不出来爸替你想。张红旗凑到张冲跟前，看了一眼课文上的标题就开口了。他说这是老课文嘛全中国上过学的人都念过你爸也念过嘛能有多难的问题想不开？噢噢问题在书上写着呢，瓶子旁边没有小石子乌鸦该怎么办？好办嘛，没有小石子叼土蛋蛋嘛，噢噢不行，掉水里就化成泥了，本来水就不多。那就叼砖头蛋蛋嘛，噢噢也不行，砖头也渗水。柴禾呢？漂上边了。还得叼小石子。儿子，只有叼小石子了。

张冲：人家就问没有小石子咋办嘛。

张红旗也皱眉头了：是啊，咋办呢？你是咋想的？

张冲：你刚说的我都想了，不行么，喝不到水么。

张红旗：这问题也问得太怪了，瓶子跟前明明有小石子嘛，咋能没有呢？人家乌鸦运气好嘛，为啥非要把人家的运气说没了去？

张冲：你说你帮我想你赶紧明天老师要问呢！

张红旗：活人不能让尿憋死啊儿子！对了，瓶子跟前没有远处有吧？远处叨嘛。要不就蹬倒瓶子，抢喝几口是几口，然后再到别的地方找水喝去。行不？

张冲：行不行要老师说了算。

张红旗：算也罢不算也罢总之你记住你爸的话，活人不能让尿憋死，乌鸦也不能光盯着瓶子。东方不亮西方亮，哪里的黄土都埋人，你就给你老师这么说去。保证得高分。

张冲把他爸张红旗的话如实说给了女老师。

女老师说：到远处找小石子是个办法。蹬倒瓶子抢喝几口是几口也是个办法，但不是好办法。活人不能让尿憋死这句话太粗俗太难听以后不许说。

手捧空花盆的孩子（一年级）

很久以前，有位国王要挑选一个诚实的孩子做继承人。国王吩咐大臣给全国的每个孩子发一些花种，并宣布：谁能用这些种子培育出最美的花，谁就是他的继承人。

有个叫雄日的孩子,他十分用心地培育花种。十天过去了,一个月过去了,花盆里的种子却不见发芽。雄日又给种子施了些肥,浇了点水。他天天看啊,看啊,种子就是不发芽。

国王规定的日子到了。许许多多的孩子捧着盛开着鲜花的花盆拥上街头。国王从孩子们的面前走过,看着一盆盆鲜花,脸上没有一丝高兴的表情。突然,国王看见了手捧空花盆的雄日。他停下来问:"你怎么捧着空花盆呢?"雄日把花种不发芽的经过告诉了国王。国王听了,高兴地拉着他的手,说:"你就是我的继承人!"

孩子们问国王:"为什么您让他做继承人呢?"国王说:"我发给你们的花种都是煮熟了的,这样的种子能培育出美丽的鲜花吗?"

张冲:老师,国王为什么要把煮熟的种子发给全国的孩子呢?
女老师:国王要考验全国的孩子。国王很聪明。
张冲:他骗了全国的孩子。
女老师:是吗?
张冲:就是。国王骗人。
女老师:国王不是骗,是考验。
张冲:全国的孩子不怕杀头吗?
女老师:国王没杀谁的头。
张冲:国王为什么不杀呢?
女老师想了一下:国王只是考验,他不杀。杀了所有的孩子,全国就剩雄日一个孩子了。
张冲:全国的孩子只有雄日一个人诚实么?

女老师又想了一下，看了一下课文：你看，课文上说的是"许许多多"，没说所有的孩子。也许有许多孩子和雄日一样，没种出花来。他们以为能种出来，但没有种出来，他们不好意思端着空花盆去见国王。

张冲：只有雄日好意思么？

女老师：课文上没说好意思不好意思但我们可以这么想。雄日比那些不好意思的孩子勇敢。

张冲：只有雄日勇敢么？

女老师：课文上只说了雄日。他是一个诚实的孩子。

张冲：不好意思的那些孩子不诚实么？

女老师：这怎么说呢？也不能说不好意思就是不诚实。这么说就说远了。课文上只说了诚实，没说不好意思。你记着诚实就行了。

张冲：国王真要让雄日做他的继承人么？

女老师：国王这么说了，就应该让雄日做他的继承人。

张冲：我不信。

女老师：哎你这个孩子，你怎么能不信呢？课文上说得清清楚楚明明白白你咋能不信呢？你可以不信国王，但你要相信课文。因为你学的是课文，明白吗？你在念书你明白吗？你不信课文你怎么考试？怎么答题？至于国王以后会不会让雄日当他的继承人，课文上没说，你就别想那么远嘛。你别想雄日以后能不能继承王位行不行？你只想雄日是个诚实的孩子行不行？刚才不是说了嘛你记着诚实就行了嘛。

张冲偏偏不行，偏偏想着国王会不会让雄日做他的继承人，想着他问过老师的那些乱七八糟的问题。他想问问他爸。

他爸张红旗把课文认认真真仔仔细细看了一遍，说：问吧。

张冲：老师说，国王把煮熟的种子发给全国的孩子不是骗人，是考验人，对不对？

张红旗：对么，老师说的没错，是考验。你想不来？

张冲：国王为啥要用骗人考验人呢？

张红旗：你个傻瓜，不骗能考验吗？国王说我给你们的种子是煮熟的你们种去吧谁种出花来我就把王位给谁，国王不就是疯子二尿了吗？不是疯子二尿，就是他压根不想把王位传给任何人。你想不来么？

张冲：孩子们知道他们的鲜花不是国王的种子，他们不怕杀头吗？

张红旗：不是孩子的事嘛，是大人搞的鬼嘛。孩子们也许害怕杀头，他们家大人不怕嘛。一辈子的荣华富贵啊儿子！后辈儿孙的荣华富贵啊儿子！大人一看没种出花来，急了么。国王要的是鲜花嘛，咋办？另找种子嘛。只想着种出鲜花当国王了么，把杀头忘了么。

张冲：老师说国王不会杀谁的头。

张红旗：他好意思啊！他骗人在先啊！再说了，人都杀光了，他给狗当国王去啊？

张冲：也有许多孩子没种出鲜花，不好意思去。

张红旗：有么？

张冲：肯定有。课文上说"许许多多"，没说所有的孩子。

张红旗：不去是傻瓜嘛。万一国王改变主意呢？国王说我不看鲜花了，我看谁顺眼就让谁继承我的王位。不去就傻瓜了嘛。

张冲：老师说没去的孩子是不好意思，雄日比他们勇敢。

张红旗：勇敢？要我说是实心眼儿。实心眼儿干不了大事。

张冲：那你说国王会不会让雄日当他的继承人？

张红旗：不会的儿子。

张冲：国王已经说了。

张红旗：那是哄傻瓜二尿呢！国王不会把王位传给外姓旁人的。更不会传给那个雄日。农民种庄稼都知道多撒点种子，保险嘛，何况是娇贵的花！雄日太死心眼了，当不了国王。就算当了，也领不住的。再说了，别人都弄虚作假，就他一个人死心眼儿，让所有的人都没了面子，他能有好日子过么？没等到继承王位就被人咬死了，还继承个尿王位。不过，话说回来，全国的人都弄虚作假，国家也就没救了，谁当国王都一个尿样。雄日就雄日吧，你别管那么多。你只想着好好念书。你爸也没想让你当国家主席。你能给咱考上大学出人头地给你爸争口气你爸就烧老瓮粗的香谢天谢地了，啊。儿子，你听清了没有？听清了还要记住，啊！

张红旗一连啊了几声，拍着张冲的头。张冲闪开了。张红旗说咋啦咋啦？

张冲说：你把我的头拍疼了！

我选我（二年级）

李小青是我们班的劳动委员。前几天，他转到别的学校上学了。

今天开班会，林老师让大家补选一名劳动委员。选谁呢？教室里静悄悄的，大家都在想。突然，王宁站起来说："我选我。"

大家都愣住了。林老师亲切地说："王宁，说说吧，你为什么选自己?"王宁说:"我和李小青是好朋友。他爱劳动,爱集体。我要像他一样热爱劳动,关心集体。"

王宁的话刚说完,教室里响起一片掌声。

这篇课文的讨论题是:为什么王宁的话刚说完,教室里就响起一片掌声。

女老师把同学们讨论的结果作了概括:1. 王宁和转学的李小青是好朋友,知道劳动委员应该有的品德,那就是爱劳动,爱集体。2. 王宁有为班集体,为同学们服务的积极性和主动性。3. 王宁有决心做好劳动委员。

女老师说她对同学们讨论的结果很满意。

张冲:老师,我爸给我说的和我们讨论的不一样。

女老师:你爸咋说的?

张冲:我爸说,终于有个傻瓜站出来了,所以大家鼓掌。

女老师:你爸咋能这么说呢?

张冲:我爸说他有经验,他上学时的劳动委员都是傻不拉叽只爱劳动不爱学习的学生。

女老师:你爸可真能胡说。你爸有偏见。不是所有的劳动委员都不爱学习。

张冲:咱班的吴凯学习就一般般,打扫卫生擦黑板很积极,每回考试都中不溜。

女老师:中不溜,当然,中不溜不一定不爱学习。吴凯为班集体和同学们做出了许多贡献,占了他许多学习时间。

张冲:我爸说如果选班长课文就不这么写了。

女老师:你爸说应该怎么写?

张冲：我爸说就不会有人为王宁鼓掌了。

女老师：为啥？你爸咋能知道。

张冲：我爸说肯定。

女老师摇了几下头：你回去告诉你爸，就说我说的，建议他不要自以为是，不要自作聪明。你爸要是不服气，就让你爸写一篇文章，让国家把他的文章选到课本里去。也许我小看你爸了，也许你爸真能写，你爸能耐么，让你爸试试。

张冲：我爸不会写文章。我爸会放电影。

女老师：那就让你爸好好放他的电影，别让他给你胡说。

张冲把女老师的话传给了他爸张红旗。张红旗说你老师讽刺你爸呢听出来没有？张红旗说好吧，就算我胡说了。也许现在和过去不一样了。反正我们那时候当劳动委员的一个也没考上大学。

我爱祖国（二年级）

我爱万里长城，

我爱小河；

我爱五星红旗，

我爱白鸽；

我爱红领巾，

我爱花朵；

我爱爸爸妈妈，

我爱老师同学。

> 你要问我最爱什么,
> 我最爱我的祖国!

女老师动情地朗诵了一遍课文。又朗诵了一遍。眼里有泪花了。

女老师:多好的课文啊。是一首诗,也是一首歌。每当我朗诵这篇课文的时候,我就会产生无限的想象:蜿蜒起伏的万里长城,一条条奔流不息的小河;鲜艳的五星红旗迎风飘扬,一群群白鸽在蓝天上飞过;红领巾,花朵……多美啊,它们都是那样的美丽,都能唤起我们心中的爱。还有爸爸妈妈,还有老师同学。谁不爱自己的爸爸妈妈呢?谁不爱老师同学呢?可是,同学们,我们最爱的应该是我们的祖国。每当我朗诵到最后一句时,我就会热泪盈眶。我希望同学们也能像我一样,怀着感情朗诵这篇课文,背诵这篇课文,更重要的是理解这篇课文,培养对祖国的爱,因为对祖国的爱比起对爸爸妈妈的爱,对老师同学的爱还要大,还要深!

张冲:老师,什么是祖国?

女老师:什么是祖国?祖国就是我们的国家啊?

张冲:什么是国家?

女老师:国家?我们的国家就是中国啊。我们的国家地大物博,人口众多,人民勤劳勇敢,江山秀美如画。

张冲:怎么才能爱呢?

女老师:爱万里长城嘛。爱每一条河流嘛。爱五星红旗,爱花鸟虫鱼,爱红领巾,都是爱祖国。

张冲:那么多爱不过咋办?

女老师:咋能爱不过来呢?只要心里有爱,就能爱过来。

张冲:还没爱完就死了咋办?

女老师：哎你这个孩子，还没爱就想到死了！你说咋办？你先一样一样爱嘛，能爱多少算多少。爱祖国是没有尽头的，就是爱死了也值得。

张冲：我还是想不来。

女老师：现在想不来没关系，爱祖国是一辈子的事，你长大了自然就知道了。今天不说了行不？

事实上，女老师自己并不能肯定什么是祖国，怎么解释才能把祖国说清楚。她已经知道张冲是个爱胡乱提问题的孩子。万一张冲还要问什么是祖国呢？

她私下找了一本《辞海》。她很惊讶。因为《辞海》里竟然没有祖国这个词。

她说：奇了怪了。这么重要的一个词，《辞海》里怎么会没有呢？

她又查了一遍，确实没有。

她想：还能怎么说祖国呢？

祖国就是我们的国家嘛。我们的国家就是中国嘛。我没说错嘛。《辞海》里都没有，我何必这么为难自己呢？

她不再想了。

我要的是葫芦（二年级）

从前，有个人种了一棵葫芦。细长的葫芦藤上长满了绿叶，开出了几朵雪白的小花。花谢以后，藤上挂了几个小葫芦。多么可爱的小葫芦哇！那个人每天都要去看几次。

有一天，他看见叶子上爬着一些蚜虫，心里想，有几个虫子怕什么！他盯着小葫芦自言自语地说："我的小葫芦，快长啊，快长啊！长得赛过大南瓜才好呢！"

一个邻居看见了，对他说："你别光盯着葫芦了，叶子上生了蚜虫，快治一治吧！"那个人感到很奇怪，他说："什么？叶子上的虫还用治？我要的是葫芦。"

没过几天，叶子上的蚜虫更多了。小葫芦慢慢地变黄了，一个一个都落了。

女老师按照课本上的要求，请学生回答问题：种葫芦的人看到小葫芦都落了，会想些什么呢？

张冲：我爸说没有这么傻的人。我爸种过葫芦。

女老师：课文上说的是从前。

张冲：我爸说那个人是傻瓜。猜想傻瓜心里想啥的人也是傻瓜。

女老师：噢噢，那就不猜想他了，我们学下一课。

酸的和甜的（二年级）

葡萄架下，有一只狐狸。他一会儿转来转去，一会儿跳起来摘葡萄，可是一颗也没摘到。于是，他指着架上的葡萄，说："这葡萄是酸的，不能吃！"

树上的小松鼠听了心里想：狐狸很聪明，他说葡萄不能吃，那一定是很酸的。

小松鼠把狐狸的话告诉了小兔子。小兔子一听，心里想：狐狸和小松鼠都说葡萄是酸的，那一定不能吃！

这时，来了一只小猴子。他望望架上那一串串紫红色的葡萄，迫不及待地爬上葡萄架，摘下一串就要往嘴里送。小兔子连忙说："不能吃，不能吃，这葡萄是酸的！"

小猴子笑着问："你吃过吗？"小兔子摇摇头，说："我没吃过，可是小松鼠说葡萄很酸。"

小猴子又问小松鼠："你尝过吗？"小松鼠也摇摇头，说："我没敢尝，狐狸说这葡萄酸得很呢！"

小猴子听了，大口大口地吃起葡萄来。小松鼠和小兔子见他吃得这么开心，也尝了一颗。啊！真甜。

小松鼠和小兔子真不明白，狐狸为什么硬说葡萄是酸的呢？

问题：狐狸为什么硬说葡萄是酸的呢？

女老师引导学生们讨论，得出的结论是：

1. 狐狸自己吃不到葡萄，又不想让别人吃，就说葡萄是酸的。生活中这样的人很多，我们不能学这样的人。

2. 小松鼠和小兔子盲目相信狐狸，只知道狐狸聪明，不知道聪明也能骗人。生活中盲目相信别人的人也很多，我们不能学小松鼠和小兔子。

3. 要想知道葡萄的酸甜，就要像小猴子一样亲自去尝，去吃。

4. 小松鼠和小兔子不明白狐狸为什么硬说葡萄是酸的，证明他们还没有觉悟。

张冲他爸张红旗有些不服气，说法如下：

1. 狐狸一看见葡萄口里就泛酸水了,越吃不到泛的酸水越多。

2. 有的葡萄品种不好,是酸葡萄。

3. 葡萄没成熟吃着就是酸的。还涩。

4. 说人家狐狸吃不到葡萄就说酸是不想让别人吃,完全是瞎猜。你不是狐狸你咋知道?万一把人家狐狸冤枉了呢?世人冤枉人的事也很多嘛。万一猴子想表现自己,不想说酸呢?小松鼠小兔子跟着吃了,就是酸也不愿说酸,怕狐狸笑话他们嘛。世上这样的人也很多。舌苔厚了还吃不出味道呢!

张冲问他爸:你说得对还是老师说得对?

张红旗:都对,也都不对。

张冲:为啥?

张红旗:我不是狐狸,你老师也不是。要知道谁对,就得问狐狸去。问不成嘛,狐狸不懂人话嘛。

张冲:那咋办?

张红旗:不咋办,考试的时候按老师说的回答。在考试问题上,老师永远是对的。

骑驴(二年级)

一位老爷爷和他的孙子骑着一头小毛驴,到北村去找朋友。

刚出村子,迎面走来一个中年人。他自言自语地说:"两个人骑一头小驴,快把驴压死了!"

老爷爷听了,立刻下来,让孙子一个人骑,自己在旁边走。

没走不远,一个老人看见了,摇摇头说:"孙子骑驴,让爷爷走路,太不尊敬老人了!"

老爷爷连忙叫孙子下来,自己骑上去。

又走了不远,一个孩子看见了,很生气地说:"没见过这样的爷爷,自己骑驴,让孙子跟在他后边跑。"

老爷爷赶紧下来,和孙子一同走。

他们来到北村,几个种菜的看见了,说:"有驴不骑,多笨哪!"

老爷爷摸着脑袋,看看孙子,不知道怎么做才好。

作业:读了上面的短文,你觉得老爷爷应该听谁的?要是你遇到这种事,会怎样做?把自己的想法说出来,跟同学交流交流。想法一样的同学自由组合,按自己的想法演一演。

学生们发言很踊跃。有的说:中年人的说法不对,小毛驴只能被压得趴下,不会被压死的。有的说:如果是我,就让老爷爷骑驴,我跟着跑。有的说:如果老爷爷想锻炼身体呢?走路可以锻炼身体。

几种看法集中起来,就是:老爷爷和孙子都骑的话,会把小毛驴压得趴下,但不骑是不对的,因为驴就是让人骑的,就看让谁骑了。老爷爷?孙子?

学生们最终分成了老爷爷骑驴派和孙子骑驴派。

表演的时候,问题来了:学生们都愿意当骑驴的爷爷和骑驴的孙子,没人愿意当驴。怎么办呢?

有人提议让劳动委员吴凯当小毛驴。学生们立刻响应,连续给了吴凯三次掌声。

吴凯涨红着脸说：为什么是我呢？我觉得老爷爷应该骑驴，孙子也应该骑。我愿意演一会儿老爷爷，再演一会儿小孙子，你们另选驴吧。

没人当驴，演起来多没意思！

张冲站出来了：我爸说还有一个办法课文上没说，就是老爷爷和孙子谁也不骑，两个人抬着驴走。

吴凯立刻拍手了，说：我愿意当驴了，你们抬吧。

真有几个学生抬起了吴凯，在操场上走了一圈：

女老师听了汇报，说：你们咋能听张冲他爸的呢嘛哇塞！

从现在开始（二年级）

狮子想找一个动物接替他做"万兽之王"。于是，他宣布："从现在开始，你们轮流当'万兽之王'，每个动物当一个星期。谁做得好，谁就是森林里的新首领"。

第一个上任的是猫头鹰。他想到自己成了"万兽之王"，神气极了，立刻下令："从现在开始，你们都要跟我一样，白天休息，夜里做事！"大家听了议论纷纷，可是又不得不服从命令，只好天天熬夜。一个星期下来，动物们都叫苦连天。

第二个星期，轮到袋鼠上任了。他激动地说："从现在开始，你们都要跳着走路！"听了袋鼠的话，大家直摇头。可是又不得不服从命令，只好苦练跳的本领。

第三个星期，轮到小猴子当"万兽之王"。大家都非常担心：

他会不会命令我们从现在开始,都得住在树上,成天抓着藤条荡来荡去?谁知,小猴子只说了一句话:"从现在开始,每个动物都照自己习惯的方式过日子。"话音刚落,大伙儿立刻欢呼起来。

狮子见了,笑眯眯地说:"不用再往下轮了,我郑重宣布,从现在开始,小猴子就是'万兽之王'了!"

张冲:老师,狮子为什么要让别人接替他呢?
女老师:课文上没说嘛。你怎么想到问这个了?
张冲:狮子当得好好的,为什么要让给别人呢?
女老师:狮子想让大家都试试。"万兽之王"不是那么好当的。猫头鹰和袋鼠就没当好,把动物们折腾得叫苦连天,是不是?还是小猴子好。
张冲:狮子会不会反悔呢?
女老师:反悔?怎么反悔?
张冲:万一他不想让小猴子当"万兽之王"了呢?
女老师想了想:他真要反悔了也没办法。还是他厉害,小猴子整不过他。
张冲:狮子要不反悔就好了。
女老师:为啥?
张冲:我长大了就到森林里去。
女老师:啊?为啥?
张冲:我想干啥就干啥。
女老师:那你不成动物了吗?
张冲:人也是动物呀,你说过的。
女老师:噢,是的是的,我说过人也是动物,但也说了人是高级动物呀。难道你愿意跑到森林里去，过低级动物的生活吗？

张冲：我爸我妈，还有老师，都像小猴子一样多好。

女老师：噢噢，难怪你这么想。你是不想让人管教。那我就告诉你，这是不可能的。人好不容易从森林里走出来，走了千千万万年，才变成了人，不可能再回到森林变成动物的。你就别胡思乱想了赶紧看书写字去。

三个儿子（二年级）

三个妈妈在井边打水，一位老爷爷坐在旁边的石头上休息。

一个妈妈说："我的儿子既聪明又有力气，谁也比不过他。"

又一个妈妈说："我的儿子唱起歌来好听极了，谁都没有他那样的好嗓子。"

另一个妈妈什么也没说。

那两个妈妈问她："你怎么不说说你的儿子呀？"

这个妈妈说："有什么可说的，他没有什么特别的地方。"

三个妈妈打了水，拎着水桶回家去，老爷爷跟在他们后边慢慢地走着。

一桶水可重啦！水直晃荡，三个妈妈走走停停，胳膊都痛了，腰也酸了。

这时，迎面跑来三个孩子。一个孩子翻着跟头，像车轮在转，真好看！三个妈妈被他迷住了。

一个孩子唱着歌，歌声真好听。

另一个孩子跑到妈妈跟前,接过妈妈手里沉甸甸的水桶,提着走了。

一个妈妈问老爷爷:"看见了吗?这就是我们的三个儿子。怎么样啊?"

"三个儿子?"老爷爷说,"不对吧,我可只看见一个儿子。"

问题:老爷爷为什么说他只看见一个儿子?

女老师:明明是三个儿子,老爷爷为什么说他只看见一个呢?另外两个不是儿子吗?都是。三个都是儿子。但只有一个做了儿子应该做的事,所以,老爷爷说他只看见了一个。谁是那一个呢?对了,同学们说得很对,他就是替妈妈提水桶的那个孩子。他不但是好孩子,也是妈妈的好儿子。

张冲举手了。

女老师:又是你。有问题吗?

张冲站起来:我爸说三个儿子都不是好儿子。

女老师:又是你爸。为什么?

张冲:我爸说真正的好儿子不翻跟头不唱歌,也不提水桶。真正的好儿子一定乖乖地待在家里做作业,为考试做准备。

女老师:噢啊啊嘿!你爸咋这么爱掺和呢?

张冲:我爸一回家就凑到我跟前,检查我做没做作业。

女老师:你爸真让人受不了,晕!晕啊!

女老师真要晕了一样。

揠苗助长（二年级）

古时候有个人，他巴望自己田里的禾苗长得快些，天天到田里边去看。可是一天，两天，三天，禾苗好像一点儿也没长高。他在田里边焦急地转来转去，自言自语地说："我得想个办法帮它们长。"

一天，他终于想出了办法，就急忙跑到田里，把禾苗一棵一棵往高里拔，从中午一直忙到太阳落山，弄得筋疲力尽。

他回到家里，一边喘气一边说："今天可把我累坏了！力气总算没白费，禾苗都长高了一大截。"

他的儿子不明白是怎么回事，第二天到田里一看，禾苗都枯死了。

张冲：老师我又要说我爸了你别嫌我说我爸，啊。我把这篇课文给我爸念了，我说你总是揠苗助长恨不得让我明天就考到大学里去。我爸说庄稼用手拔就会死傻瓜都知道。但人是可以拔的，所以升官也叫提拔，越提拔官越大职位越高。我爸说打儿子骂儿子催儿子好好念书是为儿子着急，不为儿子着急的老子不是好老子。我爸说现在有人嫌水果长不大就给水果打膨大素呢，有人想长个子吃增高药呢。我爸说"你就把我当膨大素增高药吧。"我爸还说了，老师批评学生打学生骂学生也是为学生着急，也是膨大素是增高药。我爸说得对不？

女老师：怎么说呢？你爸这一回说得好像没太离谱。

丑小鸭（二年级）

太阳暖烘烘的。鸭妈妈卧在草堆里，等她的孩子出世。

一只只小鸭子都从蛋壳里钻出来了，就剩下一个特别大的蛋。过了好几天，这个蛋才慢慢裂开，钻出一只又大又丑的鸭子。他的毛灰灰的，嘴巴大大的，身子瘦瘦的，大家都叫他"丑小鸭"。

丑小鸭来到世界上，除了鸭妈妈，谁都欺负他。哥哥、姐姐咬他，公鸡啄他，连养鸭的小姑娘也讨厌他。丑小鸭感到非常孤独，就钻出篱笆，离开了家。

丑小鸭来到树林里，小鸟讥笑他，猎狗追赶他。他白天只好躲起来，到了晚上才敢出来找吃的。

秋天到了。树叶黄了，丑小鸭来到湖边的芦苇里，悄悄地过日子。一天傍晚，一群天鹅从空中飞过。丑小鸭望着洁白美丽的天鹅，又惊奇又羡慕。

天越来越冷，湖面上结了厚厚的冰。丑小鸭趴在冰上冻僵了。幸亏一位农夫看见了，把他带回家。

一天，丑小鸭出来散步，看见丁香开花了，知道春天来了。他扑扑翅膀，向湖边飞去，忽然看见镜子似的湖面上，映出一个漂亮的影子，雪白的羽毛，长长的脖子，美丽极了。这难道是自己的影子？啊，原来我不是丑小鸭，是一只漂亮的天鹅呀！

张冲：老师，鸭妈妈的草堆里咋会有天鹅蛋呢？

女老师：天鹅蛋？噢噢，是天鹅蛋。按理说，鸭妈妈的窝里是不应该有天鹅蛋的。但这不重要。重要的是从学习中得到启发，明白道理。明白吗？

张冲：天鹅蛋在鸭妈妈的窝里孵出来就会变成小鸭子吗？

女老师：不会的。天鹅蛋孵出来的不会是鸭子。

张冲：课文上说是鸭子呀。

女老师：小天鹅是鸭妈妈孵出来的，和小鸭子们在一起，大家就以为小天鹅是鸭子了。

张冲：放鸭的小姑娘也不知道吗？还有小鸟和猎狗？

女老师：不知道。小天鹅自己也不知道自己是天鹅。

张冲：要是他们都知道他是小天鹅，还说他丑，欺负他吗？

女老师：这就说不准了。故事没这么编嘛。总之，大家都嫌他丑，欺负他了。

张冲：要是小天鹅自己知道他是天鹅呢？

女老师：他不知道嘛，太小嘛，和鸭子在一起嘛。他还羡慕天鹅呢嘛。后来不就知道了嘛。他飞到湖上边才看见自己是一只漂亮的天鹅嘛，是不是？

张冲：那我就明白了。

女老师：明白什么了？

张冲：丑小鸭不是鸭子，是天鹅。

女老师：还有呢？

张冲：鸭子就是鸭子，天鹅就是天鹅。鸭子变不成天鹅。

女老师：还有呢？

张冲：多亏是天鹅，要不就惨了。

女老师：对了，关键就在这儿。他受到了不好的对待，他感到孤独，但最终他知道了自己是天鹅，不是丑小鸭。

张冲：就是嘛，多亏他是天鹅嘛。他真是丑小鸭可就惨了，一辈子可就惨了。

女老师：所以嘛，要鼓励自己，也许你就是一只天鹅。

张冲：要不是天鹅，是丑小鸭呢？丑小鸭变不成天鹅么。

女老师不知道该给张冲说什么了。

几个月后，张冲上三年级了。语文课换了老师，也是个女老师。

玩出了名堂（三年级）

玩耍常常被认为是浪费时间的行为，但在科学史上，有许多伟大的发现是在玩耍中产生的。

荷兰的列文虎克喜欢玩镜片。

列文虎克的工作是看守大门，并定时到钟楼去敲钟。这份工作相当清闲，他待着没事，就一边看门，一边磨起了镜片。他把厚玻璃的四周磨薄，做成放大镜，用来看细微的东西，或者阅读字很小的书籍。

有一次，列文虎克又在玩放大镜。他突然想到：把两片放大镜放在一起，会怎么样呢？他一试，啊，不得了，蚊子的腿看上去像兔子的腿。他越玩越带劲，就把一片放大镜固定，让另一片放大镜可以随便调节，这样就做成了一架简单的显微镜。他用显微镜观察水，看见水里有许多小生命挤来挤去；观察牙齿，看见里面有一种从来没有见过的东西。他发现，除了我们平时看到的世界，还有另一个平时看不到的世界。你是一个"小人国"。"小人国"里的"居民"，比地球上的居民要多得多。

列文虎克玩放大镜，玩除了大名堂。他最早发现了微生物，发现了一个全新的世界。英国皇家学会知道了他的发现，聘请他为皇家学会会员。连英国女王和俄国沙皇也千里迢迢前去拜访他，欣赏他的"玩具"，并从"玩具"里观看新世界里的"居民"。

张冲他爸张红旗和张冲发生了一次严重的冲突，细究起来，就会究到这篇课文上。

那天，张红旗回家，看见院子里的槌布石头上只有课本和作业本，没有张冲，就问文兰：人呢？文兰说出去了。张红旗说不念书到哪去了？文兰说不知道。张红旗说书和本子在石桌上你咋能不知道？文兰说：张冲要买旱冰鞋，我说我不敢给你买你给你爸要去，人家就出去了，生我气了。张红旗说他妈的屄去去。

张冲在街道上。几个孩子在新修成的水泥路上滑旱冰。张红旗揪着张冲的耳朵说走走走。张冲说我不玩我看还不行啊？张红旗把张冲揪到了石桌跟前。

张红旗：看书。

张冲直直地坐着：不看。

张红旗：为啥？

张冲：你把我耳朵揪疼了。

张红旗：你还能知道疼啊。看书。

张冲：你给我买旱冰鞋我就看。

张红旗：你妈的屄！买了旱冰鞋你滑旱冰去了咋看书？

张冲：也滑冰也看书。

张红旗：你妈的屄！

张冲：你就知道骂人。你看课文去。

张红旗：你妈的屄。看课文的应该是你。

张冲：我刚学过了。你一看就知道了。

张冲把课文递给张红旗：58页，你看去。

张红旗一看标题就叫起来了：啊啊还有这课文啊！是说耍猴的吧？

张红旗看完了，放下了课本，歪头看张冲了。

张红旗：难怪你给你妈要旱冰鞋啊。

张冲：我妈让我问你要。

张红旗：你就这么给咱念书啊？

张冲：咋了？

张红旗：你狗日的就没看懂！人家玩的是放大镜！

张冲：你给我买放大镜我就玩放大镜，你买不？

张红旗：买你妈的屄！人家已经玩过了。

张冲：就是嘛。你给我买旱冰鞋。

张红旗：旱冰鞋？滑旱冰能滑出名堂吗？你保证你能滑出名堂我就给你买。你能让国家主席拜访你吗？不拜访召见也行。行么？

张冲：我不知道。课文上那个人玩的时候也不知道以后的事。

张红旗：我说你狗日的没看懂你确实没看懂。你没好好看嘛。难怪你一考试就是60分70分，有的还不及格！你狗日的看不懂书！

张冲，我看懂了。

张红旗：懂你妈的屄了！人家那能叫玩吗？人家那叫钻研！你看课文，"阅读字很小的书籍"。人家玩的东西是能看书的，越看知识越多，所以就把放大镜研成了显微镜。他光玩镜片不看书能研出显微镜么？研他妈个屄！你要滑旱冰，行，我给你买。你能滑着旱冰看书么？

219

不行吧？不行你就甭给我说旱冰鞋，说我就扇你！听见了没有？

张冲不说旱冰鞋了，但张冲也不在碾布石跟前坐了。张冲偷着借别人的旱冰鞋在水泥路上滑，滑得很溜。

三天以后，张红旗又一次把张冲从街道上揪回来，一脚把张冲踏到了碾布石头跟前：你再玩我还踏。

从此，张红旗也就结束了他和张冲在碾布石头跟前的那种满怀亲爱的交谈。他们都亲爱不起来了。

张红旗实在憋得不行，就去学校找了一趟语文老师。他说：我本来想骂那篇课文，但我从前到后看了几遍，人家课文没错么。人家课文里的玩具是带引号的么。你给学生教课文教得仔细些把引号也要教出来啊老师！

女老师说教了啊教了嘛咋啦？

张红旗：我儿子给我要玩具呢！

好汉查理（三年级）

查理是个很调皮的孩子，爱搞恶作剧，没有人喜欢他，倒是他叫自己"好汉查理"。

放暑假的时候，镇上来了度假的罗伯特先生一家。罗伯特先生的女儿杰西很可爱，不过，他只能坐在轮椅上。

一天下午，查理跑到罗伯特家的院子里玩，看到屋里的墙上挂着一把漂亮的长刀，喜欢极了。他从窗户爬进房间，羡慕地望着那把刀。

"你想把它拿走嘛?"听到说话声,查理才发现有个小女孩坐在轮椅上。

"不,好汉查理从来不随便拿别人的东西。"

"你可以拿下来看看。好汉查理,我叫杰西。"

"谢谢!"查理显得彬彬有礼。他抽刀出鞘,仔细地看着。

杰西说:"这刀是爸爸的,要不然我会送给你。好汉查理,能推我到外面晒晒太阳吗?"

"好吧。"查理恋恋不舍地把刀挂回墙上。

在草坪上,杰西高兴地背诵着一首首诗。他们俩在阳光下度过了一个快乐的下午。

分手时,杰西问查理:"你能常来陪我吗?"

"当然可以。"

查理虽然调皮,但说话是算数的。整整一个暑假,他每天都陪杰西在草地上玩。镇上的人们发现查理没有再搞恶作剧。

暑假很快过去了,罗伯特一家要走了。临走的时候,罗伯特先生把查理叫到家里,说:"查理,你是不是很喜欢这把刀?现在它是你的了。"

"不行,罗伯特先生,我不能随便要您的东西。"

"查理,你带给杰西的礼物的是快乐,现在我把刀作为礼物送给你。"

查理第一次听到有人这样夸自己,连忙说:"谢谢您,罗伯特先生。"

与杰西告别时,查理握着杰西的手,说:"杰西,我会做个好汉。"

"你会的,我从来就相信。"

女老师：这是一篇温馨而又动人的爱心故事。请同学们写一篇习作，不规定内容，可以写各种各样的人和事。动笔前，先想一想自己最想告诉别人什么。写的时候，要把想表达的意思写清楚。

张冲喜欢这篇课文，但张冲烦写作文。怎么办呢？

张冲想着课文里的查理和杰西。想着想着就把他自己想成了好汉查理。

杰西呢？是苗苗。

苗苗和他是同桌。

苗苗身上有一股香气，很好闻。

苗苗她爸妈在县城工作。她和她爷她奶住。和上官英文一个村。

苗苗扎着两根小辫，脸和苹果一样。

苗苗一个人在家做作业，很孤独。

苗苗家的墙上不会有一把漂亮的刀，因为苗苗她爷不是杰西的爸爸罗伯特。

不管，苗苗家的墙上就有一把刀，很漂亮。

苗苗不坐轮椅啊！

不管，就当她坐轮椅了。

就这，张冲写了一篇习作。他想给苗苗看。

他说苗苗我想让你看我的习作。苗苗说行啊。他说不准你生气。苗苗说怎么会呢？他说我把你写成坐轮椅的杰西了。苗苗说我不会生气。他就把本子上的习作给苗苗看了。

苗苗没生气。苗苗说你太模仿了老师不会给你打分。

张冲说：不打分就不打分，我没想让她打分。我想让你和我念里边的对话，行不？

苗苗说行啊。他们就对话了。他们都很认真。

张冲：我从墙上翻进来了，看见你家墙上的刀了。你说——

苗苗："你想把它拿走吗？"

张冲："不，好汉张冲从来不随便拿别人的东西。"

苗苗："你可以拿下来看看。好汉张冲，我叫苗苗。"

张冲："谢谢。我看刀了——"

苗苗："这刀是爷爷的，要不然我会送给你。好汉张冲，能推我到外面晒晒太阳吗？"

张冲："好吧。我推你到草坪上了。你该背诵诗了。"

苗苗："你没写啊，背啥呢？"

张冲："你随便背嘛。"

苗苗："那就背课文上的。"

张冲："行么，背么。"

苗苗："明月松间照，清泉石上流。"

张冲："再背嘛。"

苗苗："山重水复疑无路，柳暗花明又一村。"

张冲："你背得真好。"

苗苗："行了，不背了。"

张冲："那就该你说话了。"

苗苗："你能常来陪我吗？"

张冲："当然可以。"

苗苗："暑假过去了，该我爷送你刀了。"

张冲："不行，好汉张冲不能随便要您的东西。"

苗苗："好汉张冲，你带给苗苗的礼物是快乐，现在我把刀作为礼物送给你。"

张冲："谢谢您，爷爷先生，但我不能要。"

苗苗："该告别了——"

张冲："苗苗，我会做个好汉。"

苗苗："你会的，我从来就相信。"

张冲："你真信吗？"

苗苗："真信——哎，不对，没对话了。"

张冲从苗苗手里抢过他的本子跑了，边跑边笑。

苗苗：老师不会给你打分的！

张冲站住了，转身看着苗苗。

苗苗也看着张冲。

张冲没把这篇习作交给老师。他说他写不出来。

后来，苗苗随父母到县城念书去了。

张冲一直记着苗苗。苗苗也记着张冲。七年后，他们还说起过张冲的这篇习作。

南辕北辙（三年级）

从前有一个人，坐着马车在大路上飞跑。

他们的朋友看见了，叫住他问："你上哪儿去呀？"

他回答说："到楚国去。"

朋友很奇怪，提醒他说："楚国在南边，你怎么往北边走呀？"

他说："没关系，我的马跑得快。"

朋友说："马跑得越快，离楚国不是越远了吗？"

他说:"没关系,我的车夫是个好把式!"

朋友摇摇头,说:"那你哪一天才能到楚国呀!"

他说:"没关系,不怕时间久,我带的盘缠多。"

楚国在南边,他硬要往北边走。他的马越好,赶车的本领越大,盘缠带得越多,走得越远,就越到不了楚国。

张冲:老师,地球是圆的。

女老师:没错,是圆的,怎么啦?

张冲:课文上说的不对。

女老师:哪说的不对?

张冲:那个骑马的人不拐弯,直直地走,就能找到楚国。

女老师一时没想过来:为什么?

张冲:地球是圆的嘛,你看——

张冲伸开手,手心里是一枚鸡蛋。

学生们哄一声笑了。

女老师没笑。

女老师:你耍什么怪。

张冲对学生们:你们别笑啊!

张冲走到女老师跟前,把鸡蛋递给女老师:你看么。

女老师看着那枚鸡蛋。鸡蛋上画了一个手表,把鸡蛋绕了一圈。

女老师,你这是啥意思?

张冲:手表坨坨是楚国,手表链子是路。他一直走就走到楚国了。

女老师:噢噢,我明白了。你可真能动脑筋啊,都动到鸡蛋上了。

张冲:咋了?

女老师的脸变得严肃了:不咋。你说的没错,地球确实是圆的。

但这是地理知识。你学过地理课了吗？没有吧？

张冲：没有。

女老师：就是嘛。我们学的是语文。课文上的人要去楚国办事，不是环球旅行，你明白吗？课文教我们做事情要掌握好方向，不能固执己见，你非要说地球是圆的，还拿个鸡蛋。鸡蛋哪来的？

张冲：在我大伯家要的。我家没鸡。

女老师：就算你学了地理，地球也不是鸡蛋，更不会戴手表。所以，你不是拿鸡蛋，你是拿鸡蛋在课堂上捣蛋！

张冲：我没有。

女老师：出去。

张冲：我没捣蛋。

女老师一扬手，鸡蛋从教室门里飞出去了。

张冲看着飞出去的鸡蛋：我要还我大伯的！

鸡蛋摔在地上了，摔成了一团脏物。

张冲急了：你赔！

女老师一脸愤怒：出去！

张冲：我拿我大伯家的！我说我要还的！

女老师愤怒的脸严重变形了：出去！

张冲出去了，站在了教室外边的拐角处。他时不时就会看一眼那枚摔烂的鸡蛋。

"捣蛋就捣蛋吧。"

他一个人，只能自言自语了。

想别人没想到的（三年级）

从前，有位画师收了三个徒弟。

有一天，画师把三个徒弟召集在一起，要考考他们。他给每个徒弟一张同样大小的纸，让他们画骆驼，看谁画的骆驼最多。

徒弟们想了一会儿，便拿起笔画了起来。

大徒弟用细笔密密麻麻地在纸上画满了很小很小的骆驼。画完以后，他很得意，以为自己画得最多。

二徒弟想：纸只有这么大，要画出最多的骆驼，该怎么办呢？于是他画了许许多多骆驼的头。他画的果然比大徒弟多。

画师看了看他俩的画，没有露出满意的神情。当他拿起小徒弟的画时，禁不住点头称赞。原来，小徒弟只画了几条弯弯曲曲的线，表示连绵不断的山峰，一只骆驼从山中走出来，另一只骆驼只露出脑袋和半截脖子。看到画师称赞小徒弟的画，大徒弟和二徒弟感到很奇怪。

画师说："你们看这幅画，画上虽然只有两只骆驼，但它们在连绵起伏的群山里走着，若隐若现，谁也说不清会从山谷里走出多少只骆驼，这不恰好表明有数不尽的骆驼吗？"

两个徒弟恍然大悟。

张冲：老师，我说画师说的不对。
女老师：为啥？

张冲：小徒弟就画了两只骆驼。他偷懒了。

女老师：你认真读课文了吗？不是偷懒，是聪明。

张冲：就是聪明嘛，会偷懒嘛。

女老师咽了一口气：那我问你，你能想到这两只骆驼后边有多少骆驼吗？

张冲：后边没有骆驼。后边是赶骆驼的人。

女老师又咽了一口气：你怎么知道后边是赶骆驼的人。

张冲：我想的嘛。画师说后边有数不尽的骆驼，也是他想的。

女老师：你怎么这么固执呢？

张冲：啥是固执？

女老师：犟嘛！只认自己的死理嘛！

张冲：啥是死理？

女老师：你看，又固执了。固执的人是没法交流的。

张冲：不交流就不交流，你才固执呢！

张冲走了。

女老师一口气咽不下去了，憋住了，憋了好长时间才呼了出来。

妈妈的账单（三年级）

　　小彼得是一个商人的儿子。有时他得到他爸爸做生意的商店里去瞧瞧。商店里每天都有一些收款和付款的账单要经办，彼得经常被派去把这些账单送往邮局寄走。他渐渐觉得自己似乎也成了一个小商人。

有一次，他忽然想出一个主意：也开一张收款单给他妈妈，索取他每天帮妈妈做事的报酬。

一天，妈妈发现她的餐盘旁边放着一份账单，上面写着：

母亲欠儿子彼得如下款项：

取回生活用品　　　　　　　　20芬尼

把挂号件送往邮局　　　　　　10芬尼

在花园帮助大人干活　　　　　20芬尼

彼得一直是个听话的孩子　　　10芬尼

共计：　　　　　　　　　　　60芬尼

彼得母亲仔细地读了一遍，然后收下了这份账单，什么话也没有说。

晚上，小彼得在他的餐盘旁边找到了他想要的报酬。正当小彼得如愿以偿，要把这笔钱收进自己的口袋里时，突然发现餐盘旁边还放着一份给他的账单。

他把账单展开读了起来：

彼得欠他的母亲如下款项：

为在他家里过的十年幸福生活　0芬尼

为他十年中的吃喝　　　　　　0芬尼

为在他生病时的护理　　　　　0芬尼

为他一直有一个慈爱的母亲　　0芬尼

共计：　　　　　　　　　　　0芬尼

小彼得读着读着，感到羞愧万分。过了一会，他怀着一颗怦怦直跳的心，蹑手蹑脚地走近母亲，将小脸藏进了妈妈的怀里，小心翼翼地把那60芬尼塞进了她的上衣口袋。

按照教学要求，女老师把全班学生分成三个小组，让同学们"想想妈妈为什么写的都是'0 芬尼'；小彼得看到妈妈的账单是怎么想的。"先在小组里互相交流，然后推举一名同学，代表小组在课堂上交流。

第一小组：妈妈爱小彼得，从来不计报酬，所以写的是"0 芬尼"；小彼得看到妈妈的账单以后，想到了自己的账单，想到了妈妈的爱，感到很惭愧。

第二小组：妈妈为小彼得所做的一切都是爱，妈妈的爱是不要钱的，所以写的是"0 芬尼"；小彼得看到妈妈的爱以后，想他要像妈妈爱他一样爱妈妈。

第三小组：妈妈的爱是无私的，所以写的是"0 芬尼"；小彼得看到妈妈的账单以后，想到自己错了，错了就要改正。

女老师的总结：三个小组的回答都很好，证明同学们不但读懂了这篇课文，也从小彼得和妈妈的账单中体会到了母亲的无私，母爱的伟大。妈妈的账单上写的都是"0"，写得多好啊！我希望每个同学都能懂得这个"0"里边丰富的含义。我们中国人常说"可怜天下父母心"，相信同学们都听过这句话。全世界的父母都是一样的，一样无私，一样伟大。"慈母手中线，游子身上衣，临行密密缝，意恐迟迟归。"这是我们古人写的诗，也是歌颂母爱的。我们在学习中懂得了母亲，在日常生活享受着母爱。光享受就行了吗？不，同学们，我们更要懂得回报。怎么回报呢？等到长大以后再回报吗？不，同学们，你们现在就能做到，那就是好好学习，天天向上，用更好的学习成绩回报父母对你们付出，对你们的爱。

女老师意犹未尽，突发奇想：如果让每一个同学的妈妈开一个账单，会是些什么样的账单呢？

她觉得这个想法很好，也许是一次很有意义的教学实验。

女老师受到了鼓舞，就布置了这么一道作业：请同学们的妈妈开一个账单，写在你们的作业本上。

张冲他妈文兰拿着张冲的课本和作业很为难，就给张红旗说：老师不给学生布置作业把作业布置给家长了你说怪不？张红旗看了课文，说：不怪么，很好么，开么。文兰说我不知道咋开么。张红旗说：我帮你么，叫张冲么。文兰说：你说咋开就咋开叫张冲弄啥？张红旗"嗨"了一声，说：你咋就不动脑子呢？老师为啥要布置这么一道作业？你以为老师要看啊？人家老师为啥要看你家的账？还是要给你儿子看嘛！这就叫教育。叫张冲叫张冲。文兰就叫了张冲。他们三个围坐在院子里的槌布石头跟前，开始做作业。

张红旗给张冲说：我和你妈用嘴说，你给作业本上写。

张冲拿起笔，翻开了作业本。

张红旗：先算吃喝拉撒衣食住行么，从头到脚从前到后算么。

文兰：我不知道咋算，你算。

张红旗：穿了多少鞋多少袜子总该有数吧？多少衣服？多少粮食？多少奶粉？交了多少学费？这些账总能估算出来吧？你怀他的时候挺着大肚子受过作难没有？生他的时候受过疼没有？吃了多长时间的奶？一口一口喂了多长时间才学会了吃饭？一步一步扶着走了多长时间才学会了走路？生病发烧呢？打针吃药去医院担惊受怕呢？磕了碰了热了凉了饥了饿了一年三百六十五天十年三千六百五十天哪一天不操心不费神？这算不算账？大账还在后头呢！钱只会越花越多心只会越操越大，一直到大学毕业到娶媳妇成家立业，咱算么。咱分成项一项一项列出来：生育费，吃穿费，学费，书本费，操心费，主要是操心费，难估算的也是操心费……

文兰拉了一下张红旗的胳膊，不让他说了，让他看张冲。

张冲手里拿着笔，直直地坐着，脸色像榾布石头一样了，眼里噙着泪水。

张红旗：知道你爸你妈了吧？

张冲"哇"一声哭了，扔了笔跑到他的屋里去了。

文兰：你看你看。人家课文上写的都是"0"，你把作业弄成诉苦会了。

张红旗：人家是外国人咱是中国人你懂不懂？人家的孩子叫小彼得咱儿子叫张冲你懂不懂？都像课文上写个"0"老师就不让咱开了！

文兰：你听着还哭呢。

张红旗：证明咱的账单起作用了。要我说哭的声音应该再大一点。

张冲的哭声真得更大了。文兰说算了算了不开了。她去了张冲的屋。

张红旗点了一根烟，没抽几口，文兰又过来了。

张红旗：咋样？受感动了吧？

文兰：不是感动，是害怕！

张红旗：害怕？咋能害怕呢？

文兰：你开的账单八辈子也还不完！我听了都害怕。

张红旗笑了：你去告诉他，只要他好好念书，考上大学咱和他一笔勾销。

文兰：考不上呢？

张红旗：他羞不死我就羞死了！

张冲没交作业。许多学生和张冲一样也没交。全班五十二名学生，女老师只收到了二十一份。没有一份小彼得的妈妈那样的账单。

二十一份账单可分为两类。一类没有具体数字，理由是：吃喝拉撒花了一河滩没法计算。一类有具体数字，列的都是报名费和学杂费书本费。有的还有附言：建议学校把报名费和学杂费降低一些，不学不用的书别让娃买了。更有甚者扬言说，如果乱收费就去教育局告状！

女老师为此郁闷了好几天。她得出了一个结论：

如何管教学生可以和家长交流互动，涉及到钱的问题时则不能，没准会节外生枝，惹出事来。

幸福是什么（四年级）

三个同村的孩子很要好，他们经常结伴把羊群赶到远处的树林去放牧。他们看到一眼老泉因长年堵塞不能流泉水了，就一起劳动，把老泉改修成了一口小井，让清澈的泉水长流不息。他们很高兴。

一位美丽的姑娘从树林里走出来，捧着泉水喝了三口。她微笑着说："我为你们三个人的健康喝了三口。"又说："你们做了一件好事。我代表树林和树林里居住的一切动物，代表树林里生长的一切花草，感谢你们。祝你们幸福。"

孩子们又快乐又激动。可是，幸福是什么呢？

"你们应当自己去弄个明白。十年后我们再在这口小井旁边相见。"说完，姑娘不见了。

三个孩子决定分头去寻找幸福。一个往东，一个往西，一个留在了村里。

　　十年后,他们如约来到了小井旁。三个人都成了强壮的青年。小井里的泉水依旧清澈,静静地流着。他们一边等待那位美丽的姑娘,一边讲述自己的经历。

　　一个说:"我到了一座城市,上学念书,现在是一个医生。我明白了什么是幸福。我给病人看病,让他们恢复健康,我幸福。"

　　一个说:"我到过很多地方,做过很多事。我在火车上,轮船上工作过,当过消防队员,做过花匠。我对别人是有用的。我劳动,我幸福。"

　　留在村上的那一个说:"我耕地种庄稼,养活了许多人。我也感到很幸福。"

　　那位美丽的姑娘出现了,和十年前一样美丽。她说:"你们都明白了,幸福要靠劳动,做对人们有益的事情。"

　　"你是谁啊?"他们问她。

　　"我是智慧的女儿。"姑娘说完就不见了(课文缩写)

张冲的日记:

我爸说这篇课文是哄傻子的。我爸说不能留在村上种地,要种地就不用上大学了,多少念点书就行了。我爸说古往今来最可怜的就是农民,最让人瞧不起的也是农民。我爸说幸福不在村上,幸福在外边,在大城市。但我爸又说,在外边乱换工作也不好,只有农民工才乱换工作,换来换去还是农民工,到头来就成了混世界的混混。我爸只认那个进城上学当了医生的孩子。我爸说能当院长更好。我爸说所以要好好念书考大学。考上大学就幸福了。全家人都幸福,老师和亲戚脸上有光。

老师说我爸说的不对，没境界。老师说不管在哪儿干什么工作，只要对社会有贡献有益处就好，就幸福。我问老师幸福不？老师说我教你们虽然辛苦，但也幸福。我说老师你没说实话，我姨夫说你托他送礼走关系找教育局长，想调到县城的小学去。老师用眼睛瞪了我好长时间。

我爸说你记着我的话就行了，答题要按老师说的答，要不你永远都是个不及格！他把这话给我说过无数遍了，还打我。我已经不怕打了，但我烦。

我没幸福。

小木偶的故事（四年级）

老木匠做了个小木偶。小木偶有鼻子有眼，能走路，会说话，但脸上没有表情。应该让小木偶有什么样的表情呢？

老木匠想：笑是最重要的。谁要是不会笑，谁就没办法过快乐的日子！

老木匠用他神奇的雕刻刀，给小木偶的脸上添上了笑嘻嘻的表情。

"现在好了。"老木匠给小木偶收拾一个红背包，把他送出了家门，给小木偶说："去吧，外边的世界大着呢！"

在热闹的大街上，一只小红狐骗走了小木偶的红背包。小木偶追上了小红狐，拽着小红狐的尾巴要他的背包。小红狐叫喊着不给。一只熊警察过来了。小红狐撒谎说："他抢我的包！"小木偶说:"是我的,我的!"熊警察看看满脸愤怒的小红狐,又看看笑嘻嘻的小木偶,认定小木偶撒谎,就拎起小木偶,把他扔出去老远。

小木偶很委屈,脑袋很疼,抱着脑袋蹲着。

一只小兔子过来问他:"你怎么啦?"他说:"脑袋疼。"小兔子走开了。

一个老婆婆过来问他:"你病了吗?"他说:"脑袋很疼。"老婆婆也走开了。

没有谁相信小木偶。因为小木偶脸上是笑嘻嘻的表情。

小女巫来了。她从空气中闻出了小木偶伤心的味儿。她用魔杖在小木偶的脑袋上点了一下。小木偶"哇"一声大哭起来。慢慢地,小木偶不再伤心,脑袋也不再疼了。

"小木偶,我把人类所有的表情都送给你。"小女巫用魔杖在小木偶的脑袋上点了几下。小木偶会哭,会笑,会生气,会着急,也会向别人表示同情和关心了。

老木匠说得没错,笑是很重要的。不过,要是只会笑,那可是远远不够的。(课文缩写)

张冲的日记:

我笑不起来,因为我每天都是念书念书念书!每天都是做作业做作业做作业!

我不喜欢做作业!更不喜欢考试!

我一进学校大门就头疼。进家门也头疼。

我爸看我不顺眼,因为我考试不及格。

老师不喜欢我,说我惹是生非,不是好学生。

我妈为我着急。

我希望我是那个小木偶,脸上永远是笑。受委屈的时候也笑。挨我爸打的时候也笑。挨上官英文惩罚的时候也笑。永远笑。

就这样定了,永远笑!

儿童和平条约(四年级)

我们世界的儿童,宣告未来的和平。

我们想要一个没有战争和武器的星球。

我们要除掉疾病和破坏,

我们再也不要憎恨和饥饿,再也不要无家可归。我们要消灭这一切。

我们的大地给予我们足够的食品——我们将共享。

我们的天空给予我们美丽的彩虹——我们将保卫它们。

我们的河水给予我们不朽的生命——我们保持它们的洁净。

我们要共同欢笑,共同游玩,共同工作,互相学习,探索和改善大家的生活。

我们是为和平,为现在的和平,永久的和平,我们大家的和平。

世界上的成年人和我们一起,你们丢掉的只是恐惧和悲伤。抓住我们的欢笑和想象,我们在一起,和平就是可能的。

张冲的日记：

坏学生希望条约

我们世界的坏学生，宣告我们的希望：

我们学习不好，我们是坏学生。我们希望学习好，成为好学生。

我们希望老师把我们和学习好的学生一样对待，说话时一样的口气，一样的脸色。

我们希望学习好的同学帮助我们，和我们一起欢笑，一起游玩，不要躲我们，害怕我们传染。

我们考试不及格，我们很羞愧，我们不说出来。我们希望父母知道我们羞愧，不对我们唉声叹气，不骂我们，不打我们，更不要像张冲他爸一样，把我们拴在牛槽上。

我们希望老师不挖苦我们，不讽刺我们，不取笑我们，不用白眼看我们。把我们看成臭大粪也行，我们希望这么想：臭大粪可以作肥料。

我们希望在父母跟前不像个罪人。我们希望父母相信，学习不好的学生也能回报父母，回报老师，回报所有的人。

我们做了错事，我们希望不用撒谎，不用欺骗老师和父母，不用欺骗任何人，我们能得到原谅。

世界上的成年人和我们一起，不歧视我们，不抛弃我们，抓住我们。要不，我们就去森林里，像课文里的小猴子一样，当"百兽之王"。

口语交际·习作（五年级）

世上最爱你的人就是你的父母。可是，在生活中，有没有你不理解父母或者父母不理解你的时候？让我们借这次学习的机会，和他们交流、沟通吧！

你可以从以下几个方面考虑习作的内容：

你曾经有过不理解父母的时候，但通过一些事情，体会到了父母的爱；

你可以对父母提出一些建议，比如，请他们改进教育方法，或劝说他们改掉不好的习惯；

你想和父母说的其他心里话。

不论写什么，都要敞开心扉，写出你最想对爸爸妈妈说的话，表达自己的真情实感。写完以后，读给爸爸妈妈听，和他们交换意见。

张冲的习作：

《看电视》

爸爸用我们家的槌布石头给我支了一张石桌，每天放学回来，我就在石桌上写作业。如果爸爸妈妈不在家，我就去屋里看电视。他们快回来的时候，我就赶紧关掉电视，用罩子原样罩好，回到石桌上去。

爸爸妈妈还是发现了我的秘密。有一次，爸爸妈妈回来了。妈妈看见我在做作业，表扬了我，去厨房做饭了。爸爸进了屋，一会儿又出来了，走到了我的跟前。我不敢抬头，继续做作业。爸爸问我："你一直在做作业吗？"我说："嗯。"爸爸说："真的吗？"我不敢回答了。爸爸说："我摸电视机箱了，是热的，家里只有你一个人，证明你不但看电视了，还看了很长时间。"我说："我就看了这一次。"爸爸又揭穿了我，说："我一直怀疑你不好好做作业，偷看电视，回到家就摸电视机，一连几天都是热的。"

爸爸很生气，打了我。妈妈抱住了爸爸。

那天晚上，妈妈和爸爸吵了好长时间。我听见妈妈在哭。我很难过。他们是为我吵架的。

临睡前，妈妈到我屋里来了。妈妈说："爸爸妈妈并不反对你看电视，是希望你抓紧时间，提高学习成绩。爸爸打你骂你，是为了你好。"我说："妈妈，我错了。我看电视，还撒谎，惹你和爸爸生气。"妈妈摸着我的头，说："知道错了就好。好好睡。"

我感到妈妈的手很温暖，不想让妈妈温暖的手离开我。

我也理解了爸爸妈妈对我的爱。我暗暗给自己说：一定要好好学习，把成绩赶上去。

从此，我就很少看电视了。

张冲的日记：

习作是给老师看的。事实上，我爸抽我的脖子，比上官英文的手还重，又用脚踏倒了我。我爸打我打到狠处，就用脚踏。我已经不怕踏了，因为我知道他打着打着就会踏的。我爸说打我骂我是为我好。我不服气。

我爸说我朽木不可雕。我爸说考试不及格就没有资格看电视。

我发现,学习好的孩子能和爸爸妈妈很好交流,学习不好就难交流。

我和我爸没法交流。他也不喜欢和我交流了,不像我刚上学的时候了。

我痛恨槌布石头。我迟早会砸了它!

螳螂捕蝉(六年级)

(课文略)

张冲的日记:

吴王要派兵攻打楚国。一个侍卫官想劝阻吴王,又怕被吴王处死,就想了个办法,每天早晨拿着弹弓在后花园里转来转去。吴王问他为什么要这样?他说:"我在花园里看到一桩有趣的事情。您看,花园里有一棵树,树上有一只蝉。这蝉在高高的树枝上得意地鸣叫,并且喝着露水,可是它却不知道有一只螳螂在它的身后;螳螂弯着身子,举起前爪打算捕捉蝉,但它却不知道有只黄雀正在它的身旁;黄雀伸长了脖子想去啄食螳螂,然而它却不知道我拿着弹弓已经瞄准了它。它们三个都是只想到要取得眼前的利益,而没考虑到隐藏在身后的危险呀!"

吴王恍然大悟,最终打消了攻打楚国的念头。

我读了这篇课文。我想到了我。

我是蝉。老师是螳螂。我爸是黄雀。拿弹弓的是谁我不知道。我想拿弹弓。

习作（六年级）

　　你即将小学毕业，离开学校。请留下你对母校的美好祝愿，留下你对母校工作的建议。
　　到学校各处走一走，看看还有哪些不如意的地方；回忆一下近年来的学校生活，找一找学校领导、老师没有想到或者还没有做好的事情；也可以与其他班级的同学谈一谈，了解他们对学校工作的意见。然后，从中挑选一两件比较重要的事情，想一想应该怎样解决，给学校的校长或老师写封信，在信中提出改进的建议。要把自己的想法写清楚，表达出真情实感。

张冲的日记：
我在学校里走了一圈。从学校大门到院子，到我坐过的每一个教室门口，到操场，连厕所也走到了。
学校的大门和我上一年级时候一样，没变化。门旁边还挂着那块牌子：兴夏小学。
再也不会有老师把我赶到教室外边的拐角罚我站了。
有同学问我："你走来走去干啥呀？"
我说："我想用步子量一下，看咱学校有多大。"
我在操场上仰着脖子看了一会儿天。天很高，很蓝。我朝着天空吹了几口气。

我碰见了上官英文。他说要毕业了你有啥想法。我说没想法。

其实我想说的是:"你很变态,拿学生开心解闷。"

我已经和文昭说好了。要让他心疼一下。

我也看见了英语老师。我想给她说:"你赶紧调走吧,你教的英语太难听了,我们学不来。"我就是因为英语得了零蛋,我爸把我吊到门框上的。

我在厕所里尿了一泡尿。

我最后一次离开学校是我爸把我拉走的。我觉得我像一只鸟,学校一松手,我飞了。

要么学校是一只鸟,我一松手,学校飞了。

我在心里说了一声:拜拜!

我给学校一个飞吻。

(此后,张冲再没写过日记。他到县城上中学了。)

事物的正确答案不止一个(七年级)

从下列四个图形中,找出一个性质与其他三个不同的图形来。

A   B   C   D

对于上面这个问题，你是怎么回答的呢？要是你选择的是 B，那就恭喜你答对了。因为图形 B 是唯一一个仅由直线构成的图形。

不过，也许有人会选择图形 C，因为非对称图形只有 C 一个，所以会被认为与其他图形不同。确实如此，这也是正确答案。答 A 也是可以的。因为 A 是唯一没有角的图形，所以 A 也是正确答案。那么，D 又怎么样呢？这是唯一一个由直线与曲线构成的图形，因此 D 也是正确答案。换句话说，由于看图形的角度不同，四种答案全部正确。

"正确答案只有一个"这种思维模式，在我的头脑中已不知不觉地根深蒂固。事实上，若是某种数学问题的话，说正确答案只有一个是对的。麻烦的是，生活中大部分事物。并不像某种数学问题那样。生活中解决问题的方法并非只有一个，而是多种多样。……正因为如此，如果你认为正确答案只有一个的话，当你找到某个答案以后，就会止步不前。因此，不满足于一个答案，不放弃追求，这一点非常重要。

然而，寻求第二种答案，或是解决问题的其他路径和新的方法，有赖于创造性的思维。……

……

任何人都拥有创造力，首先要坚信这一点。关键是要经常保持好奇心，不断积累知识；不满足一个答案，而去探求新思路，去运用所获得的新知识；一旦产生小的灵感，相信它的价值，并锲而不舍地把它发展下去。如果能做到这些，你一定会成为一个富有创造性的人。（省略号为略去的文字）

课堂讨论的时候，张冲站起来了。女老师有些意外。

女老师：你要发言吗？

张冲：我喜欢这篇课文。

女老师：很好啊，很难得啊，证明你对学习产生兴趣了。

张冲：我没说我对学习有兴趣，我说我喜欢这篇课文。

女老师：那也很好啊。能说说你喜欢这篇课文的理由吗？

张冲：我觉得这篇课文有意思。傻瓜都能看出来四个图形不一样，但说不准为啥不一样。看了课文，再看几个图，就觉得可有意思，越看越有意思，你说怪不？

女老师：不怪啊。这就是学习的魅力。

张冲：我说课文，你总往学习上拉扯，真无聊。

女老师：每一篇课文都是学习，不对吗？无聊吗？

张冲：你看你看，好好一篇课文，让你说得很乏味。你知道为什么吗？

女老师：我觉得你不是讨论课文。你是在给我找事！

张冲：错。课文上说了嘛，事物的正确答案不止一个，你又乏味了吧。你教每一篇课文都要拉扯上学习，再拉扯就拉到考试上了，所以乏味。

女老师：我是这样吗？我从来都鼓励你们多积累，勤思考，灵活掌握知识，多问几个为什么，和这篇课文的精神完全一致。难道不是吗？

张冲：不是。你让我们多问几个为什么，是问为什么考不出成绩，考不出高分。

女老师：仅仅是考试吗？我是强调考试。因为考试是对学习的最好检验。

张冲：老师你又忘了，事物的正确答案不止一个。考试也不是检验学习好坏的唯一手段。你承认不？

女老师：我说"唯一"了吗？唛？

张冲：学习好坏也不能和学生好坏划等号。

女老师：我划等号了吗？你简直是胡说！

张冲：你嘴上没说，但你是这么做的。说一套做一套，无聊又乏味。

女老师：好了，你打住吧你不用说了，我们正在上课。你要是觉得无聊乏味你可以不听。你可以出去。

张冲：真的吗？

女老师：真的。你出去吧。

张冲真出去了。

女老师：同学们看到了吧。这就是"问题学生"。有志气就永远别上课！

张冲从体育老师那儿借了一只篮球，一个人在操场上一下一下拍着，一直拍到下课。

皇帝的新装（七年级）

（课文略）

探究·练习

一、在人们心目中，皇帝是神圣威严的。但课文中皇帝竟然在光天化日之下，在大庭广众之中，赤身裸体地举行什么游行大典。请你对这个丑剧作评论，与同学交流。游行大典完毕，皇帝回宫后，事情将会怎么样呢？大家都来展开想象，想几分钟，争取在班上说一说。

张冲的回答：我没见过真正的皇帝，见过的都是电视和电影上的。在我的心目中，没有哪一个皇帝是神圣威严的，他们能做出那种事的。我想，如果有一位皇帝像课文里的皇帝那样，光着身子一丝不挂，搞一次游行大典秀，一定很火爆。我不觉得丑，我觉得很好玩。

张冲是这么想的：我想了几分钟，游行大典完毕，他们都累了，各回各家睡觉了。皇帝也累了，睡了，有贵妃娘娘陪着，还有两个宫女在旁边给他们扇凉。第二天，皇帝给大家发赏金，说昨天的游行大典很好，很成功，人人有份。皇帝不会相信老百姓的话，因为他是皇帝，不是老百姓。

二、你能想出下列句子的言外之意吗？

1. 他们指着那架空织布机，因为他们相信别人一定可以看得见布料。
2. 有一个小孩子说他并没有穿什么衣服呀！
3. 我必须把这游行大典举行完毕。

张冲：我想不出这几个句子的言外之意。
女老师：为什么想不出呢？
张冲：想不出嘛。
女老师：正经动脑子的时候你就想不出了。
张冲：噢么。

三、老大臣去看骗子织布，什么也没有看见，他万分惊讶："难道我是愚蠢的吗？""难道我是不称职的吗？"皇帝亲自去看骗子织布同样什么也没有看见，万分惊讶："难道我是一个愚蠢的人吗？难道我不够资格当一个皇帝吗？"透过这些问题，你能看出他们对自己的评价吗？他们明明什么也没有看到，却都夸赞布料"美极了"，表示"十二地满意"。这里的教训是什么？

张冲的回答：他们不相信自己的眼睛了。他们应该带上放大镜和显微镜。有许多东西是眼睛看不见的。万一说错了呢？皇帝要撤职查办呢？后来就更不能说了。皇帝会难堪的，会恼羞成怒的，会杀大臣的头的。大臣没有错，因为他是大臣。老百姓敢说是因为他们当不了官，能当官也就不会说了。小孩子敢说是因为天真。天真就是不懂事。多亏皇帝没追查，要追查事情可就闹大了，谁也得不着好处。

四、分角色朗读课文，要读出不同人物的语气、语调，表达出不同的感情。

正分角色的时候，张冲突然提了一个让女老师和所有同学都很意外的建议：我建议把朗读改成表演。老师当皇帝，班干部当大臣和骑士，其他同学当老百姓。
教室里一时寂静无声了。又突然爆发出了一阵哄堂大笑。
女老师和班干部们都看着张冲。
张冲：没人当骗子我当，行不？
女老师的脸色已经煞白了。女老师说了一声"荒唐！"
分角色朗读没搞成。女老师把张冲叫到了她的办公室。

女老师：你为什么要出这样的主意呢？

张冲：我觉得这么有意思。

女老师：你这是正确的学习态度么？

张冲：我不爱学习。

女老师拍桌子了：不爱学习为什么来上学！

张冲：你不爱教书为啥当老师？

女老师：我说我不爱教书了？

张冲：做啥不爱啥，人都这样。我想你也是。没办法嘛，是不是？

女老师：你简直是胡闹！胡闹！

女老师气哭了。

应用文示例（七年级）

通知（示例略）

标题写在正中，文字较多可分行写。

通知对象的名称写在正文之前，顶格写，然后加冒号。另起一行空两格写正文。

下款写发通知的单位和时间。单位名称在上行，日期在下行。有的通知要加盖公章。

日常简单通知内容中明确了通知的对象，对象名称可省略。

张冲按格式写了一份日常简单通知。他早早来到教室，把他的

"通知"用粉笔抄在了黑板上:

通　知

　　因语文老师有病请假,今天的语文课请同学们自行安排。有兴趣和条件的同学可去电影院观看正在上映的大片《十面埋伏》。
校教务处
年　月　日

女老师上课时,一大半同学不在教室。她看见了黑板上的"通知",愣了。

女老师:这是咋回事?

张冲站起来:我写的应用文。

女老师立刻愤怒了:你这是捣乱!恶作剧!欺骗同学!

张冲:我没想骗人。你看我写的通知合不合格式别乱戴帽子好不好?

女老师:你去把上当受骗的同学给我找回来!

张冲:没法找。他们肯定在电影院,我没票进不去。

女老师:一大半同学不在,课怎么上?你造成了严重的教学事故你知道不?

张冲:你说得也太严重了吧老师。

女老师:你去教务处解释吧。

张冲去了教务处。教务处的老师笑了半晌,然后问张冲:你会写检讨不?张冲说会么,三年级就会了。教务处的老师说:你写一份检讨,要深刻一点,别写在黑板上,送到校广播室去。

中午饭时,学校广播室广播了张冲的检讨。张冲全校闻名了。

应用文示例(七年级)

申请书(示例略)
第一行正中写"申请书"。
另起一行顶格写接受申请书的组织名称或有关负责人的姓名。
正文,写清申请的内容和理由。
署名和日期。

张冲的作业:

申请书

北京市公安局:
　　我热爱北京,向往北京。北京是我们伟大祖国的首都。北京人很幸运。北京的学生更幸运,考大学录取分数比我们这儿低许多。我要求把我的户口迁到北京,将来为建设祖国做贡献。
　　请批准!
申请人:初一(6)班学生张冲
年　月　日

女老师用红笔在张冲作业本上的批语：

你的"申请书"不仅符合格式，且有创意，还作了调查，知道迁户口归公安局管，真是用心良苦。事在人为，不妨一试，祝愿你心想事成！

张冲又在女老师的批语后边写了两行：

你知道办不成嘛，别讽刺我嘛。

你的惊叹号把我的作业本划烂了。

应用文示例（八年级）

启事（示例略）

标题，可以写"启事"，也可以标明属于那种性质的启事。

正文，写明写启事的原因、目的和主要内容。

写启事的单位或个人，日期。

张冲的作业：

招聘启事

为了改变语文教学男女比例严重失调的状况，我校决定招聘一批男性初、高中语文教师。要求：相貌端正。品德优秀。有耐心。热爱语文教学工作。有责任心。能和学生友好相处。该管的管，不该管的不管。不歧视，不变态。多教学，少考试，最好不考试。

  教育是强国之本,学生是祖国的未来。我校对这次招聘极其重视,将采用面试、口试和笔试的办法,由学生出题,学生监考,不收任何钱财礼品,不走后门。不送人情,择优录取。

  再穷不能穷教育,再苦不能苦学生。希望有意者踊跃报名。一经录取,待遇从优。

报名时间:9月10日至20日

考试时间:9月31日

联系人:张冲

城南中学(公章)
年　月　日

女老师和张冲的谈话:

女老师:你为什么要写这样的"启事"?

张冲:我的作业嘛。

女老师:我知道是作业。可是——你对女老师有看法?

张冲:我说了嘛,我的作业嘛。

女老师:从你的作业中可以看出,你对我们女老师有看法。

张冲:我没看法。

女老师:那请问,既然是做作业,为什么不写成招聘女老师呢?

张冲:还招女老师啊?我从一年级到现在,教语文的全是女老师。

女老师:如果都是男老师呢?

张冲:不可能。教语文的男老师很少很少。我问过了,其他学校也一样,男少女多。不信你等着看,我上初三的时候,教语文的肯定还是女老师。我敢打赌。

女老师:女老师有什么不好吗?

张冲：我没说女老师不好。

女老师：你不会有性别歧视吧？

张冲：啥是性别歧视？

女老师：重男轻女。

张冲：我爸重男轻女。我没有。

女老师：你不会是对我有看法吧？

张冲：没有，我对你没看法。

女老师：好吧，那就说你这篇作业吧。招聘老师为什么要讲相貌？

张冲：为人师表嘛，也包括相貌。

女老师：我让你看着不顺眼吗？

张冲：你看你，老往你身上扯。

女老师：好吧。有老师变态吗？

张冲：我说的是男老师。我碰到过。

女老师：噢，明白了。你觉得考试多了吗？

张冲：我不爱考试。

女老师：可你的招聘启事不但要考试，还要面试口试笔试，你不觉得矛盾吗？

张冲：我想让老师也尝尝考试的滋味。

女老师："该管的管，不该管的不管"是啥意思？

张冲：就是不要管得太多的意思。

女老师：你认为啥该管啥不该管。

张冲：老师你问得太多了。我就写了一篇作业嘛，你要求要写嘛。你婆婆妈妈黏黏糊糊问了一大堆。我不想说了。

女老师：你别不耐烦啊。作为老师，看学生的作业不应该细致一点吗？

张冲：你细致了吗？到现在你还没看出我作业里的问题呢。我写的是9月31日，9月有31日吗？

女老师看了一下张冲的作业。

女老师：这不是问题，是错误。你得改正。

张冲：我不改了我另写一篇。我照着街道上招聘服务员的启事抄一篇给你算了。

张冲真抄了一篇，看得女老师一阵一阵发晕。

应用文示例（九年级）

简单的总结（示例略）

标题，要反映出总结的范围，内容，时限等。

先扼要说明所要总结的事情，交代有关背景。

再写成绩和经验。这部分是总结的主要内容。

列举事例要有典型性。

最后可以写今后的努力方向。有的总结还要写存在的问题、原因及改进措施。

张冲的作业：

我的自我总结

我要初中毕业了。我把我自己总结一下。我不知道该从哪儿说起，说到哪儿算哪儿。

我上了九年学。我记得我上一年级的时候，我还是喜欢学习的。二年级的时候也还喜欢学习。我能认真听讲，能按时完成作业。每天回家，我都在家里看课文做作业。我爸给我支了个石头桌子，就在我家的院子里，是我奶奶我妈过去槌布的槌布石头支成的。四方四正，青色的，比木桌子还要平整。我爸说石桌是火箭发射基地。他希望我好好念书，考大学，将来能上天入地成龙成虎，其实就是成为人人都羡慕的大人物。那时候，我爸和我很亲热，经常凑在我跟前，挨着我，和我说亲热的话，后来，我让我爸失望了。我成了不爱学习的孩子。我爸不再和我亲热了，总是斜着眼睛看我。因为我考试不及格，我爸用绳吊过我，还把我往牛槽上拴过。这时候，我妈就哭，就安慰我，说我爸是为我好。我妈怕我恨我爸。我也许恨过我爸，但我更恨那块槌布石头。我把它砸成了两半截。

现在，我爸几乎不和我好好说话了。总看我不顺眼。我想，我要考不上高中，他会干脆不和我说话的。

我爸说他咋也想不明白我为什么不爱念书。其实，我自己也不知道我怎么就不爱念书了。

为了让我好好念书，我爸托人找关系，把我转到县城上中学，其实这时候我已经对念书没有兴趣了。

我不爱学数理化，英语更糟。有点兴趣的是语文，因为语文课里有许多故事，我喜欢。也许我不喜欢还好一些，一喜欢就乱动脑子，出洋相，故意惹老师生气，让老师难堪。我不能把心思用在正经地方。我拿自己没办法，自己管不住自己。

我成了"问题学生"。我承认我是问题学生。我做了许多中学生不应该做的事情，我在学校外边做的事就不用说了，说了会让老师和父母更头疼。

有人说:"我家孩子天生就是念书的材料,不用大人操心费神,人家一路顺风,一直顺到大学里去了,还是重点大学。成功了。"

也有人说:"我家孩子天生不爱念书,就是送到天堂里的学校去,让孔子当老师,也念不好。坏话好话啥话都说尽了,打呀骂呀啥手段都使了,还是个念不好。没法成功。"

有人说:"我家孩子念书时好时坏,大人操不尽的心,请家教报各种强化班,这才赶上去了,考上了大学,终于成功了。"

也有人说:"我家孩子,学习成绩一直居中不上,也请家教了报各种班了,最终还是个不成功,没考上。"

我不知道我是天生不爱念书的料,还是后天念不好书的料,总之,我念不好书。

我爸的说法是:"天生的也罢不是天生的也罢,最后都归结到一个字:命。人各有命,都是命的问题。"

我是命的问题吗?我想不来。但我知道我不会成功的。

课文里有一个成功的公式:天资 + 勤奋 + 机遇 = 成功。如果我天生念不好书,心思又用不到正路上,有机遇也就轮不到我了。我的公式就是:没念书的天资 + 心思不在正路上 + 没有机遇 = 不成功。

有一篇课文里说:多问几个假若。我对自己问过许多个假若。假若我怎么怎么,就会怎么怎么。问的结果都是:因为我不喜欢念书,所以,不管怎么假若,我也考不上大学。

还有一篇"论美"的课文。我想我虽然念不好书,考不上大学,但我会不会美呢?有时候我觉得我是美的,更多的时候觉得我不美。老师也不会认为我是美的。在我爸的眼里,考不上大学怎么也不会美,也许是社会的垃圾。其实,我爸已经把我当垃圾看了。有的老师也这么看我。我还是个学生，就已经是垃圾了吗？我很不服气。

不服气！不服气！！不服气！！！

我知道我考不上高中。如果我上了高中，那就是我爸托人找关系送礼了。我是为了我爸我妈才上的，所以，就是上了高中，也念不好的。

（这是张冲初中毕业前的最后一篇语文作业。他把它交给了语文老师兼班主任李勤勤。后来，正像他在作业里说的，他上了高中，没念好，只念了一年多就不念了，离开了学校。）

（注：本章所采用的课文均选自2001年后经全国中小学教材审定委员会审定的课本，小学部分的编著者为小学语文课程教材研究开发中心。）

第六章 他

他和月亮

他在他妈怀里的时候,他妈抱着他,指着天上的月亮,说:亮亮。
他就说:亮亮。
后来,他妈说:月亮。
他说:月亮。

后来,他就看月亮了。
看圆圆的月亮。
看半个月亮。
看月牙儿……
它在天上。

后来,他知道了嫦娥奔月,砍树的吴刚。
还有玉兔。

知道了月亮是地球的卫星。知道了火星，木星，还有海王星和冥王星。

当然还有地球。

知道了登月火箭，宇宙飞船……

在课本和电视上看的。

他觉得宇宙很奇妙。他想不来宇宙为什么会这么奇妙。想破头也想不出。

就因为人是在地球上吧？地球也是宇宙里的一样东西。

月亮也是。

月亮在天空里，和所有的东西是连在一起的。

宇宙是连在一起的一串子东西。

月亮也是。

我爸我妈也是。

我也是。

还有老师和学校。

还有文昭……

看着月亮的时候，他知道的就搅在了一起。

一忽儿，他相信课本里电视里说的，一忽儿又不相信了。

一忽儿，月亮很奇怪，一忽儿，月亮又很奇妙了。

小孩子会急着长大的，

月亮不会。

他不想看月亮了。

他看得最多的还是月亮。

包括他小时候，

包括他小学的时候，

包括他中学的时候，

也许还包括他少年犯了的时候……

月亮的光是反射太阳的光么？

坐在院子里的槌布石头跟前看月亮，满院子的月光像水一样。

但不是水。

踩一下吧。你以为月光会像水一样，像蝴蝶一样飞起来，

其实飞不起来。

踩住它吧。踩不住的，

它爬在你脚上了。

也抓不住地。你抓一下，伸开手，你满手里都是月光，但不是你抓住的。

他爸把他吊在门框上的那天晚上就有月亮。

他是从窗口看它的。

它很远。很远很远，越看越远。

又好像要到窗子跟前来了，很近。

其实，它没远也没近。

其实有两个月亮。一个在天上，没近也没远。一个在他的眼睛里。

只要不闭上眼睛，眼睛里的月亮就在，

在泪水里亮着。

他爸把他拴在牛槽上的那天晚上也有月亮。
他也是从窗口里看它的。
它在天上。也在他的眼睛里。
眼睛里的月亮干巴巴的,
因为他的眼睛里没有泪水。

他爸不吊他不拴他的晚上,他也看过月亮。
在城南中学的宿舍里,
在城南中学的操场上,
他一个人。

离开城南中学的许多个晚上,他也看过月亮。
在县城的街道上,他一个人抽着烟卷。
在文昭的出租屋里,文昭睡了,他一个人喝着啤酒。

月亮又是奇妙的了,
不是奇怪的了,
和什么都搅在一起了。

搅不在一起的是苗苗,
他会在看月亮的时候想起她。
月亮里有苗苗身上的香气,
他能闻见。

人会长大的,

月亮会么?

亮亮。

月亮。

圆圆的月亮。

半个月亮。

月牙儿。

看月亮的少年张冲在月光里能闻见苗苗身上的香气。

他和圈圈和本如法师

　　他自己也不知道他怎么会想到圈圈,想到他好像在一个圈圈里。

　　他刚到县城上学的时候,县城东边新建的广场上有一尊很大很高的雕塑,叫"后羿射日",一个光屁股男人,披头散发,鼓着一疙瘩一疙瘩肌肉,拉圆了弓,搭着箭,对着天空,好像真能把太阳射下来一样。结果呢?就在那一年,光屁股男人没把太阳射下来,却制造了两起空难:从北塬上的飞机场起飞的两架飞机从天上掉下来了,死了好多人,成了报纸和电视里的大新闻。然后,上边就下来人了,说光屁股男人雕塑莫名其妙,要换。然后,就真扒掉了光着屁股朝天空射箭的男人,另雕了一头使蛮力的牛,浑身也是一疙瘩一疙瘩肌肉,蹄脚要蹬进地里去一样。结果呢?人们就改了话题,不说空难说雕塑了,说光屁股男人的箭虽然射不出去,但没日没夜地那么对着天空,别说是飞机驾驶员,就是一只飞鸟也会心惊肉跳神昏头晕往下掉的,所以要换成牛,埋头使劲奔小康。

他当然听到了这些说辞。他本来没在意那尊光屁股男人。就因为听了这些说辞，他就想光屁股男人了。他主要不是想他的光屁股，主要想的是他拉圆的弓和那支永远射不出去的箭。

箭是死粘在弓上的，拉得再圆也射不出去。

这就从圆想到圈了。把自己想进去了。

他想他好像在一个圆圈里。好奇怪好奇怪的一个圆圈，看不见摸不着。和空气一样，明明有，却看不见摸不着。真烦真烦。

那些天，他心里时常发烦。这个说，张冲啊你咋能这么这么嘛！那个说，张冲啊你难道不能那么那么吗？他爸干脆说，你别给人说你是我尿日下的。女老师不敢说难听的话，但他知道女老师，还有男老师，还有同学，他们看他的目光连结成一个圆圈圈，让他浑身不舒服，不自在，就像那个光屁股男人，把弓拉成了圆，却射不出去箭。他想，他一定很难受，和我一样难受。他难受是因为要射箭射不出去。我呢？我想脱了裤子让屁股晒太阳，放屁也成，无拘无束不藏不掖，自由屁股自由屁，对着太阳放，最好能放出响声。他们不让啊！他们说不能啊你应该想着念书不应该想着放屁，就是放屁也得按规矩放啊！

其实我比他难受，他是雕塑，我是活人。

活人不能被尿憋死，更不能让屁憋死。

那些天，十五岁的少年张冲就是这么想的。想那位已经被扒掉的光屁股拉弓射箭的男人，想他自己，想那个看不见摸不着可奇怪可奇怪的圈圈，想活人不能被尿憋死。

有时候他会溜出学校，一个人在县城外边胡转，就转到了城西边的无量庙。庙里的住持本如法师一见他就双手合十，连念了几句阿弥陀佛。

他说："我心烦我逃学了，出来胡转呢。"

本如又念了一句阿弥陀佛。

他说:"我在你这儿转转行不?"

本如法师称他小施主,说:"佛地不拒梦迷人,小施主请便。"

他就把手插在裤兜里东转西看了。本如法师跟着他。

然后就转到了佛殿里,就看到了佛殿里的佛像。

他扭头对本如法师说:"请教你个问题行不?"

本如法师念道:"苦海无边,回头是岸。"

他说:"这话我听过。我想问的是,佛的头上有个圈,我觉得我的头上也有,我是不是菩萨?"

本如法师又念了一声阿弥陀佛,一脸微笑,说:"佛非肉身,人为凡胎。在佛为光,在人为绳。"

他说:"我明白了。你说佛顶上是光圈,我头上是绳圈。你让佛把我的绳圈变成光圈行不?"

本如法师又念了一声阿弥陀佛。

他说:"我明白了。佛办不了我的事。我想尿了憋了好长时间哪儿有茅房?"

他跑出佛殿,来不及找茅房,就在佛殿旁边的墙跟前解裤带了。

回头一看,本如法师在他后边站着。

他说:"我不是贼,不会拿你一针一线的。"

本如法师念道:"阿弥陀佛。"

他解着裤带:"我来不及了。"

本如法师:"阿弥陀佛。"

他把裤带抽下来,在手里扬了扬:"裤带也是个圈圈,我解开了。"

本如法师:"阿弥陀佛。"

他尿完了,绾好裤带。

他说:"我又系上了。"

本如法师:"阿弥陀佛。"

他问:"你一天这么念多少次?烦不烦?"

本如法师:"阿弥陀佛。"

他把手插进裤兜,说:"我觉得你挺好。下次我再来。"

再来的时候,他留长头发了。

他说:"我觉得你这营生挺好,无忧无虑,有吃有喝。"

本如法师微笑着:"阿弥陀佛。"

后来,又染发了。

他说:"你这营生虽然好,就是太单调了。"

本如法师微笑着:"阿弥陀佛。"

再来,就和本如法师告别了:"我不念书了。我到一个地方当保安去呀。"

本如法师微笑着,点了一下头,念了一句曾经给他念过的话:"苦海无边,回头是岸。"

他把目光在本如法师的脸上停留了一会儿,然后说:"再见。"

他的话

你不能对你爸你妈好一点吗?

我想对他们好,我办不到么。我想不通他们咋就那么想让我把书念好,咋就非要一个念不好书的人把书念好。我念不好么,没办法。

你和你爸你妈好好说嘛。

没法说么。说不到一起么。然后就没话说了。我想好好说，没话说咋好好说？想找一句也找不来。最烦人的就是没话找话，烦到我想砸东西扇自己耳光。烦到我犯晕。烦到我想让他们和我都没了去。没不了，就只好少见，少说。最好不见。见怕了，怕见了。

你一个人在县城不想他们吗？

想么。天天都会想。不敢多想，只能想一会儿。因为一想就想的是我爸我妈的嘴，还有声音。哇哇哇哇！哇哇哇哇！我爸永远都是这，连个变化也没有。我妈的声音是随着我爸的脸色的。受不了受不了。天天都会想到他们。

你就不可怜你爸你妈么？

可怜？不可怜。为啥要可怜呢？

你让你爸你妈头疼。

我也头疼。比他们还疼。我一大部分头疼是因为他们为我头疼。他们不为我头疼的话，我就会少一些头疼。

你爸你妈希望你能让他们脸上有光。

他的脸上的光为啥给我要？难道他们是月亮，我是太阳？

这个比喻好。你就这么想，不行么？

我不是太阳嘛。他们也不是月亮啊。

他们是父母，你是他们的儿子。

坏就坏在这上边了。谁不是谁的父母就好了，谁也不是谁的儿子。

这不可能嘛。可能吗？

我知道不能。我就这么想嘛。

我爸拿了一根绳。我爸说手。我知道我爸要吊我了。我很害怕。我说不！我爸说手！我说不！我不想让我爸吊我。我把手伸给我爸的时候，我想我要尿裤子了。我想我肯定会尿裤子的。

我没尿，你说怪不？我爸把我一吊上门框，我好像飞了一下，手腕就勒疼了，把尿疼回去了。也把害怕疼回去了。我吊着，一会儿，手腕麻了，不疼了。

我爸就吊过我这一回。后来是我自个儿吊的，自己吊自己。我想快点长高。我吊过好多回。我不知道起没起作用，反正我长高了，长大了。

我妈问我：槌布石头把你咋了？我说没咋。我妈说没咋你咋把它砸坏了？我说我说不清，我想砸它了，我早就想砸它了，撒邪气么。我妈说你小小个娃咋就有邪气了？我说我不知道，有了就有了。

人为啥要念书呢？都说学知识学文化嘛。学知识学文化能咋？建设祖国啊。不念书就不能建设祖国了？过去没多少人念书，祖国就不建设了？就饿肚子了？饿瘦了？饿死了？没么。祖国还是祖国。念过书能更好地建设？念过书的人还有当汉奸卖国贼的呢！

说不念书的人没有念过书的人活得好，也不见得。有的念着念着念不下去了，跳楼了，咋解释？念成的人也有自杀的。书念得太多想得太多把自己缠在书里缠死了。没死的我看活得也不咋样。咱老师都是念成了的人，有几个活得好？上课差不多都是苦瓜脸。你自己苦瓜脸也罢，还整天苦瓜着教训人：好好念啊！念啊！把别人也整成了苦瓜脸，上到高三就没几个人会笑了。

文昭说哥你一定得找个女朋友，我就找了孙丽雯。

有时候我觉得孙丽雯是我女朋友，有时候又觉得不是。

我骑着马三宝的本田，戴上减速眼镜，80码，有时100码也敢，听着摇滚，听孙丽雯在后边搂着我的腰哇哇叫，可刺激可刺激。我喊着问她：老婆咋样？她一边哇哇叫一边说刺激死了老公刺激死了，把我搂得更紧了。

她挺好的，挺乖。我说我喜欢女娃留短头发，她就留了短头发。还给我买烟。她有工作，挣钱了嘛。

她只哭过一回，在文昭的出租屋。我说我想让你脱了衣服看你，她就脱了。我没敢看，把眼睛闭上了。我听见她在哭。我睁开眼睛的时候，她已经把衣服穿上了。她不哭了。她说我知道你喜欢苗苗。我说没有。其实我说不清我是不是喜欢苗苗。孙丽雯没生我的气，她挺好。

我觉得满世界都埋着地雷，走一步都会踩上一颗。"咣！"炸了，我爸头疼了。我妈抹眼泪了。"咣！"又炸了，老师瞪眼了，吊脸了。"咣！"又炸了，我自己想打人了。

文昭也一样。"咣！"炸了，女朋友怀孕了。女朋友倒没怎么，女朋友家里的人不行了，找我姨夫找学校，惹了一串子事。

要真是地雷就好了，那就炸死了。对我爸就好了。我爸不会伤心的。看我爸的那股气，好像要下我这么个儿子还不如不要。

我不会自杀。我就这样了。我管不了那么多。地雷就地雷，反正炸不死。管它呢，胡踩！

……

他和苗苗的谈话

关于头发

苗苗的讲述:"我没想到初二年级的第一关,竟然是头发。班主任宣布说,女同学的头发不能长过衣领。我赶紧摸了一下我的头发。其实我的头发并不长,就过了一点点。我心想为啥?我看着班主任老师的脸,听她哇啦了一大堆。

"我可反感可反感。也太霸道了嘛。也讨厌她宣布规定的口气,像女监里的狱卒。凭啥嘛凭啥嘛?偏不剪!

"许多同学都剪了,我没剪,就找我谈话了,施加压力,不剪不行。我越听越气愤,更不愿剪了。我回家请求支援。我先找我妈说。我说妈哎你给教育局写信投诉。你猜我妈怎么着?我妈幸灾乐祸,说好呀好呀看着你的头发挡着眼我就不舒服我支持老师。我又找我爸。就因为我妈的态度,我以为是因为我妈的态度,我爸摸了一下我的头,说:可怜的女儿,听老师的吧。然后就看报去了。我哭了一晚上,啥时候睡着的不知道。

"我还是不剪。我不知道老师哪来那么大的毅力,天天找我谈话,就像用棉花包起来的鼓槌一样,外软内硬,一下一下敲打我:精力要放在学习上啊咚咚!最好不要关心头发啊咚咚!听得我快要得心脏病了。我支持不住了,就剪了。

"但我要保留我的一点反抗。我留了三绺头发,你看——"

苗苗确实留了三绺长头发,她把它们拉下来给他看。两个耳朵背后各一绺,埋伏在众头发之中。还有一绺在后边,用卡子卡着,搭眼看不出来。

苗苗:这就是我的反抗。我想表示时,就把它们放下来,给它们自由,垂着,飘着。我妈知道我的小心思,讽刺我,说:弱小民族的小心眼嘛,无力的反抗嘛。我爸只笑不出声。你说气人不?

他想了一会儿:我支持你。你等着看。

半年后,再见到苗苗,他已经是长头发了。他把手插在裤兜里,让苗苗看他的头发。

他:咋样?

苗苗:你们学校让啊?

他:不让,我彻底反抗。

关于苗苗的"病"

苗苗的讲述:"我刚从乡下来县城的时候,哪门课好像都跟不上。我心里着急。我妈我爸比我还着急。最着急的是我妈。她东跑西颠劲可大了,给我报了几个班,还请了一个英语家教。我妈说:你不是不聪明,是在乡下耽误了。我妈认为我不但应该赶上去,还要比其他同学优秀。我说可能吗?我妈就瞪眼,说:咋不可能?完全可能!

"那就学吧。没日没夜地学。语文数学英语自然思品,然后又有了理化。车轮一样天天转,还是达不到我妈的理想。我努力了,还是达不到。我妈老对我发泄不满,花样繁多。她怕我看电视,出门时就说:我可把时间留给你了啊,你要看电视谁也没办法。我家有一只猫,老跳到电视机上睡觉打盹。我妈就说：猫咪啊你一跳就跳上去了，苗苗姐姐咋就跳不上去呢！

"我很委屈，不能给我妈我爸说，就一个人哭。我在课堂上晕倒过几次，也没给我妈我爸说。

"我不知道我妈咋知道的。我妈问我是不是？我说就是。我妈害怕了，问我爸咋办？我爸说太累了吧。我妈说不行，要检查，就拉我去医院检查，做脑电图。医生说我是癫痫，给我开了一大堆药。按医生的说法，我至少要吃10年以上。

"我心里也害怕。我憋着不说。我妈我爸看着那一堆药也不说话。

"那天吃完晚饭，我妈问我想不想看电视？我说不想。又问我想不想出去散散步？我说不想。我妈说那就早些睡。我说不看书了？我妈和我爸互相看了一眼。我妈说不看了早些睡。我妈亲自给我铺好床，放好枕头，还倒了一杯水。等我躺进被窝，又给我掖好被子，在我跟前坐了很长时间，摸我的头，临走前还在我额头上亲了一下。我妈一拉上门，我的眼泪就再也盛不住了，一个劲往下流。我妈从来没这样对待过我。

"第二天早上，我爸亲自给我梳头。我妈热牛奶。然后，我妈把我送到学校。我妈给班主任老师交代说：这孩子有病了，啥病你不要问。今后你们不要给她压力，作业做完也行，做不完也行。每天中午让她回家，她得午睡，醒来再来学校上课，来晚了不要批评她。

"老师被我妈的话吓住了，说能理解完全能理解。

"那一学期，我就是这么上学的。可轻松，也可奇怪，期末考试，我的成绩竟然往前跳了一大截，跳到前十几名了。班主任也奇怪，开家长会的时候，问我妈是咋管我的，其实是想让我妈说给其他家长听，讲经验。我妈说我没管啊，弄得老师可尴尬。

"我妈可得意了。他们决定带我去省上的大医院挂专家会诊号。你猜怎么着？专家会诊的结果是，我没病。县上的医生误诊了。我记得可清可清，专家说我是兴奋神经和抑郁神经协调不好，睡眠不踏实，常说梦话。

"出了医院大门，我妈抱着我，和我一起流眼泪。我妈说苗苗你没病了。我妈说苗苗妈以为你一辈子要和病打交道了妈没有一天不心疼你睡觉起来一睁眼想的就是你想你的病。我妈一脸笑，眼泪扑簌簌往下流，流啊流啊。我心里咯噔了一下。我说我没病了你和我爸又会像以前那样对我让我学习了。我妈流的眼泪更多了。我妈说不会的苗苗你放心不会的，妈永远对你好。

"结果呢？我妈我爸又一点一点倒回去了。我妈我爸的心里，一个健康的孩子咋能放心她的学习呢！咋敢放手不管呢！我的温暖幸福时光就这么结束了。"

他听得很认真，听完了，捡起手跟前的一块土坷垃，扔到沟里了。

他：原谷掉到原囤里了。

苗苗点着头。

他：乌云遮住阳光了。

苗苗点着头。

他：没办法。

苗苗点着头。

他：你能考上高中的。

苗苗点着头。

他：考上大学就好了。

苗苗不点头了。苗苗抱着腿，看着远处。

他们在县城西的沟岸边坐着。

他点着了一根纸烟,一口一口抽着,不时看一眼苗苗。

关于"难受"和臭蛋蛋

苗苗:我怎么这么难受呢?

苗苗:我不想吃东西,没食欲。

苗苗:看见草莓也不想吃。

苗苗:我咋就这么难受呢!老想哭,又不知道为啥想哭。

苗苗:我还没生活呢,咋就觉得没意思呢!

他:我也难受。我能把难受变成不难受,你看,抽烟,染头发,惹是生非,多了。

苗苗:我为啥就不能?

他:你别。我已经坏了,你别坏。

苗苗:你坏了么?

他:他们都说我坏了。我爸,老师,同学,都这么看。有时候我也觉得我坏。

苗苗:你别坏嘛。

他:我憋不住么。

苗苗:我要憋不住了咋办?

他:你能的。女娃的忍性比男娃大。

苗苗从衣袋里掏出一枚樟脑丸,在地上画了一个圈,把几只蚂蚁圈在里边了。

他:臭蛋蛋么。

苗苗:是臭蛋蛋。

他:哪来的臭蛋蛋?

苗苗：在我妈衣柜里拿的，咋啦？

他：不咋。

苗苗：蚂蚁闻不得臭蛋蛋的味，画个圈，就跑不出去了。小时候我奶告诉我的，我就拿我奶的臭蛋蛋在院子里画圈，圈蚂蚁。你看你看——

苗苗像回到了小时候，一脸笑。

几只蚂蚁在圈里转着，转得很辛苦，转不出去。

他们看着那几只辛苦的蚂蚁，看了好长时间。

苗苗：算了让它们出去吧。

苗苗用脚蹭去了那个圈。

苗苗：咱回吧。

他们回了。

关于"怪人"

苗苗：现在怪人可多了。

他：咋怪？

苗苗：我家邻居有只猫，起了个名字叫汤姆。明明是中国猫，非要起个外国名，整天"汤姆汤姆"叫得可亲了。北京上海还行，小县城就觉得可怪。

他：你知道我三叔给他家狗起个啥名？皇上。

苗苗：皇上啊？

他：我三叔每次牵出去遛的时候都要给狗作个揖：皇上，咱微服私访去。

苗苗：不磕头？

他：不磕。磕头就神经病了。

苗苗：不知道有没有叫县长的？

他：没有吧？级别太低。

苗苗：我家还有个邻居，老头八十岁了，每天早上起床都要唱一句《国歌》：起来——不愿做奴隶的人们……

他：文昭他爷才怪，他——

苗苗：你别急嘛还没说完呢。我家还有个邻居，是个老太太，每天睡觉前都要在院子里做个造型：孙猴子望远。她说不做睡觉不踏实。

他：文昭他爷闲得没事干，每天要学几声驴叫唤：哼哈——哼哈——突嘟嘟嘟……

苗苗看他认真学驴叫的样子，笑翻了：啊哈哈哈太像了啊哈哈哈……

他：咱一起笑。

他也放开声笑了。他们比赛一样，一直笑到缺气了。

苗苗：笑死了笑死了，痛快死了。

他：以后咱每天都这么笑一回。

苗苗：咱也成怪人了。

他：怪就怪。

关于"那1分"

苗苗：他们怎么能那样嘛怎么能那样嘛！

苗苗是哭着进来的，在文昭的出租屋。苗苗用手背一下一下抹着眼泪。

他立刻来了精神，"噌"一下，从床沿上站起来：谁？他们是谁？

苗苗的眼泪抹不断一样。

他：说嘛，你只说他们是谁！

苗苗：我妈么。我爸么。老师么。

他重新坐在床沿上了。

他：咋了？

苗苗：考试嘛。分数嘛。

他：没考好？

苗苗：明明考好了嘛。期中考了75，这次是89嘛。

他：那还哭。我从三年级以后就没考过这么高的分，哪一门都没有。考好了还哭啊！

苗苗：就是嘛，我以为我能得到表扬呢！没有嘛，听到的每一句都是遗憾，都是痛惜。老师说可惜太可惜了多考1分就是90，再细心一点哪怕答对一道小选择题呢！我妈说是啊你咋就不细心嘛细心那么一点点嘛！我妈翻来覆去地看卷子，好像我弄坏的一样东西，好像我给上边抹了鼻涕。弄得我可没面子可不光彩。我考好了我没轻松没愉快反倒郁闷反倒压抑。可委屈可委屈。我说爸啊这是咋回事啊！我爸说别委屈嘛，高中生了嘛，受不了委屈咋进步嘛。登山登到关键处多一步少一步风光完全不同啊。考大学多1分少1分也许就是个坎啊。多1分就上重点线了少1分就只能二本三本了。我考好了他们没人为我高兴你说他们咋回事咋就这么残酷嘛呜呜……

苗苗又抹眼泪了。

他：唉，多亏他们是你爸你妈，要不我就抽他们去了。

苗苗不哭了。

他：要是另外的人我就真抽他们去。

苗苗：他们把人弄得可没意思了。念啥嘛真不想念了。

他：别嘛。

苗苗：我不念了。

他：别嘛。

苗苗：真想跑了去。咱干脆跑了去，跑得远远的，行不？

他：不行。

苗苗：为啥？

他：我行，你不行。

苗苗：为啥？

他：你要考大学。一定要。

苗苗：为啥？

他：你能考上的。你好好念。

苗苗：那你也好好念。

他：我不了，我念不动。我是混时间呢。许多人跟我一样，念书是混时间呢，他们装样子装得好，好像在努力。我不装。

苗苗：我想想我……我也是装样子吧？

他：你不是。我说了你能考上的。你好好念。你忍着，忍也能忍到大学去。

苗苗：你呢？

他：我还没想好呢。

苗苗：咋想？

他：想好了就告诉你。

苗苗：你肯定已经想好了。

他：真没有。

苗苗：你可要好好想啊。你保证你好好想。

他：我保证我好好想。

关于"好汉查理"

他：我初三时的班主任李勤勤，我给你说过吧？说过的。她爸死了。也是个老师，教了一辈子书，人挺好。在床上瘫了几年，自杀了。我去李老师家帮了几天忙。李老师挺不容易的，人也挺好。她动员我回学校，还说她帮我补课。

苗苗：真的？

他：真的。

苗苗：你回么？

他：不回。

苗苗：为啥？

他：不愿意。

苗苗：你真不回了？

他：不回了。

苗苗：那咋办？

他：我是来向你告别的。

苗苗：啊？

他：我去打工啊。

苗苗：去哪儿？

他：有个朋友介绍我去当保安。

苗苗：你想好了？

他：想好了。我说过想好了就告诉你。

苗苗：我觉着不好。

他：为啥？

苗苗：不知道，就觉着不好。

他：我是大人了。我得找个事。我不想花我爸的钱。我自己挣。能挣来的。

苗苗：这我信。

他：肯定能挣来的。

苗苗：你朋友可靠不？

他：可靠。我觉着可靠。

苗苗：现在骗子可多了。

他：他不是。

苗苗低头想什么了。

他：苗苗。

苗苗抬起头，看着他。

他：你还记得好汉查理么？

苗苗：你猜。

他：我一直记着三年级的那篇课文，《好汉查理》。

苗苗：还有你的作业呢。我也一直记着。

他：那你就应该放心。我不会偷不会抢，"好汉查理从来不随便拿人东西"。

苗苗：不对，是"好汉张冲"。

他："我会做个好汉。"

苗苗："你会的，我从来就相信。"

他：虽然我不念书，不考大学，我会做个好汉的。

苗苗：我信。

他：真信吗？

苗苗：真信。

他从来没在苗苗跟前提说过苗苗身上的香气。

他的供述

法官:姓名?

他:张冲。

法官:哪儿人?

他:新潮娱乐宫的,保安,临时工。

法官:问你籍贯呢!

他:南仁村的,身份证上有。

法官:年龄?

他:快十八了。

法官:啥是"快十八了"?

他:十七岁零十一个月,身份证上也有。

法官:好么,犯事也会掐时间。

他:啥意思?

法官:晚一个月你的事就得按成人的规矩办了。

他:为啥要晚一个月?

法官:多亏没晚你说吧。

他:我没掐时间。

法官:好了掐不掐不说了,说你的事。

他:咋说?

法官:咋做来就咋说。时间,地点,原因,过程,都要说。

他：时间就是那天么。地点就是新潮娱乐宫么。原因是我早就想收拾他了么。那天刚好有机会，我就按我想好的收拾了他一下。

法官：啥叫"收拾了他一下"？

他：我用手铐把他铐在床上，剜了他一只眼。我想给他留个终生纪念。

法官：你得详细说，说详细一点，知道不？

他：咋详细？

法官：你和受害人是咋认识的？

他：受害人？

法官：对呀，你剜了人家眼睛嘛。你们咋认识的嘛。

他：他老来消费嘛，就认识了。

法官：你们之间有什么过结没有？

他：没有。最多打个招呼，点个头，他连头也不点。

法官：那是咋回事嘛。

他：我看不惯他嘛，烦他嘛。后来就想收拾他了嘛。

法官：为啥看不惯？为啥烦？从烦到收拾总有个过程吧？要说清楚。

他：也没多少过程。他从来消费不掏钱，好像娱乐宫是他家的。他不掏钱我们老板就得掏嘛。他玩小姐嘛。他不给小姐钱老板就得给。人家小姐就是来挣钱的嘛，不容易嘛。我们老板也烦他，来一次烦一次来一次烦一次，没一次不烦的。只能背后烦，不能让他看出来，不敢嘛。他知道了娱乐宫就办不成了。他是局长嘛。他挑三拣四，今天要这个，明天要那个。这个不行，眼睛太小，那个不行，鼻子不好看。玩就玩，别欺负人嘛。他欺负人。好多回把小姐从包厢里赶出来了，还骂脏话，小姐只能呜呜哭。就因为他，几个小姐都离开了。你说烦不烦？该不该收拾？在公安局你是局长，在娱乐宫你就是消费者嘛，不能耍横嘛，坏人家生意嘛。

法官：老板烦他给你说过没？

他：说过么。不说也能看出来，是谁都会烦他的。

法官：老板给你咋说的？

他：老板说没办法，人家是局长。

法官：还有呢？

他：没有了。

法官：真没有了？

他：真没有了。

法官：你想好啊。

他：真没有了，咋啦？

法官：不咋。你说的都记在这儿了，你要按手印呢。按了手印要改可就麻烦了，明白不？

他：明白。

法官：明白就好。你继续说。你只是娱乐宫的一个普通保安，是吧？

他：是啊。在他的眼里，我们这些保安不如一只狗，他看都不看一眼。在他的眼里，娱乐宫里的所有人都不如一只狗。有什么了不起嘛，局长还是个副的嘛。腰里别一把枪看着牛哄哄的，里面没子弹嘛。

法官：牢骚就不发了，说你的事。

他：我想收拾他了，就收拾嘛。找机会嘛。

法官：咋找机会？

他：也没咋找。他来了就能收拾了嘛。我买了一副手铐。哪买的？

忘了。人家偷着卖嘛，不让外传嘛。你别问，我不会说的。我只说我的事。我给我的几个哥们说我要收拾他，让他们搭个伙帮忙。他们不敢。我说你们别怕他枪里没子弹。我说把他铐住了你们就出去，剩下的事我做，我不连累你们。他们说行。然后我就等他来。他来了。

法官：然后呢？

他：又挑三拣四嘛，要这个要那个。还讽刺我们老板说，你能开个尿娱乐宫找个能看的小姐都这么难你干脆关门算了。

法官：然后呢？

他：我给老板说我给局长安排吧我保证让他满意。老板说好吧你安排。

法官：还说啥？

他：没说啥，就让我安排嘛。

法官：老板知道你咋安排吗？

他：不知道，我没给他说。不能说。他知道就不让我安排了。

法官：好吧你接着说。

他：我进包间的时候他还在生气。他问我进来干啥？我给他笑了一下。我说您别生气我给您安排保证让您满意。他说不安排了滚吧。我没滚，我给他笑着。他真要走，在衣帽架上取他的大盖帽。我"咔"的一下就用铐子铐住了他的一只手。我已经练了好长时间，很麻利。我说您不能走啊您走了我没法给老板交代。他以为我跟他玩呢。他说不让走也不能铐啊你哪来的这东西？我说进来赶紧！几个哥们就进来了。我很容易就铐住了他的两只手。他没想到嘛，没防备嘛。他是铐人的，想不到有人会铐他嘛。我说别走嘛别走嘛，就把他铐在了床头上。他这才知道不对劲了，要喊人。我就用毛巾把他的嘴塞住了。他可气愤了，胡蹬腿。我让几个哥们出去了。我关上门。我说你胡蹬吧看你能蹬多长时间。他不蹬了,眼睛瞪得像牛眼。我说你就是把眼睛瞪成老虎豹子也没用。我说你是个瞎货你知道不?我说你肯定不知道我早就想收拾你了现在知道已经晚了。我说我铐了你放了你回头你会不会收拾我?他一个劲给我摇头。我说你就是把头从脖子上摇下来我也不会相信你的。他又很气愤了。又给我瞪眼睛了。我一下子就来气了。我最烦的就是谁给我瞪眼睛!我说我讨厌你给我瞪眼!我就剜了他一只眼。我知道我惹事了。我给老板说我惹事了你赶紧叫救护车我报案去呀!我就报案了。

法官:你这叫投案自首。

他:对,我就投案自首了。

法官:怎么想到用小勺子呢?

他:我吃饭用的,正好在身上装着,就用小勺子了。小勺子好嘛,伤不到其他地方嘛。其实我事先没想这么弄他。他给我瞪眼睛嘛。我都把他铐住了他还给我瞪眼睛,还耍他局长的威风,你说气人不?

法官:说完了?

他:完了。还想让我说啥?你问么。

法官:你知道这是犯法么?

他:知道。肯定么。你想想,剜人家眼了嘛。

法官:后悔不?

他:后悔?后悔也不后悔。

法官:啥意思?

他:后悔也来不及了么。来不及也后悔么。

他现在的地方

某少年劳教农场。正规的称谓应该是少年管教所吧?

2009 年 10 月 28 日

乾县——西安

作者备忘

我要写在小说里的,都写在了小说里。

还要写下几段文字,放在这里,放在小说之外,其用意是极其单纯的:备忘。

2004年的某一天,我在一个新的笔记本上记下了和这本小书有关的几段文字。那时候,我想写的是一个乡村少年的爱情故事。在我的想象里,少年的爱情比成年的爱情更像爱情。乡村少年的爱情比城市的爱情更具浪漫的气质。

故事的主人公叫张冲。

我想了解现在的少年。

我和一位叫甘毛的中学生有过一次随机性的交谈。他是我朋友的孩子,现在已是一所名牌大学的学生了。他的聪慧和犀利给我留下了深刻的印象。他给我讲述他的几位喜欢摇滚音乐的同学。我从他的话语里"截"下了一些词句,把它们留在了我的笔记本里:英伦气质。无法躲藏的激动。想哭。不知为什么就哭了。愤怒的土壤。冲击力。重金属。生理作用。摇头晃脑完全兴奋起来。一个人关着灯,听得热泪盈眶抱头痛哭。

……
随后,我读了一本关于中国摇滚音乐的书。

我有意识地引诱我的朋友们讲述他们的孩子。
一位叫洛荻的中学生的故事让我感慨唏嘘。她很善良,有含而不露的个性锋芒。她离开了中国的学校,在加拿大完成了她剩余的中学学业,现在英国读书。她和她曾经的故事变相地隐藏在了我的这本小书里。

我笔记本上的文字渐渐多了起来。
我发现我正在远离我当初的设想。
还有比爱情更严重的东西。我想象里的那个少年张冲青涩的形象里,纠缠和埋伏着苍老的根系,盘根错节,复杂纷纭。

今年初,我回到了家乡乾县。
这里有张晨和苏平给我安顿的舒适的写作环境。他们对我亲如家人。每当他们叫我争光哥的时候,我的心里就有一种温热的感受。我喜欢听他们用家乡话这么叫我。
还有我的胃。它喜欢殷望朝和芳芳夫妇的面条。殷望朝是我的中学同学。我的居所和望朝家隔着一条国道。每天晚上回居所,望朝都要护送我，恨不得让国道上狂野的卡车们，立刻在二里以外的地方熄火，好让我安全地走过去。我从来就没有安全感，我需要他兄长般的保护。

我约请我的弟弟杨卫国讲了许多我需要的故事。他很会讲。

还有袁富民老师。

我无法忘记我在乾县晨光中学学生宿舍里和学生们交谈时的情景。张晨是这所中学的校长，他领我去的，在晚上熄灯以后。我把他"赶"了出去。我希望我能和已经躺进被窝里的学生们交谈地自由一些。他们给我讲他们的抽烟，他们的恋爱……

我阅读了现在通行的语文课本，从小学一年级到高中三年级，一本也没有遗漏。小学课本是乾县逸夫小学校长，我中学的同学张秀清提供给我的。我和逸夫小学的几位语文老师有过很好的交谈。初高中的课本是张晨给我的。

我笔记本上的文字快要写满了。

我要写的已不仅是那个少年张冲。我甚至以为，那些纠缠和埋伏在他青涩生命里的许多东西比他更为重要。

我有了许多的胡思乱想。

比如，在我们的文化里，少年张冲和我们一样首先不属于他自己，或者，干脆就不属于自己。他属于父母，属于家庭，属于亲人，属于集体，最终，属于祖国和人民。

人民从来都是一个抽象的名词。

祖国也是。我甚至在《辞海》里也查不到它。

我们从来都相信："天将降大任于是人也，必先苦其心志，劳其筋骨，饿其体肤，空乏其身……"

我们要"修身，齐家，治国，平天下"。

我们要做闪光的螺丝钉。做精英。做"人中龙"。尽管我们知道，精英和"人中龙"永远是少数，但历史和现实永远也扑不灭我们的幻想：我们也许可以挤进去，甚至，我们必须挤进去，成为其中的一员。

我们认为这一切都是理所当然的。

也就理所当然地掉了进去，无法脱逃，也不愿脱逃。

我们做困兽斗，愈斗愈烈，愈斗愈惨，最终还要拉进我们的孩子。因为，我们的孩子是我们生命的延续，最终的希望。

我记得，鲁迅曾写过这样的话：我们只会对孩子瞪眼。

现在，我们又学会了给孩子献媚。这也许和我们的人口政策有关。我们敢对孩子瞪眼的时候，是我们可以随意生育的时候。当我们只准生一个的时候，我们就不敢瞪了。"瞪我就死给你看！"只这一句，就可以让我们立刻崩溃，就地瘫软。

所以用"献媚"。

"瞪眼"和"献媚"都是奴才的脾性。

但我们是以爱的名义。

也许，我们首先做了自己的奴才，然后才是别人的，公众的，秩序的。

还要"惠及"我们的孩子。

奴才的脾性真是我们与生俱来的，要和我们生死相依么？

凿壁偷光，囊萤夜读，悬梁刺股……

病态的努力加固着我们病态的文化。从幼儿园到中学，我们的孩子首先要对付的竟是他们难以对付的，不断加重的书包！

我们是父母，是亲人，是教师，是国家公务员，是操持着各种职业的芸芸众生，人民的分子。

　　我们是我们孩子生长的土壤，

　　我们的孩子是他们的孩子生长的土壤。

　　我们真要万劫不复了么？

　　……

　　也许，就因为这样的许多胡思乱想作怪，我把这本小书写成了现在的样子。

　　五月四日，我写下了这本小书开头的那两段文字。

　　十月二十八日，我完成了这本小书的写作。

　　陕西师范大学的几个研究生和他们都很喜欢的小马老师一起，在小马老师简单又温馨的家里，把我的手写稿变成了电子文本。他们是：李生普、肖磊、霍鑫、赵曦。

杨争光
2009年12月19日记于深圳

一个"问题少年"成长土壤的结构分析
——关于长篇小说《少年张冲六章》的对话

杨争光 钟红明

一、六遍叙写 挖掘纠缠的苍老根系

钟红明：是在2004年还是2005年？我到茂名参加笔会，然后到深圳见到你。当时谈到了许多作品构思，你就说到要写一个年轻人的长篇，写到摇滚对他们的意味和感动，写到网络，写到他们的爱情。但当时我觉得你和他们的生活还有一段距离。2009年10月，当我读到长篇小说《少年张冲六章》的时候，我才清晰地感受到，那个构想，从主题到表达的形式，都已经发生了巨大变化。过程是怎样的？

杨争光：是2004年。那时候，我想写的是一个乡村少年的爱情故事，在我的想象里，少年的爱情比成年的爱情更像爱情，乡村少年的爱情比城市少年的爱情更具浪漫的气质，主人公已经有了，他叫张冲。

2009年5月，我开始动笔写这本书的时候，一切都发生了改变。经过五年点点滴滴的积累和准备，包括采访笔录，我的笔记本上写满

了关于这本书的文字。我发现还有比爱情更严重的东西。我想象中的那个少年张冲青涩的形象里,纠缠和埋伏着苍老的根系,盘根错节,复杂纷纭。我要写的,已不仅是那个少年张冲,我甚至认为,那些纠缠和埋伏在他青涩少年里的许多东西,比他更加重要,我有了许多的胡思乱想——我干脆把这本书后记里边的几段文字放在这里,算做给你的交代吧:

……在我们的文化里,少年张冲和我们一样首先不属于他自己,或者,干脆就不属于自己。他属于父母,属于家庭,属于亲人,属于集体,最终,属于祖国和人民。

人民从来都是一个抽象的名词。

祖国也是。我甚至在《辞海》里也查不到它。

我们从来都相信:"天将降大任于是人也,必先苦其心志,劳其筋骨,饿其体肤,空乏其身……"

我们要"修身,齐家,治国,平天下"。

我们要做闪光的螺丝钉。做精英。做"人中龙"。尽管我们知道,精英和"人中龙"永远是少数,但历史和现实永远也扑不灭我们的幻想:我们也许可以挤进去,甚至,我们必须挤进去,成为其中的一员。

我们认为这一切都是理所当然的。

也就理所当然地掉了进去,无法脱逃,也不愿脱逃。

我们做困兽斗,愈斗愈烈,愈斗愈惨,最终还要拉进我们的孩子。因为,我们的孩子是我们生命的延续,最终的希望。

我记得,鲁迅曾写过这样的话:我们只会对孩子瞪眼。

现在,我们又学会了给孩子献媚。这也许和我们的人口政策有关。我们敢对孩子瞪眼的时候，是我们可以随意生育的时候。当我们只准生一个的时候，我们就不敢瞪了。"瞪我就死给你看！"只这一句，就可以让我们立刻崩溃，就地瘫软。

所以用"献媚"。

"瞪眼"和"献媚"都是奴才的脾性。

但我们是以爱的名义。

也许，我们首先做了自己的奴才，然后才是别人的，公众的，秩序的。

还要"惠及"我们的孩子。

奴才的脾性真是我们与生俱来的，要和我们生死相依么？

凿壁偷光，囊萤夜读，悬梁刺股……

病态的努力加固着我们病态的文化。从幼儿园到中学，我们的孩子首先要对付的竟是他们难以对付的，不断加重的书包！

我们是父母，是亲人，是教师，是国家公务员，是操持着各种职业的芸芸众生，人民的分子。

我们是我们孩子生长的土壤，

我们的孩子是他们的孩子生长的土壤。

我们真要万劫不复了么？

……

也许，就因为这样的许多胡思乱想作怪，我把这本小书写成了现在的样子。

钟红明：你的上一部长篇《从两个蛋开始》，展示了符驮村自土改以来各时期的变化。以一个中国最基层的政权构成，来解剖和呈现中国社会的变迁，是一部独具目光的个人编年史。在我看来，你的《少年张冲六章》，也是以一个少年的成长，展示和剖析了家庭伦理、教育、环境情感的种种问题，对少年张冲成长的土壤的结构进行了全面分析，透露的是你对中国当下社会的看法，对中国文化的看法。对吗？

杨争光：这本书很容易被看成是一本写当下中国教育问题的小说。没错，小说直接面对和切入的是我们和我们的孩子，我们的教育。但我已经说过了：少年张冲青涩的形象里，纠缠和埋伏着苍老的根系，盘根错节，复杂纷纭。我也说过：那些纠缠和埋伏在他青涩生命里的许多东西，比他更为重要。我说的就是他成长的土壤。除了土壤，还有空气。有分析，但未必全面；有看法，也许偏激。我能做到的是尽最大的努力做得更好一些。

钟红明：这部长篇分为六章，"他爸他妈"、"两个老师"、"几个同学"、"姨夫一家"、"课文"、"他"，把少年张冲写了六遍，六个视角，六个层面。在叙述上为什么作这样的选择？

杨争光：确定了要写的是什么之后，我要面对的就是寻找合适的结构和表现方式。我有过多种设计，比如从张冲的出生写起，一直跟着他，想变花样的话，就来点倒叙、插叙、跳跃之类的，直到他"犯事"。这样写可能便于阅读，也能省去写作过程中的许多技术上的麻烦，但也容易写成一本账簿式的纪事。这不是我想要的。更何况，我已确认，纠缠和埋伏在张冲青涩生命里的许多东西，包括我说的"苍老的根系"，也许比他更重要。那我就不能一直跟着他，对着他聚焦。打个比方吧：箭箭不离老虎屁股，固然可以证明你射得准，但也乏味。中箭的部位不同，老虎的反应是不一样的。我要的，或者说我想让读者看到的，是一只反应丰富的老虎。有几箭射不中也好，只要老虎有反应，甚至没反应，也是我想要的。这就是我在结构和表现方式上放弃了"一直跟着张冲"的理由。

我不直接面对张冲了。我让他爸他妈，让老师，让同学，让亲戚去对付他。他们都是张冲无法躲开的。他们携带着我们的历史，也携带着我们的当下，直接参与了对张冲青涩生命的塑造。青涩生命里纠缠和埋伏着的那些东西，正是他们通过遗传、影响、强制，有意无意地注进去的，就像土壤和空气之于植物，甚至比土壤和空气还要有力。当我完成了他们和张冲的"遭遇"之后，张冲已经成长了五次，到我面对他的时候，他自己反而变得简单了。这就是这本书的第六章。

第六章里的每一个部分，都能在前五章里找到应和，或者说，前五章的每一个部分，都能跳过来，在第六章里和张冲重新"遭遇"。还有，我想让这一章像几枚钉子一样，把前边的几个相对独立的版块钉成一个有机的整体。更想让它具有一种功能，使这个有机的整体成为可以让读者随意翻转组合的魔方。

二、都在井里

钟红明：你首先写了张冲的家庭。对他爸张红旗来说，张冲的降生曾经如同蜜一样温暖，张冲就是他的将来。儿女有没有出息，许多眼睛看着呢。他天天念叨的是让张冲好好读书考大学，他还带一年级的张冲到成功范例陈大家里去感受人家儿子的出息。可是张冲偏偏不断偏离他期望的轨道，戴耳环、抽烟、上网吧，不好好学习。他把儿子吊在门框上，他把儿子拴在牛槽里，他踏过儿子……最后，当儿子成了少年犯之后，放电影的张红旗经常会陷入沉思，问他想啥呢？他就会说:"谁想整谁了就给他当儿子去。"问他这话是啥意思?他说:"无期徒刑么,你想去。"你用过一个小标题——"井"里的张红旗。无论城市还是乡村,中国父母都希望孩子有出息,父母的期待和爱,为什么就变成了"井"?

杨争光: 我们常说,父母是孩子人生的第一个老师,那就当然应该先从他爸他妈写起了。我没想很顺溜地完成这一章,我在其中拐了好几个弯。对叙述来说,我以为是必要的。我想给读者增加一点阅读上的障碍,但穿越障碍的难度应该控制在不把读者挡回去。我一直对顺溜的写作持有怀疑态度,也怀疑顺溜的阅读。过于顺溜的阅读很可能造成什么也留不下的后果。

你传给我的一篇博文里有一句话:"我们活着似乎是为了证明父母,老师活着的意义。"是一位署名"范世子弟"的同学(我觉得他好像是一个正在上学的孩子)看了《少年张冲六章》以后写的。就顺着他的话说吧。如果父母要以孩子来证明自己活着的意义和价值,就有可能像张红旗一样掉进"井里",因为孩子实在不是你的生命的一部分,他是另一个独立的生命。你可以影响他,甚至也可以指点他,以你的经验和价值观"教育"他,但不能以你的意志"强制"他,迫使他成为你希望中的那种人。家庭和学校不是监狱,父母和老师不是狱卒。强制有可能遇到奋力的反抗,因为孩子也不是犯人。作为父母的我们,似乎少有这样的意识。我们把对孩子的强制误以为是"爱",是为了孩子好。强制以至于施暴,也就成了爱的另一种方式。在我们这里,"打是亲,骂是爱"具有普适性。家庭专制是国家专制的民间基础。但家庭的强制又实在不能和国家的强制相提并论,不但不能相提并论,还会受到国家权力的强制干预,因为孩子对家庭专制的反抗是合法的,受国家法律保护。咋办?死抱着"让孩子来证明我们活着的意义"不放,一旦期待落空,希望破灭,张红旗就掉进一口上不来的"井"里了,除了自虐还是自虐。自虐也是一种暴力,自己对自己施暴,直到生命终结。张红旗把这就叫作"无期徒刑"。

钟红明:父与子的冲突,代沟,可以说是永恒的。在这部小说里,这种冲突终于演变成了势不两立。那块槌布石头做的桌子,成为强烈冲突的"纠结点"。在张红旗眼中,那石桌是儿子通向未来的起跑线。女儿梅梅看到那张为弟弟才设立的石桌,放弃了读书,她觉得自己不在父母的期待中。但张冲却仇恨那张石桌。你把它作为一个象征物吗?

杨争光:是生命过程中和生命发生过碰撞的一样东西。这一样东西对生命的塑造起过作用。张冲和槌布石头一开始并不是势不两立的,他们的关系是在变化中完成的。槌布石头的遭遇和张冲有些近似。当张冲举起榔头砸断它的时候,张冲很像他爸张红旗,石头像张冲,甚至不如张冲。面对张冲的施暴,它没有足够的反抗力,所以,就永远呈V字形折断在四个砖头腿子之间了。它更像一个生命的记忆,是张红旗的,也是张冲的,也是张冲他妈文兰和他姐姐梅梅的。但它实在又只是一块普通的槌布石头。是象征物吗?我没想过。

钟红明:我读这部小说,常常会惊叹你的概括之精准,将一些言辞赋予了出人意料的意义,比如"储蓄",饿肚子的年代人们往胃里装东西,养成了储蓄的习惯,张红旗超越了他的父亲,把"储蓄"发扬光大,全方位地储蓄,储蓄钱财、情绪、精力、名声……每一种储蓄都在他的人生节坎上显现威力。这样的言辞还有不少,它们是怎样来到的?

杨争光:就语言来说,我把准确表达放在第一位,然后才考虑所谓的生动。事实上,准确的表达,也往往是生动的表达,更有弹性和辐射力，尤其是汉语。

"储蓄"是从"养精蓄锐"来的，和计划生育有关。张红旗一定要文兰给他生下一个男孩，因为计划生育的限制，他不能着急，必须憋着。他采用了"养精蓄锐"的战略战术。"养精蓄锐"是一个痛苦又激动的复杂过程：忍受当下的难受，为将来的结果激动。生孩子要养精蓄锐，养孩子需要积攒钱财，这就联想到了"储蓄"。这也是中国人经历生命的模式之一，是中国文化的构成部分。它蹦出来了。我逮住它没放，并拉进了张红旗他爸，或者说，"储蓄"这个词也辐射到了张红旗他爸，他爸的胃。就这么，现代商业和经济行为中的语词和我们经历生命的模式发生了默契，异曲同工。

三、青涩的反抗往往是盲目的

钟红明：学校，是孩子接触的第一个社会。在孩子心目中，家庭里获得再多的肯定，都不及学校老师的一句肯定。张冲小学时代的两个老师，对他后来的人生走向，至关重要。张冲和男老师上官英文的对抗，可以说是惨烈的，被赶出教室，被抽，被嘴里塞上四五支烟坐在国旗下同时抽下去直到醉烟恶心……暴力体罚这样一种现象，在我看来，已经超越了学校教育的范畴，成为"权力"的一种演化。而张冲也从这位男老师这里清楚地下了决心，反抗一次是一次。是吗？

杨争光：在我的生活经验里，一个看护自行车棚的人，也有"权力欲望"。我们更习惯以控制和施"暴"于他人来证明自己的存在，哪怕是在培育和传播文明的学校。想起来真有些不寒而栗。我们通向现代和文明的路遥远得让人绝望。知识化并不能解决人的现代化，掌握更多的知识，也不一定就是文明程度的提高。噢，我好像走题了。对张冲来说，反抗首先是当下情绪的释放。自觉的理性的反抗是没有的，青涩的生命也不可能有理性的反抗。青涩生命的反抗往往是即时的、盲目的、扭曲的。

钟红明：你给女老师李勤勤安排的是完全不同的面目。说起来，李勤勤和民办老师转公办的上官英文不同，她毕业于名牌大学，清高，对张冲开始的时候充满好感，做过很多尝试来将张冲拉回"正确"的轨道。李勤勤和张冲之间发生的一切，你用了一个词——"遭遇"。张冲屡屡让李勤勤感到崩溃。相对于男老师的暴力，这一个女老师，对张冲的决定性影响在哪里？

杨争光：对张冲来说，李勤勤和张冲的父母，和体制，甚至和上官英文在本质上是异曲同工的。李勤勤是一个尽职尽责，且为自己的职业付出真情感的好老师，很善良，很愿意对学生好。但这个好老师也在一个"怪圈"之中。她对张冲的好，对张冲的付出显得很乏力。不是她不尽力，和张冲遇到的各种"力"相比，她的力在其中不成比例。她无法对张冲形成决定性的影响。反而，张冲对她的影响似乎更具冲击力。我已注意到，有人很喜欢看李勤勤和张冲的这一节。我不觉得奇怪，他们的"遭遇"中混杂着美好和无奈，希望和绝望，感动和疼痛，残酷的放弃和挣扎着的救赎，要比张冲和上官英文的"遭遇"复杂得多。

钟红明：当李勤勤找到张冲父亲，希望他留级免得影响升学率，张冲的激烈反应，他的"威胁"，和老师对话的口吻，为什么是以男性、成熟的面目出现？

杨争光：张冲早就想长成大人了，他恨不得一夜之间就长成大人。

他以为，他长成大人就会改变他和父母、和老师之间的力量对比，获得平等和尊严。只要有机会，他就会以成人的姿态表现自己，让对方感到：我是成人了！李勤勤给了他表现的机会，他的尊严受到了冒犯，学可以不上，但尊严必须捍卫，所以他很激烈。初中三年级的他也接近成熟了，大半个男人了。在写这本书之前，我和许多中学生有过接触和交谈，他们比我想象的要成熟得多。张冲对李勤勤的这一次激烈的反应，是他们的最后一次对峙。他其实是喜欢这个女老师的，这也许是他要显得成熟的一个潜在原因。

四、有知识没文化

钟红明：每个老师其实或多或少，都把自己的人生问题，带进了学校，带进了和学生的关系中。李勤勤父亲，一个老教师自杀留下的遗书，写到了"有知识没文化"，可以说是一种深刻而充满疼痛感的概括。你觉得这样的看法，会在多大范围中被认同？

杨争光：这不是我非想不可的问题，也没法预测。能有多少认同算多少认同吧。不认同也没关系，不认同也是一种交流和碰撞。希望有交流和碰撞也是我要把小说发表出去的原因。不是有一种"对话"理论吗？对话一定要获得认同吗？在很多情形中，不认同也许比认同更有价值和意义。

钟红明：对那些成绩不好的学生，"从家庭到学校，到老师，到社会，给他们的是什么？不是爱，是爱的名义。是鄙视，鄙弃。他们不服，不服就会对抗。"为什么你在小说中直接写要善待学生？你的写作一向冷静，你不觉得此时作家的意图已经超过了小说的需要？

杨争光：忍不住了嘛。守不住那个冷静了嘛。狗急了会跳墙，人急了也会喊叫的。我以为，小说艺术的精神应该是自由的，为什么要刻意地把自己"埋"起来呢？埋得太深捂死了咋办？在合适的时候伸脖子舒口气，叫几声，不见得一定会违背小说艺术的精神，让我叫几声行呀不？我记得惠特曼有一句诗，大意是，音乐在需要的时候停止，在需要的时候上升。我喜欢这句诗表达的意思。

事实上，你摘录的这些话，也不尽是我的"直写"，是李勤勤的父亲，一位退休老教师，瘫痪在床几年的痛思。他把他的痛思，说给了同样是教师的女儿：要善待每一个学生，尤其是那些学习不好的学生。他们都是鲜活的生命。学习好的和学习不好的，都应该有健康快乐的生活。我在我的笔记本上曾写过一段话，大意是：如果我们的孩子都真的成了龙，许多年以后，满中国天上飞的、地上跑的都是龙的话，那该有多么恐怖。我们的教育不应该只习惯于培养人中龙嘛。我们的父母为什么非要望子成龙呢？"望子成人"不行吗？我们在"龙崇拜"的路上走了几千年，走得很辛苦，依然心力不减，还是奴才嘛，好像从来都没想过拐个弯，往人行道上走。

钟红明：在"几个同学"一章中，你写到了张冲的同学和朋友，看到你写张冲把所有课本装入蛇皮袋每天在校园背来背去让人忍俊不禁，你写到男孩子的打架和义气，他们萌动的情感，好学生和坏学生之间的关系。在写作之前，你是怎样来走近那些年轻孩子的心灵的？

杨争光：我是从孩子过来的。我跟我的孩子也发生过对峙。但仅凭我的经验，是不能完成这部小说的。我做了很多准备工作。我在这本书的后记里也写到了，给你抄几段吧：

我和一位叫甘毛的中学生有过一次随机性的交谈。他是我朋友的孩子，现在已是一所名牌大学的学生了。他的聪慧和犀利给我留下了深刻的印象。他给我讲述他的几位喜欢摇滚音乐的同学。我从他的话语里"截"下了一些词句，把它们留在了我的笔记本里：英伦气质。无法躲藏的激动。想哭。不知为什么就哭了。愤怒的土壤。冲击力。重金属。生理作用。摇头晃脑完全兴奋起来。一个人关着灯，听得热泪盈眶抱头痛哭。

……

随后，我读了一本关于中国摇滚音乐的书。

我有意识地引诱我的朋友们讲述他们的孩子。

一位叫洛荻的中学生的故事让我感慨唏嘘。她很善良，有含而不露的个性锋芒。她离开了中国的学校，在加拿大完成了她剩余的中学学业，现在英国读书。她和她曾经的故事变相地隐藏在了我的这本小书里。"

……

"我约请我的弟弟杨卫国讲了许多我需要的故事。他很会讲。

还有袁富民老师。

我无法忘记我在乾县晨光中学学生宿舍里和学生们交谈时的情景。张晨是这所中学的校长，他领我去的，在晚上熄灯以后。我把他"赶"了出去。我希望我能和已经躺进被窝里的学生们交谈地自由一些。他们给我讲他们的抽烟，他们的恋爱……

就是这么一尺一寸地走近他们的吧！我不敢说我"走进"了他们，是否走进了，要让他们来评判。我希望他们能看到这本书。

钟红明：你的这部长篇采用的结构，每一章有不同的侧重，有不同的人物，他们各自的生活也很丰富。但重心又都要围绕着张冲，表达构成他成长的各种要素和土壤。你如何来控制这种展开？这样的分寸其实很难把握。

杨争光：父母，老师，同学，亲戚，甚至邻居，每一个人都可以写成一部小说，但在这一部里，我要做的是尽可能地把他们控制在和张冲的遭遇里，既对张冲产生影响，同时也是自我呈现。他们是张冲成长的土壤和空气。土壤和空气是既定的，不可能有利于所有的植物健康成长。在我们这样的土壤和空气里，张冲这样的植物就长成了张冲的样子。有些植物能适应，有耐力，就长成了人中龙。这也正是土壤和空气不放弃希望和坚持的理由，循环往复，张冲这样的植物生存的环境就变得更为恶劣。跳楼，自缢，以各种方式自杀的学生，在中学和大学都有，且越来越多，还会更多的。我总觉得，他们的自我解决不仅是对自己的绝望，也是对土壤和空气的抛弃。张冲没有，他选择了做"坏孩子"。

土壤和空气也有自己的处境和苦衷。张红旗不是在"井"里了吗？李勤勤不是要在无奈中坚持吗？张冲的姨夫不是要为儿子付出六百块钱的打胎费而心疼吗？公安局副局长不是被剜掉了一只眼睛吗？我以为，作为土壤和空气的我们，在与我们的孩子"遭遇"中，是可以感受到我们当下的生存处境和精神的焦虑，也能清晰地回望到我们之所以有这样的生存处境和精神焦虑的历史缘由。我希望，我们在听到有孩子自我解决的消息，在为他们痛惜的同时，也能感到他们对我们的抛弃，有一点疼痛感。

五、语文课本，全新的阅读体验

钟红明："课文"这一章，我是非常喜欢的，我觉得提供了一种新鲜的阅读体验。一篇课文加一篇后面的现实性叙写，从小学一年级写到初中，怎样想到用这个方式来写的？

杨争光：课文和父母，和老师一样，也是我们的孩子成长的土壤和空气，甚至比父母，老师更具作用力，尤其是语文。还有所谓的思想品德，老师和学生简称为"思品"。都是直接参与学生的精神塑造的食粮。而且，它们是国家选定的各路专家集体智慧的结晶，是国家意志和精英的教育理念以及价值判断的集合体。这就是我把课文专列一章进入小说结构的原因。我选择了语文，没有选择"思品"，语文的"教化"因素少一些，更具说服力。

我认真阅读了现在通行的小学和初高中的语文课本，无一遗漏。我还去过乾县逸夫小学，邀请一年级到六年级的语文老师座谈过，清一色都是女老师。我选出了一些课文，让她们给我讲是怎么教的，学生有什么样的反应。这些，都对我写作这一章产生了我事先无法预料的作用。

现在的语文课本比过去的好多了。我选择了三十多篇课文，把它们挪移在了小说里。我想让读者和我们的孩子们一起读一读它们。我以为不多余。但仅仅挪移课文是不够的，我还想写出这些课文在教与学的过程中，发生延伸和扩张的可能性。这种延伸和扩张，也许是编课本的专家和教课文的老师始料不及的。

钟红明： 在看到你的小说之前，我只是觉得其实语文课本虽然不断在新的教改原则下修订，但仍然存在许多的问题，那些对经典文本的擅自改写，让孩子背诵的那些摞了许多华丽形容词的课文，还有一些不知道谁写的诗歌，都很没有意思。但我只是把语文课本看作孩子学习中国语言文字的途径。读了你的小说，我才意识到，原来语文课本，是一种人生的读本，是文化的读本。语文课本居然这样富有实践性，非常让我感慨。

杨争光： 你是在表扬我吗？我很担心我写不好这一章。你的阅读感受给我增加了自信。如果真是表扬，那就谢谢谢谢。

钟红明： 你从张冲一年级的语文课本写起，当老师借助某篇课文阐述的道理，让孩子去问父母或者在家里实践一下的时候，得出的结论却往往和课本大相径庭。这样同时表现了教育、成长和父母等构成的社会等几个方面，不同价值观，非常有意思。比如三年级的课文"妈妈的账单"，那张母亲开给小彼得的账单所列各项都是"0芬尼"，老师布置张冲和同学请父母开列账单，他们却无法完成作业，他含着泪，听父母算那算不清的账，到考上大学才能一笔勾销的账。父母的爱，成了无法还清的债务……课文选择的原则是什么？

杨争光： 阅读中小学的课本，对我有诸多触动，是一次非常特别的阅读体验。在写作的过程中，有克服困境的煎熬，也有克服之后的小得意。比如李勤勤要回答什么是"嶙峋"和张冲提出的"灿烂的牛粪"那一段，是很煎熬我的。我说不清楚，李勤勤就说不清楚，煎熬了好几天，我觉得我还是说清楚了。写完那一段后，我就有些小得意了。写作确实是一件愉悦的事情，首先是愉悦自己。

选择哪些课文呢？选那些能把学生，老师和家长勾连在一起的，和流行的观念和意识有可能发生碰撞的，具有延伸和扩张的可能性的吧。这算不算选择的原则呢？我没想过。如果有原则的话，那就是，从一年级到初中三年级，每个年级都要有。

钟红明： 从张冲四年级开始，中间的几课，你使用了课文和张冲日记的对照来写，比如"幸福是什么"这篇课文之后写道，张红旗说课文里说"我劳动我幸福"是哄傻子的。"古往今来最可怜的就是农民，最让人瞧不起的也是农民。我爸说幸福不在村上，幸福在外边，在大城市。"张冲的结论是"我没幸福"。五年级开始，你采用了张冲的习作和日记来和课文对照，习作是按照学校要求来写的，日记是真实内心，父母和老师都在教学生如何虚伪地生存，答题必须按照规定，作文可以陈述虚假的但符合老师要求的想法。张冲写的应用文非常有意思，尤其是写了一张迁户口到北京的申请，透视了户籍带来的生活和教育的不平等。最后是张冲的自我总结……为什么会有这样的变化？

杨争光： 课文一章和其他各章一样，也几乎是少年张冲年轻生命经历的一次全记录。张冲是和课文一起成长的。现在的小学生从三年级就要求写日记了。按照要求，写日记和写作文都要写出真情实感，但私密的日记和写给老师看的作文，往往是不一样的。我们的孩子在小学时期就已经学会了做多面人。他们凭生存本能和有限的经验就已经知道，真实的自我在现实中每走一步，都有可能吃亏碰钉子，不讨好。戴上假面就顺畅多了。课文没有传达这样的信息，课堂上的老师也不会。课文和课堂的力量太有限了。我们孩子的教育和成长实在不仅是学校和课文就能左右的。孩子的嗅觉比大人更灵敏。八面玲珑的我们，也包括课堂外的老师，其真实的生存形象，可以消解所有的课文和课堂上的堂皇的"布道"。

当逆反逐渐积累成反抗的欲望和冲动，并具有了反抗的能力时，张冲就有了那几篇恶作剧的应用文。其中的那一篇"自我总结"，几乎是他从小学到初中毕业，体验和感悟生命成长的自白，也是他要抛弃学校教育的告别书。写完这一节的时候，我真有些五味杂陈了，借用现在孩子们常说的一个词，就是："无语"。

钟红明：第六章，"他"，是对张冲的正面表达，之前的叙写，有些不清楚的东西，在这里揭示了源头。第一节用了诗体，为什么？

杨争光：这不是事先的设计，是即兴的随笔。刚刚出生的孩子，还只是一个自然的生命，纯粹、透明。我把他的成长和看月亮连在一起，我觉得这么写挺好，有点像诗，像就像吧，就这么写了。

六、写作的现实关怀

钟红明：就像张红旗觉得自己在井里一样，张冲觉得自己在圈圈里。老师和同学，他们看他的目光连结成一个圆圈圈，让他浑身不舒服。"佛顶上是光圈，我头上是绳圈。"他的叛逆和反抗，是必然的，是盲目的，也是悲哀的。他最终伤害了自己。在张冲心目中有一块干净的地方，苗苗。为什么他们之间不是萌生了爱情？为什么张冲自己选择了反抗做一个坏孩子，却希望苗苗读大学？

杨争光：我要说到"性和爱"了。在我们的文化里，"性"几乎是个贬义词，至今好像还是不干净的人类行为，尽管少有人拒绝。公开提到"性"，我们的大多数立刻就会显出道学家的面孔。私下里呢，那可就说得津津有味了，当然，是说别人。做呢，不说谁都知道的，反正我觉得男盗女娼的很多。爱则是好的。很古的时候，有"兼爱"，有"仁者爱人"；现在则有"爱祖国，爱人民，爱父母"，"爱猫爱狗"，等等等等，听起来是很有爱心的。爱得怎么样呢？什么是"爱"我们可能还没搞清楚呢。我以为我说得并不武断。我们对孩子是怎么爱的，就可以为我作证据。两性的爱呢？也是一本糊涂账。问一问正在爱着的恋人和已经爱成功了的夫妻们，我相信也能证明我说的大致不差。在这样的土壤和空气里，张冲和苗苗能萌生真正称之为"爱情"的爱情吗？有，也是朦朦胧胧的。

中学生是不许谈恋爱的，性更是禁区中的禁区。就性和爱来说，张冲的叛逆和反抗仅限于挂个女朋友，但不是苗苗。就是挂女朋友，也是一个反抗的姿态，并未像他的表弟文昭那样实做。他可以对抗秩序，对抗父母和老师，但没想伤害女孩子。对苗苗就不仅是不伤害了，还要保护。苗苗确实是他青涩生命里的一块净土。他选择了做坏学生，但不愿殃及苗苗。他从骨子里还是认可现行的"好学生"和"坏学生"的标准的，所以他认自己是"坏"的，苗苗应该走上大学的正路。张冲就是这样的叛逆者和反抗者。

钟红明：有人说这是你距离现实最近的一部小说。其实你在这之前的中篇《对一个符驮村人的追忆》也是当下生活的表达。你怎样看作家对现实的关怀？前些年曾经提倡过底层写作。但也带来许多表层化的问题。有人就根据纪实新闻和案件来写作。你用什么来超越那种"现实主义"？

杨争光：我的写作从来没有离开过现实关怀，也没想过要离开，就是想离开也做不到。我做不到，也不相信其他人能做到。每一个人每天都在对付当下，对付现实，想逃也逃不开的，写作者也一样的。没有哪一个作家能在吃饱喝足以后坐在他的书斋里，把自己运送到过去，和历史中的人一起生活。历史是不可复制的。每一种历史的叙写都是当下的叙写，都有当下的关怀，只是关怀的东西和层次不同罢了。

将来呢？我也不相信谁能把自己运送到将来去。更何况，失掉了现在也就没有将来——这不是我的话，但我认同。

你说的底层写作，我不了解，也不知道它带来了什么样的问题。至于所谓的"现实主义"，我从来就没有弄清楚过，也不准备去为它劳神费力，也就不存在对它的"超越"了。

说《少年张冲六章》是我距离现实最近的一部小说，可能是因为它触及到了当下现实的一个热点，几乎和中国的每一个家庭都有关系。看看每年高考的景象，会让人惊叹到晕倒。如果兵马俑是中国人在几千年前创造的世界第八大奇迹的话，我们的高考就完全可以列为现在的中国人创造的世界第九大奇迹。

但我没想把《少年张冲六章》写成一本社会问题小说。我要的是：提起树苗，连泥带水拔出它的根须，看看有什么样的泥水，什么样的根须，枝条和叶片上吸收的是什么样的阳光和空气。

七、故事是有局限的

钟红明：一般人喜欢读到的长篇是情节推动强烈，有紧张度，也就是有故事又有人物的小说，但你却不这样写。你的《从两个蛋开始》，也不是一般常规的写法，而是每一节都可以构成一个完整的短篇，他们彼此作用，构成了整个长篇的气场。你怎么看所谓的故事性？你认为长篇小说的故事以及文本意义是什么？

杨争光：我写小说，也写电影和电视剧。我的写作经验使我对曾经很看重的故事性产生了怀疑。故事是有局限的，越长的故事，有可能带来更大的局限，即使编织得很紧凑。我的阅读经验也给了我印证，尤其是小说。过于紧凑的故事会减损小说的辐射、扩张和渗透力。故事紧凑的小说多有当下的痛快和淋漓，却难有咀嚼的耐受力。好的小说应该能经得起反复阅读，过于看重或热衷于故事的小说是很难达到的。我不拒绝故事，但很警惕。我不能让我的小说故事化，尤其是长篇小说。我在写《从两个蛋开始》的时候就强化了这种意识，也这么做了。它比编织一个以情节推动情节的完整故事要困难得多，但我要的就是这样的小说。块状组合，相对独立，彼此遥相呼应，就像你说的，构成完整的、具有辐射、扩张和渗透力的那种气场。《少年张冲六章》也是非故事化的，我宁可让自己多些煎熬，也不愿让故事减损我的表达。

每一个时代都有伟大的小说家在不断改变和丰富着小说的风貌，当然也包括长篇小说。就文本意义来说，我以为长篇小说和短篇小说并没有本质的区别，都是小说艺术。如果有的话，就是长和短。这一区别可以提醒写作者：别把长篇小说写得像一个短篇，因为它们实在还是长短有别的。

钟红明： 在这部小说中你付出最多精力在何处？困难在哪里？

杨争光： 点滴积累，历时五年，有用无用的素材和胡思乱想几乎写满了一个笔记本。还要想清楚：我要写的到底是什么？是不是一次有意义的写作？

用六章来结构，打碎了故事，分离了时空，又要把它们组合成一个魔方一样的整体。每一个细微处都要小心对待，还想要让它们好看、耐读。就是这么"难"过来的。

2010年3月30日